RAPHAËLLE GIORDANO

Écrivain, spécialiste en créativité et développement personnel, artiste peintre... La création est un fil rouge dans la vie de Raphaëlle. Diplômée de l'École supérieure Estienne en Arts appliqués, elle cultive sa passion pour des mots et des concepts en agences de communication à Paris, avant de créer sa propre structure dans l'évènementiel artistique. Quant à la psychologie, tombée dedans quand elle était petite, formée et certifiée à de nombreux outils, elle en a fait son autre grande spécialité. Avec son premier roman, *Ta deuxième vie commence quand tu comprends que tu n'en as qu'une* (Eyrolles, 2015), elle s'est consacrée à un thème qui lui est cher : l'art de transformer sa vie pour trouver le chemin du bien- être et du bonheur. Un best-seller international dont le succès ne se dément pas. Elle a également publié *Le jour où les lions mangeront de la salade verte* (Eyrolles, 2017) et, début 2019, son troisième roman, *Cupidon a des ailes en carton*, en coédition Eyrolles et Plon.

« Je suis mon fil rouge d'auteur : explorer des thèmes au plus proche de l'humain, et partager des idées qui puissent donner du sens, créer des déclics, faire du bien... »

Retrouvez toute l'actualité de l'auteur sur :
www.raphaellegiordano.com/

CUPIDON
A DES AILES EN CARTON

DU MÊME AUTEUR
CHEZ POCKET

TA DEUXIÈME VIE COMMENCE QUAND TU COMPRENDS QUE TU N'EN AS QU'UNE

LE JOUR OÙ LES LIONS MANGERONT DE LA SALADE VERTE

CUPIDON A DES AILES EN CARTON

RAPHAËLLE GIORDANO

CUPIDON A DES AILES EN CARTON

Ce roman étant une œuvre de fiction, toute ressemblance avec des personnes existantes ou ayant existé (à l'exception du personnage de Nick Gentry) serait purement fortuite.

Pocket, une marque d'Univers Poche,
est un éditeur qui s'engage pour la préservation
de l'environnement et qui utilise du papier fabriqué
à partir de bois provenant de forêts gérées
de manière responsable.

ISBN : 978-2-266-30628-7
Dépôt légal : juin 2020

Et si le secret du Grand Amour,
c'était de savoir tendre à l'autre le miroir
de ce qu'il porte en lui de plus beau ?

« Le verbe aimer est difficile à conjuguer :
son passé n'est pas simple,
son présent n'est qu'indicatif,
et son futur est toujours conditionnel. »

Jean Cocteau

« Aucun mot n'est trop grand trop fou quand c'est pour elle
Je lui songe une robe en nuages filés
Et je rendrai jaloux les anges de ses ailes
De ses bijoux les hirondelles
Sur la terre les fleurs se croiront exilées »

Louis Aragon, *Les Yeux d'Elsa*

Paris

Scène 1

Meredith

Esthétique sophistiquée, couleur perle satinée, élégante typographie. Une invitation de prestige. Le nom d'Antoine y est inscrit en lettres d'or cursives. Le mien n'y figure même pas. Les pièces rapportées n'ont pas d'existence propre. Antoine se tourne vers moi et me sourit, inconscient des pensées qui m'agitent. Depuis que nous sommes entrés dans cette berline noire aux vitres teintées, nous n'avons pas échangé le moindre mot, mais sa main ne m'a pas quittée, et seule cette douce étreinte me donne la motivation suffisante pour affronter la soirée.

Le chauffeur ouvre la portière et Antoine me tend galamment son bras. Tout un art, ce premier pied posé dehors, lorsqu'on a une robe longue, une étole qui se défile et des talons aiguilles dangereusement instables. Les invités affluent. Chacun s'annonce auprès des hôtesses qui pointent les noms admis à pénétrer dans l'antre prestigieux.

L'hôtesse sourit à Antoine de ses dents ultra-blanches – est-il possible d'avoir autant de dents ? –, puis se tourne vers moi, avec ce regard interrogateur qui rallume aussitôt mon syndrome d'imposture.

— Et vous êtes madame…

Antoine balaie la question d'un geste preste.

— Madame est avec moi.

— Dans ce cas…

Elle nous laisse passer et me souhaite une bonne soirée, avec cette politesse un peu forcée qui a le don de m'exaspérer.

C'est une soirée de mécénat. Un énième dîner au bénéfice de la sauvegarde du patrimoine culturel et artistique. Tout le gratin est là. Des invités hétéroclites d'univers étonnamment variés. Des têtes-de-prime-time, des politiques, des mondains, des héritiers, des patrons du CAC 40, des intellectuels, des artistes. Et moi, et moi, et moi… qui ne suis qu'une toute petite moi.

Depuis plus d'une demi-heure, nous dégustons le cocktail de bienvenue, debout parmi la foule de people, coupe de champagne à la main et regard en biais de circonstance, pour saluer, mais surtout repérer et jauger d'éventuelles connaissances. Antoine est comme un poisson dans l'eau. L'habitude. Vu ses responsabilités à un poste très convoité au sein d'une des plus grosses radios de France, il a ses entrées partout.

— Ça va, mon amour ? me glisse-t-il dans un souffle.

Comment aurais-je le courage de le détromper ? Cela lui tenait tellement à cœur que je l'accompagne. Il semble si fier de me présenter. Un couple s'avance vers nous ; je reconnais la présentatrice d'une célèbre émission de télé et, à son bras, un sportif de renom.

— Antoine !

Mille effusions – qui peinent à sonner juste – tentent de donner le change sur un degré d'intimité feint. Ils finissent par s'apercevoir de ma présence et m'adressent un regard en forme de point d'interrogation, *Qui-c'est-celle-là ?*.

— Voici ma compagne, Meredith, annonce fièrement Antoine.

La présentatrice me scrute des pieds à la tête. Elle cherche dans le disque dur de sa mémoire si elle m'associe à quelqu'un de connu. Aucun résultat.

— Qu'est-ce que vous faites dans la vie, Meredith ?

— Je suis comédienne…

Je feins d'ignorer le sarcasme dans les « Ah, très bien » qui s'ensuivent. Ses yeux se plissent, fielleux, pour planter sa banderille :

— Et dans quoi avez-vous joué ?

Touché coulé.

Les cinq dernières années de rame affluent à mes joues et les empourprent instantanément. La femme remue encore quelques instants le couteau dans mes complexes, semblant y prendre un malin plaisir. Pourquoi ne profiterait-elle pas de cette distraction bienvenue pour chasser l'ennui jamais très loin dans ces mondanités ? Je finis d'une traite ma coupe de champagne.

Enfin, le dîner est annoncé. Évidemment, je ne suis pas placée à côté d'Antoine. Il m'adresse un regard désolé par-delà le milieu de table végétal qui dresse une frontière entre les rangées de convives et les prive de toute possibilité de conversation. Ma seule issue sociale tient dans mes voisins de droite et de gauche. D'un côté, une figure nobiliaire décidée, d'entrée de jeu, à me tourner le dos et à m'offrir pour seule alternative de discuter avec son chignon haut. Reste mon autre voisin. Un monsieur aux cheveux gris d'un certain âge non moins certain de ses droits à s'accorder quelques familiarités.

Je résiste un moment à ses assauts libidineux puis, n'y tenant plus, quitte la table pour me réfugier dans les toilettes désertes. Où je m'enferme à double tour. Rester là. Ne plus jamais en sortir. Deux femmes entrent. Elles discutent à bâtons rompus tout en se remaquillant. Je reconnais alors la voix de la présentatrice. Cette courte pause lui offre, semble-t-il, l'occasion de passer en revue les invités, chacun ayant droit à une remarque cinglante, comme dans une scène tout droit sortie d'un film. Antoine et moi ne faisons pas exception. Surtout moi. Et elle ne me concède aucun cadeau : joli brin de fille, mais comédienne de seconde zone, qui a su tirer son épingle du jeu en se trouvant un bon parti…

Je suis au bord de la nausée. Après un moment qui semble durer une éternité, elles quittent enfin les lieux. Elles ont tort : quand je rejoins Antoine, sourire aux lèvres, j'excelle dans mon rôle de composition. Lui, il ne s'est aperçu de rien.

Scène 2

Meredith

Je pousse les portes de l'institut, niché dans une ruelle de mon quartier, en plein 19e arrondissement de Paris. Cela fait des jours que j'y songe en passant devant : j'ai besoin d'un massage. Depuis le gala, des nœuds de tension se sont formés dans mon dos, et c'est bien connu, le corps ne ment pas. La soirée a remué des choses que j'aurais préféré laisser enfouies. Maintenant qu'elles sont remontées à la surface, plus rien ne tourne rond…

L'institut est minuscule mais c'est un écrin dédié au bien-être, à la décoration pensée avec goût et finesse. Une prénommée Lamaï va s'occuper de moi. La jeune femme me conduit jusqu'à la cabine de soin. Tête de Bouddha, bougies et musique d'ambiance, lumière tamisée. Mon esprit profite de l'invitation au voyage pour s'octroyer un répit. Je me dénude rapidement. Lamaï frappe à la porte. La douceur de sa voix, de ses yeux, de son contact m'apaise instantanément. Elle sourit, m'invite à m'allonger. Le parfum des huiles essentielles me transporte et ses mains commencent leur œuvre.

Tandis que Lamaï dénoue habilement mes tensions, elle m'amène non moins subtilement à libérer aussi ma parole.

— Je ne sais plus où j'en suis, m'entends-je lui dire. Je traverse une période compliquée…

Au début, les mots affluent difficilement. Puis, engourdie de bien-être, je commence à me livrer.

— J'aime… un homme. Mais… C'est étrange. Je n'arrive pas, malgré tout, à me sentir bien dans ma peau. Il m'aime pourtant, lui aussi. Un amour réciproque, c'est si rare, vous ne trouvez pas ?

Lamaï acquiesce en silence – surtout ne pas interrompre par des mots superflus ma confession. Elle doit avoir l'habitude d'entendre des inconnues partager leurs états d'âme. Et je me laisse alors porter par la bienveillance de son écoute.

— Vous comprenez… Je n'ai pas de raison d'être fière de moi. J'ai le sentiment de n'être personne…

— Comment ça, *personne* ? relève Lamaï.

— Eh bien, lui s'est déjà fait une place, il a réussi dans sa partie. Moi je n'en suis qu'aux balbutiements de ma carrière. Et qui sait si je sortirai un jour de l'ombre ?

— Si vous me permettez, vous êtes *déjà* quelqu'un.

Je soupire, déchirée intérieurement.

— Oui, mais pas celle que je rêverais d'être. J'ai le sentiment d'être un brouillon, une esquisse de moi, vous voyez ?

Dans la pénombre, j'ai l'impression que la masseuse sous son masque de psy sourit.

— En Asie, nous sommes sensibles au charme de l'inachevé…

Plus facile à dire qu'à faire. Je ne veux pas exister uniquement au travers de son regard ! Et je n'ai aucune envie de dépendre de lui pour me sentir vivante !

— Tant que l'on ne s'est pas trouvé soi-même, il est difficile de bien aimer l'autre.

Les paroles de Lamaï restent un moment en suspens et trouvent en moi une résonance particulière. La séance touchant bientôt à sa fin, elle s'éclipse et me laisse seule dans l'alcôve feutrée. Je prends le temps de rassembler mes esprits. Et repense aux quelques hommes avant Antoine, à ces histoires d'amour avortées, sabotées plus ou moins consciemment par mes soins, en raison de doutes et de complexes cachés qui ont fini par faire leur lent travail de sape pour les décourager. Allais-je laisser mon histoire d'amour avec Antoine subir le même sort ?

Je sonde mon âme un instant. Non. Je l'aime trop pour cela. Je dois découvrir le moyen d'exister par moi-même. Mais comment ?

Tandis que je me rhabille, une idée, saugrenue, audacieuse, risquée, fait lentement son chemin dans mon esprit…

Scène 3

Antoine

Elle m'avait dit : « J'ai à te parler. » D'habitude, ce n'est jamais bon signe quand votre compagne vous annonce cela. Mais là, je n'y ai pas prêté attention. Car moi aussi j'avais à lui parler. Tout à la joie de la surprise que je comptais lui faire, je n'avais pas senti venir les vents contraires. C'était il y a six heures. Déjà dans une autre vie. Celle d'avant *l'annonce*.

À présent, Meredith et moi sommes assis autour de cette table des jours de fête, qui subitement a perdu tout éclat. Les bulles de champagne, le saumon, les bougies… La jolie mise en scène dans un chez-moi qui aurait dû devenir bientôt un chez-nous paraît soudain bien dérisoire. J'étais à deux doigts de lui offrir un double de mes clefs pour qu'elle vienne s'installer, un geste fort, gage de mon engagement auprès d'elle. L'engagement. Peut-être est-ce là que le bât blesse.

Meredith n'est pas prête. C'est ce qu'elle tente de m'expliquer, avec toutes les formes dont elle est capable, mais qui n'arrivent pas à arrondir les angles de ma douleur.

Elle veut prendre du temps pour se trouver, faire son chemin, pour mieux me revenir. Son idée : profiter de sa prochaine tournée pour entreprendre une sorte de « Love Tour », un tour du Moi, un tour du Nous, un tour de l'Amour. Comme si on pouvait faire le tour de la question…

De mon côté, je retiens surtout que cela signifie s'éloigner de moi. Et là, tout de suite, je ne comprends pas. Incrédule, je regarde ses lèvres bouger, me raconter la passion qu'elle a pour moi. Justement. Elle ne veut pas la gâcher. Les mots jaillissent d'elle comme un cri du cœur. Elle aussi a l'air d'avoir mal. Alors pourquoi s'imposer tout ça ?

Comme hypnotisée par son propre discours, elle raconte. Qu'elle veut être à la hauteur de notre histoire d'amour. Que, pour elle, une histoire d'amour avec un grand A se mérite, se prépare… Comparée à moi, elle a la sensation de faire figure de brouillon, d'être à peine une ébauche de ce qu'elle pourrait être, et cette idée lui est insupportable. Je veux hurler qu'elle se trompe, mais comment lutter contre des impressions aussi chevillées au corps ? Elle est convaincue que ce manque de fierté personnelle gangrènera fatalement ses sentiments et que cette absence d'estime finira par peser sur notre relation, et par la détruire. Elle argumente : « Toi, tu as déjà tout. » Les honneurs. La reconnaissance. Un producteur d'émissions radio avec sa petite cour déjà conquise. Elle revient sur la soirée pince-fesses-à-la-con de l'autre jour, me reparle du malaise désagréable qui surgit quand je la présente, s'énerve qu'on lui demande *dans quoi elle a joué*, n'en peut plus des petits sourires gênés ou goguenards, croit-elle, portés sur elle. Le fichu complexe d'infériorité qu'elle traîne comme un boulet depuis des années – depuis que sa famille de bourgeois de province lui bat froid parce qu'ils n'assument pas ce qu'elle devient, une artiste – la hante sans cesse. J'ai beau lui dire que moi, je crois en elle, même si pour l'instant elle n'a pas encore « percé », rien n'y fait. Elle veut devenir « quelqu'un » avant de se lancer dans l'aventure d'une vie avec un autre qui serait enfin The One. L'autre, c'est moi. Et le 1+1 = 3, elle n'y croit pas encore. Je voudrais lui dire que je m'en fiche, moi, de son petit manque de maturité affective, que je peux volontiers faire avec. C'est vrai qu'on peine à lui donner trente-deux ans, avec ses lubies enfantines que, comme des taches de rousseur rebelles, elle tente de camoufler sous une peau d'adulte, son foutu caractère d'écorchée vive, ses envies de princesse au petit pois, ses accès de folie que j'aime picorer en faisant le coq devant elle pour la faire rire, son rire justement, qui donne de la couleur et du grain à mes jours et encore plus à mes nuits, sa peau de velours que je caresserais jusqu'à la Nuit des Temps comme un Barjavel fou…

Fou, c'est ça. Fou d'elle.

La veine de mon front bat la mesure de ma détresse.

Je la regarde, cette idiote, cette branque, cette saltimbanque, cet amour. Qu'est-ce qu'elle est belle quand elle est dingue.

J'ai attendu trente-sept balais pour la trouver. Toutes mes histoires d'avant sont devenues translucides dans mon esprit depuis qu'elle a tout éclipsé d'un regard, d'un sourire. Et maintenant qu'enfin j'ai ma perle, elle veut prendre le large, m'abandonner ? La vie n'a pas de sens.

Meredith suit l'enchaînement de son raisonnement tissé de fils absurdes.

— C'est parce que je t'aime que je veux faire ça ! crie-t-elle enfin. Je dois courir le risque de te perdre pour me trouver, et mieux te retrouver après, tu comprends ?

Jamais je n'ai entendu un truc aussi fou. Je dois dire, pour une comédienne en herbe, qu'elle a déjà un remarquable sens de la dramaturgie.

— De toute façon, on garderait contact ! tente-t-elle de me rassurer.

— Ah ! Génial ! dis-je, amer. Je vais même avoir droit à quelques textos…

— Antoine ! Ce sera mieux que ça, je te le promets. Notre correspondance, par téléphone, mails, SMS, qu'importe, sera belle comme un fil d'Ariane, tu verras ! Le fait de ne pas nous voir un temps n'est pas la fin du désir, au contraire. Nous pourrions même chérir ce manque…

Je tente de la ramener à la raison dans un ultime sursaut d'espoir, en la secouant doucement par les épaules.

— Hé, ho ! Meredith ! On n'est pas dans une pièce de théâtre, là ! Tu délires complètement ! Tu m'annonces, froidement, que tu me laisses en plan pour aller explorer je ne sais trop quelles questions existentielles sur toi, moi, la vie, l'amour, et puis quoi encore ?

— Tu ne comprends pas…

— Ah oui ! Excuse-moi de ne pas comprendre, en effet !

— Je ne te laisse pas en rade, Antoine. C'est bien parce que tu es au cœur de tous mes plans d'avenir que je fais tout ça, parce que je tiens *éperdument* à toi et que je veux donner une chance à notre histoire de marcher pour de bon.

— Et moi, tu crois que je ne tiens pas *éperdument* à toi ? Tu as idée de ce que tu leur fais, à mes sentiments, en ce moment même ? Regarde-moi !

Je lui attrape fermement le menton pour l'obliger à me faire face. Elle tente de fuir mon étreinte. Une larme traîtresse coule le long de sa joue. Quelque chose se desserre dans ma poitrine. Je n'ai donc pas rêvé les sentiments qu'elle éprouve pour moi.

D'un coup ma résistance flanche, mes réticences s'évanouissent. Ma voix se fait caresse, papillon sur ses lèvres. Je dépose mille murmures de *je t'aime* dans son cou jusqu'à la faire frissonner. Elle est tellement sensible, ma Meredith. Un stradivarius de sensibilité.

✦

Meredith

Un *je t'aime* de plus et je perds toute dignité devant lui. Je serre les dents pour ravaler les sanglots qui me viennent. Il faut qu'il arrête ses mots lacrymogènes.

— Tais-toi !

— Jamais.

Antoine ! Je pourrais le mettre K-O dix fois, il se relèverait la onzième. J'aime cette ténacité chez lui. Mon regard se perd dans ses yeux marron clair aux lueurs ambrées, et ma main, machinalement, se glisse dans ses denses et soyeux cheveux bruns qui ont le don de me mettre à fleur de peau.

Nos lèvres s'unissent. Mon corps se plaque contre

le sien, comme un bateau qui reconnaît son port. Comment partir ?

Mais mon pire cauchemar revient rôder dans mon esprit ramolli de sucs roses : je me vois, dans cinq ans, engluée dans une routine bourgeoise, « la femme de… », celle dont on sourit quand elle parle de sa carrière, qui incarne à elle seule le mot intermittence – ce n'est plus une carrière en pointillé, c'est carrément une carrière en gruyère où même une souris ne trouverait pas de quoi casser la croûte. Et pour cause. La gentille petite épouse a fait deux enfants à l'homme qu'elle aime. Bien sûr, il travaille beaucoup. Bien sûr, il en faut un des deux qui soit plus sur le pont pour gérer la petite famille. Sur sa jolie robe, point de strass ni de paillettes, mais des auréoles de compote premier âge, quelques traînées de régurgitation. Des ongles coupés court où le vernis n'a plus lieu d'être. Plus pratique. Et l'œil de son aimé, qui, jour après jour, s'éteint un peu plus quand il la regarde… Impossible ! Leur amour ne peut finir ainsi ! Pas le leur. Pas eux !

Alors je dois chercher des solutions. Bien sûr, pour l'instant, il ne comprend pas. Mais il faut que je sois forte pour deux…

Je repousse les amarres de ses bras.

— Je pars, Antoine, dis-je le plus fermement possible. Je pars, mais je te reviendrai, je te le jure !

— Quand ?

— Je ne sais pas… Je…

— C'est trop flou, Meredith, je ne peux pas. Ce que tu m'imposes est déjà à la limite du supportable. Je t'aime, mais je ne pourrai pas t'attendre indéfiniment. Ça fait trop mal…

Il se ressert une coupe de champagne, les mâchoires serrées, l'avale d'un trait, et tourne en rond dans la pièce comme pour tenter de chasser son angoisse. Je le regarde, anxieuse, cherchant à tout prix une idée.

— … Un an et un jour ! m'exclamé-je soudain. Comme pour les objets perdus ! Un an et un jour, et alors je serai à toi pour toujours !

— Tu es en train de me proposer un compte à rebours, Meredith ? Décidément, tu as vraiment le sens du théâtre…

Malgré l'agacement, il semble réfléchir à ma suggestion, même si elle n'a pas l'air de lui plaire. Appuyé contre la fenêtre, il me tourne d'abord le dos, fait volte-face.

— Meredith. Sois réaliste. C'est *beaucoup* trop. Je ne tiendrai jamais aussi longtemps.

En mon for intérieur, j'en conviens. Antoine lance alors une autre idée.

— Et pourquoi pas quatre-vingts jours, comme pour Phileas Fogg dans le roman de Jules Verne ?

Je lis dans ses yeux un semblant d'espoir. Je fais rapidement le calcul, moins de trois mois. Je le regarde avec une moue désolée.

— Ça semble un peu court, mon chéri…

Il est déçu.

— Combien de temps te faut-il alors, une fois pour toutes ? éructe-t-il.

Le voir dans un tel état me serre le ventre. Je propose six mois du bout des lèvres. Il baisse la tête pour prendre la mesure de ce que cela signifie en termes de séparation, mais aussi pour que je ne voie pas son regard lorsqu'il capitule à ma demande. Il s'accorde quelques secondes avant de me répondre en prenant une profonde inspiration.

— OK, Meredith. OK. Je te laisse six mois pour faire tes explorations et me revenir. Mais je te préviens : je ne tiendrai pas UN jour de plus !

J'adore quand il fait semblant d'être dur. Je m'approche et l'enlace, faisant fi de son air renfrogné.

— Encore une chose, ajoute-t-il.

— Dis-moi…

— Je veux pouvoir te voir au moins une fois au cours de cette période.

— Promis.

Il pousse un soupir à fendre l'âme.

— Tu es vraiment sûre de vouloir tout ça, Meredith ?

Je sens la chaleur de son corps se propager dangereusement sur ma peau, et crains de voir ma détermination flancher. Je le repousse gentiment.

— Sûre.

Je feins de ne pas voir le voile de tristesse troubler ses cils.

— As-tu mieux compris pourquoi j'essaie de faire tout ça ?

Il me regarde avec une infinie tendresse.

— Oui.

Je sais ce que cela lui coûte de me donner cette forme de bénédiction. C'est le cadeau qu'il me fait, pour que je puisse partir l'esprit tranquille. Je l'aime plus encore en cet instant.

Vite. M'en aller, avant de changer d'avis.

Il me serre dans ses bras une ultime fois et, tandis que je me détourne pour m'éloigner, nos mains restent accrochées. Arrachement.

J'attrape mon manteau en vacillant et traverse la pièce

en trois enjambées. Sur le seuil, je me retourne pour lui jeter un dernier regard. Mauvaise idée. Je m'enfuis.

Dans la rue, mes talons claquent sur le pavé et leur bruit cadence dans ma tête les pensées assassines qui martèlent mes tempes. *Tu es folle. Complètement folle.*

Dans un ultime sursaut, je lève les yeux vers le deuxième étage. Il est là, un peu caché par le rideau feutré. Je jurerais avoir vu perler une larme au coin de ses yeux. Un rat me dévore les entrailles. Je m'éloigne comme une voleuse. J'emporte avec moi un drôle de butin : une histoire d'amour inachevée, qui, dans six mois, vaudra encore plus cher… ou plus rien du tout !

Il pleut. Non, c'est moi qui bruine.

Ça vibre dans ma poche. Un message. C'est lui. Je respire pour la première fois depuis les quinze dernières minutes. Cinq mots s'étalent sous mes yeux :

« Va. Vis et reviens-moi. »

Il a le sens de la formule. Si seulement c'était sa seule qualité ! Comme dans le film de Radu Mihaileanu, *Va, vis et deviens*, me voilà aussi en exil.

Sauf que cet exil, c'est moi seule qui l'ai voulu…

« Le pain de l'exil est amer. » Merci, Shakespeare ! Je ne m'attendais pas à avoir ce goût d'acier en bouche. Et cette saveur de métal rouillé, ils ne sont pas près d'en faire un parfum de chewing-gum ! Ma tempête, je l'ai voulue, mais, pour l'instant, je ne l'assume pas. Sur mon radeau qui tangue, un seul nom me vient : Rose.

Je décroche mon téléphone. Au son de ma voix qui mouche, elle n'a pas besoin de détails.

— Rapplique ! ordonne-t-elle.

Ni une ni deux. Je m'engouffre dans un taxi et ne me fais pas prier pour rejoindre ma réparatrice de cœur brisé.

Scène 4

Rose

Quand je la vois arriver, Meredith a l'air complètement défaite ! J'ouvre grand les bras et la serre fort contre ma poitrine. Deux airbags de tendresse.

— Eh ben, ma doudou, dans quel état tu es ! Entre, tu es congelée.

— Merci, Rose, c'est ado…

— Chut ! Pas trop fort ! Késia dort à côté.

Il ne faudrait pas qu'elle réveille ma p'tite princesse. Trois histoires et deux comptines pour arriver à l'endormir.

Meredith entre sans se faire prier, enlève délicatement ses talons pour se mettre à l'aise et va tout naturellement se recroqueviller dans le canapé. Elle connaît la maison.

— Pourquôa tu pleurrres ?

— Chut, Roméo ! Arrête de parler !

Roméo, c'est mon cacatoès. Un rosalbin splendide que j'ai eu pour mon anniversaire, le jour de mes quinze ans. Vingt ans d'amour complice. Roméo, l'autre enfant-roi de la maison. Je lui voue une véritable passion. D'autant que ça n'est pas un perroquet comme les autres. Ses aptitudes cognitives semblent très au-dessus de la moyenne. Au point qu'il est régulièrement suivi par une équipe de scientifiques qui lui fait passer toutes sortes de tests… Je laisse faire, tant que ça a l'air de l'amuser, lui. Particulièrement sensible aux humeurs, il comprend immédiatement que quelque chose ne tourne pas rond pour mon amie et, en trois coups d'ailes, volette jusqu'à elle.

— Ça va cocotte ? caquette-t-il.

Meredith renvoie un piètre sourire à l'oiseau rose aux ailes grises. Il lui fait du charme en déployant sa crête couleur Tagada, comme dit ma fille. Elle caresse doucement son plumage d'une main tout en essayant d'effacer de l'autre les rivières de mascara roulant sous ses yeux.

Je soupire, mi-compatissante, mi-agacée, car malgré l'immense affection que j'ai pour Meredith, je ne la comprends pas : c'est elle qui a eu l'idée absurde de quitter Antoine pour vivre cette drôle de parenthèse. Je ne le lui ai pas dit pour ne pas la blesser, mais je reste sceptique… Si tout le monde attendait d'être prêt au grand amour pour se mettre en ménage, il ne resterait plus beaucoup de couples sur Terre ! Enfin… Moi, je crois surtout qu'elle a commencé à chocotter. Ça sentait le sérieux à plein nez avec lui. Je me demande même s'il n'était pas à deux doigts de la demander en mariage. Pour le grand saut dans la vie conjugale, Meredith n'est pas encore mûre. Ça, non.

On a passé des heures à parler de cette histoire, jusqu'à en devenir chèvres ! Avec mon bon sens terre à terre, je ne vois pas pourquoi elle ne profite pas *tout simplement* de cet amour, sans prise de chou. Un type comme lui n'arrive pas tous les quatre matins. Quand je pense que c'est moi qui les ai présentés !

J'ai essayé de lui faire entendre raison. De l'avertir des risques. Rien n'y a fait. Meredith est convaincue du bien-fondé de son plan saugrenu. Que, au contraire, seul ce Love Tour et cette vaste exploration permettraient de comprendre les secrets d'une véritable histoire d'amour qui dure, comme dans les contes de fées ou les films d'Hollywood qui finissent bien. Enfin, on ne m'enlèvera pas de l'idée que ça ressemble surtout à une fuite en avant.

Quoi qu'il en soit, en la voyant ainsi recroquevillée sur le canapé, dans un mutisme éploré, j'ai de la peine pour elle. Je vais attendre un peu avant de demander comment ça s'est passé...

— Qu'est-ce que tu veux boire, ma belle ? Café, tisane ? Triple rhum cul sec ?

Un peu d'humour sauve de tout. Mon grand-père Victorin, de Martinique, me l'a toujours dit.

Meredith se déride légèrement.

— Une tisane au rhum, tiens !

C'est bien. Elle n'a pas complètement perdu le nord. Il y a de l'espoir.

Je pars en cuisine préparer les décoctions réconfortantes et transgressives.

Cela fait maintenant cinq ans que je connais Meredith. Elle est devenue plus qu'une amie, une sœur. Et, aujourd'hui, ma partenaire de scène. On ne se quitte pour ainsi dire plus. À l'époque, quand je l'ai vue débarquer au cours de théâtre de la rue Frochot, elle avait l'air franchement larguée, mais dégageait ce je ne sais quoi d'irrésistible qui captivait tout le monde.

Les hommes, surtout. Je crois que, au cours, tous ont été amoureux d'elle tour à tour. Et moi comme les autres je la trouvais craquante. Pas jolie « lisse ». Jolie touchante. *Jolie qui ne sait pas trop qu'elle est jolie.* Avec ses cheveux châtains en cascade jusqu'aux épaules, irrégulièrement taillés ébouriffés dans un effet coiffé-décoiffé, aux reflets, de blé doré, sa bouche dessinée au burin de Rodin, son petit nez mutin pailleté de discrètes taches de rousseur, et ses yeux vert pâle... Heureusement, sa poitrine menue et ses ongles rongés la sauvaient d'une beauté trop indécente. À l'époque, j'avais deux choix : la détester ou en faire ma meilleure amie. J'ai choisi la seconde option.

La bouilloire siffle et j'entends l'eau clapoter à gros bouillons. J'attrape deux sachets et verse une grosse rasade de rhum dans chaque mug. De quoi ressusciter un mort !

Meredith se tient dans l'embrasure de la porte.

— Je peux t'aider ?

— Non, retourne te mettre au chaud sous le plaid, j'arrive.

Je la regarde s'éloigner et souris intérieurement. Qui mieux que moi connaît les étranges contrastes de ce petit bout de femme ? Tantôt chat, tantôt panthère... Tendre et violente. Timide et extravertie. Tout et son contraire. Un mélange des genres qui ne laisse personne indifférent. Le plus curieux, ce sont ces reliquats d'éducation bourgeoise évidente qui tentent de cohabiter avec des traits frondeurs et un caractère à cracher des flammes, pourtant criblé de complexes imaginaires.

Je me souviens des premières fois où elle est montée sur scène ; avant chaque passage devant le groupe, elle plantait ses faux ongles dans mes avant-bras, au comble de l'angoisse. Pour Meredith, se produire devant un public est une torture, le trac lui tord les boyaux, et pourtant elle a choisi les planches comme planche de salut. J'ai su plus tard que, dans un moment de rébellion, elle avait quitté sa province natale et laissé derrière elle sa famille, hostile à des projets d'artiste qui cadraient mal avec l'idée que ses parents se faisaient *d'une vie comme il faut*. Études, carrière, mariage, enfants… La normalité. Quel vilain mot. Elle avait tenté pourtant. Pour contenter ses parents. Trois années de sciences économiques et sociales à la faculté de Lille. Mais à se glisser dans un uniforme si peu taillé pour elle, elle n'avait pas vu tout de suite qu'elle s'étiolait et se trahissait d'année en année. Tout ça pour finir en dépression. Une vraie. Celle où on n'a plus envie de sortir du lit et où faire le tour du pâté de maisons semble déjà un exploit olympique. La faute à la suradaptation, au faire-plaisir. Après plusieurs mois à traîner comme une ombre dans l'opprobre familial et l'autodésolation, le décès de sa grand-mère adorée avait été le déclencheur salutaire de sa rébellion. La vieille dame, son unique alliée, était la seule à avoir décelé précocement le talent de sa petite-fille pour la comédie. Elle ne cessait de l'encourager à tenter sa chance. Finalement, sa mamie est partie la première. Mais je suis sûre que c'est ce qui a donné à Meredith le courage de s'affranchir du regard parental pour oser vivre l'existence dont elle avait toujours rêvé : une vie de saltimbanque.

Je retourne au salon avec les deux boissons bouillantes que je pose sur ma table basse et plante mon regard dans celui de Meredith.

— Alors, raconte.

✦

Meredith

Ma Rose. Quand elle m'a ouvert sa porte, tout à l'heure, j'ai ressenti une bouffée de gratitude. En quelques années, elle est devenue une mère, une sœur, une amie. Une famille en couteau suisse à elle toute seule. Je ne sais pas pourquoi, mais Rose fait partie des rares personnes qui, dès que vous les voyez, vous donnent le sourire. Rose est ainsi. Un rayon de soleil d'un mètre quatre-vingts, ça couvre déjà une sacrée surface !

Maintenant qu'elle m'écoute si gentiment, si patiemment, raconter ma soirée, je regarde ses fascinants cheveux crêpés sur vingt centimètres d'auréole autour de sa tête.

Qu'elle est belle ! Rose, le prénom que lui a donné sa mère en l'honneur de la chanteuse Calypso Rose, qu'elle écoutait en boucle : elle adorait se laisser gagner par la gaieté de cette « Cesária Évora des Caraïbes » et par le groove entraînant de ses chansons festives.

En lui racontant l'échange avec Antoine, les larmes me viennent et je vois deux petites rides du lion se dessiner entre les yeux de mon amie. Deux prunelles noisette clair aux reflets vert d'eau, qui brillent de contrariété.

— Tu vois dans quel état ça te met ? Ton truc me désole, franchement. On dirait que tu aimes te pourrir la vie…

Les boucles d'oreilles créoles s'agitent au rythme de son indignation. Je suis touchée qu'elle s'inquiète.

— Ce n'est pas ça, Rose… Je t'assure, j'ai retourné la situation dans tous les sens et, même si c'est très dur, la parenthèse m'apparaît comme la seule solution pour prendre du recul, comprendre pourquoi je bloque et voir si notre histoire d'amour peut avoir une chance de vivre…

Elle bougonne, peu convaincue. J'avale une gorgée de tisane brûlante.

— Fais attention ! sourit ma fée. Déjà que tu te brûles les ailes en amour, faudrait pas en rajouter !

On entend un bruit de porte s'ouvrir et une petite voix murmurer :

— Maman ! Qu'est-ce qui se passe ?

Rose marmonne quelques jurons créoles. Késia s'est réveillée. J'ai dû faire trop de bruit. Elle est si mignonne, sa petite, dans sa chemise de nuit à l'imprimé licorne, accrochée à son doudou lapin aux allures de vétéran – tout pelé, avec un œil en moins. En cinq ans, il en a vécu des choses entre les bras de Késia.

— Tu es debout, toi ! Il ne manquait plus que ça ! Tu vas être fatiguée à l'école demain ! Allez, zou ! Au lit.

Elle attrape sa brebis égarée d'une main leste et la prend sur son dos. Entre elles deux, le contraste est saisissant. Késia ressemble à une toute petite crevette dans les grands bras de sa maman. Sa peau de lait, ses longs cheveux châtain clair lisses comme des herbes de savane, ses grands yeux bleus. Rien ne laisserait penser qu'elle puisse être la fille de Rose. Combien de fois mon amie s'est-elle d'ailleurs offusquée qu'on la prenne pour la baby-sitter ? Les lois de la génétique sont impénétrables… La fillette semble avoir tout pris de son père, un superbe steward suédois, séduit entre deux escales à Paris, et envolé, sitôt tombée la nouvelle de la grossesse. Elle noue ses jambes maigrelettes autour des larges hanches de sa mère, s'accrochant comme un arapède à la solide monture charpentée.

— Oh, fais-moi le cheval, maman ! supplie la petite fille.

— Pas à cette heure, ma Timoun !

— Allez ! S'il te plaît.

Rose trotte allègrement vers la chambre.

— Hue dia ! Hue dia ! s'écrie la fillette, ravie. C'est bien plus rigolo comme ça pour retourner au dodo.

Mon amie éclate de son rire tonitruant que j'aime tant, dévoilant sans complexe ses dents du bonheur. Elle se prête de bon cœur au jeu de sa fille. Je sais qu'elle ne peut pas lui refuser grand-chose. Roméo s'en mêle et commence à imiter le hennissement de la bête. Chaque fois, je reste bouche bée devant ses talents d'imitateur. Il volette jusqu'à l'épaule libre de Rose et lui picore le cou de son bec entre deux onomatopées. Un vrai cirque ambulant ! Pour ramener un peu de calme, Rose fait semblant de se fâcher. Et le chasse d'une main.

— Allez, ça suffit tout le monde ! Minuit trente ! C'est du grand n'importe quoi !

— Euh, je peux aider à quelque chose ?

— Non, tu ne bouges pas. Toi, tu rentres dans ta cage. Et toi, au lit ! Exécution !

Quand elle prend son ton d'adjudant-chef, chacun file droit. Élevant seule sa fille, elle doit endosser tous les rôles, de maman gâteau à maman dragon… Multi-casquettes.

Pendant que Rose s'affaire dans la chambre de Késia pour la coucher, je reste seule avec Roméo. Un brin vexé de s'être fait rembarrer un instant plus tôt, le perroquet fait la tête et me lance un regard sombre. Je le comprends.

— Eh ouais, mon pote. La vie n'est pas facile tous les jours !

— *Pas faciiiiile !* répète-t-il en appuyant sur la sonorité aiguë de la deuxième syllabe.

Quand Rose revient, elle me trouve en train de fumer sur le minuscule balcon et me sermonne.

— Allez, rentre vite, tu vas attraper la mort. Quand est-ce que tu comptes arrêter ?

Je résiste à répondre : « Quand je serai vraiment heureuse. »

Elle déplie fissa le canapé-lit, n'ayant qu'une chambre, occupée par sa fille.

— On va se serrer ! dit-elle, nullement embarrassée par cette perspective.

En guise de chemise de nuit, elle me prête un de ses T-shirts dix fois trop grand pour moi, qui m'arrive au genou. Je me brosse les dents pour enlever le goût de tabac et me glisse sous la couette. Je garde les collants. Je grelotte. De froid. Mais pas seulement.

On discute encore quelques instants.

— Allez, va. Demain, il fera jour.

Ça…

Rose éteint la lumière en me souhaitant une bonne nuit. Je sais que, pour moi, elle sera longue.

Scène 5

Meredith

Compte à rebours : J – 182

Le réveil sonne à 7 h 30. La petite doit être à l'école dans une heure. Pour épargner mon sommeil, Rose tente de faire le moins de bruit possible et chuchote. Contrairement à Késia, qui, comme tout enfant de cinq ans qui se respecte, parle fort et reste perturbée par la présence d'une étrangère dans son salon.

— Pourquoiiiii elle a dormi là, Merediiiiith ?

Je suis toujours fascinée par l'aigu des sons qu'arrivent à sortir les petits, et surtout leur faculté à appuyer sur les mots comme des marteaux sur le crâne des pauvres insomniaques.

— Chut ! Parle moins fort, ma Timoun ! Meredith a un gros chagrin, alors elle se console un peu ici, tu vois.

— Et elle va rentrer quand dans sa maison ?

— Késia ! s'offusque sa mère, vaguement embarrassée.

Elle l'entraîne dans la cuisine pour lui préparer un chocolat chaud et le rituel pain au lait tartiné de miel.

Ça sent bon. J'en aurais presque l'eau à la bouche… Mais pas la force de me lever pour l'instant. En demi-coma, je me retourne dans le lit en poussant un grognement, puis enfouis ma tête sous l'oreiller.

Ne plus bouger. Ne plus jamais sortir de cette bulle de chaleur protectrice. Oublier la stupide résolution de m'éloigner d'Antoine… Mais qu'est-ce qui m'a pris ?

Rose et Késia sont presque prêtes à partir maintenant.

— Mets ton manteau, Késia ! Dépêche-toi, sinon on va être en retard.

La fillette s'exécute mollement. Rose l'aide d'une main impatiente à fermer sa doudoune. Son regard tombe sur les sneakers lumineuses aux lacets pendouillants.

— Oh non ! Késia, tu exagères ! Tu sais bien que tu n'as pas le droit de mettre tes chaussures avec les semelles qui clignotent à l'école ! Pourquoi tu n'as pas pris tes roses à scratch ?

Je souris intérieurement : pas folle. Ça en jette beaucoup plus avec les semelles à leds !

Rose regarde sa montre et grogne.

— De toute façon, plus le temps d'en changer ! Tant pis. Tu te feras gronder par la maîtresse.

Késia fait semblant de prendre un air contrit, mais en réalité, je vois à son œil brillant qu'elle est ravie d'avoir gagné la partie et ne pense qu'à son plaisir dans l'instant présent. C'est beau, les gosses.

— Bon, j'y vais ! me lance Rose. Reste autant que tu veux, hein ? J'ai un rendez-vous ce matin. Je reviens vers midi.

— Merci, tu es un cœur. Mais je pense que je vais rentrer.

— Comme tu voudras ! On s'appelle ?

— Rose ?

— Oui ?

— Merci pour tout.

Après leur départ, je me décide à sortir de ma léthargie et à me lever. Mes pas se dirigent vers la cuisine où j'espère trouver de quoi me faire un café-de-survie. À peine intimidé, Roméo entreprend de me suivre. Dès que je me retourne, il se fige. Je joue avec lui un instant à une sorte de 1, 2, 3 Soleil !. Je souris, impressionnée, puis me penche pour lui gratter le cou et caresser sa jolie tête. Il m'honore de magnifiques roucoulements et je remarque que ses pupilles se dilatent de plaisir. Je crois que j'ai un ticket…

Je retourne tous les placards pour trouver enfin le pot à café et la précieuse poudre noire. Tandis que je reste plantée devant la machine à regarder la progression du goutte-à-goutte régénérant, j'entends un bruit étrange à côté. Et qui je vois débarquer dans la cuisine ? Roméo, fonçant à toute blinde vers moi sur ses rollers d'appartement !

— Hey ! Petit clown ! T'es sûr que ta maîtresse t'autorise à faire ça ?

Le perroquet se met à rouler autour de la petite table de cuisine en chantant à tue-tête du Rihanna ! Cet oiseau est complètement dingue…

Pour le calmer, je ramasse une pomme de pin restée au sol et la lui tends. Il ne se fait pas prier et lâche ses rollers pour venir mâchonner ce jouet végétal.

Nos *crunch* s'unissent de concert.

Le début d'une complicité.

Je me laisse envahir par les vapeurs du café brûlant. Puis de la douche brûlante. Une trêve.

✦

De la buée sort de ma bouche. Janvier ne fait pas semblant. Hâte de rentrer chez moi, mais le courage me manque. Si c'est pour tourner en rond entre quatre murs toute la journée en pensant à lui, merci ! La marche rapide m'a toujours fait du bien. Elle a le don d'exfolier ma fatigue et de gommer les pensées ruminantes de mes méninges. Comme j'habite avenue de Laumière dans le 19e arrondissement, je décide de faire un crochet par les Buttes-Chaumont. Combien d'heures ai-je passées à arpenter ce merveilleux parc depuis mon arrivée à Paris, il y a cinq ans ? Il a vu toutes les couleurs de mes humeurs… J'en connais les moindres recoins, ses dénivelés, ses perspectives, ses points de vue, ses grottes, ses cascades, son lac artificiel…

Presque tous les jours, j'y fais un crochet pour venir saluer les arbres. Eux et moi, on est un peu potes. Leur équilibre, leur force tranquille me donnent de l'énergie et me recentrent. Avec le temps, s'est instaurée une complicité muette.

Ici, entre les variétés végétales exotiques et les nombreux volatiles – mouettes, poules d'eau, canards colverts – difficile de se croire à Paris.

Ce matin, un épais brouillard enveloppe le parc désert, à l'exception de quelques rares runners fous furieux.

Quand le ciel bas et lourd pèse comme un couvercle
Sur l'esprit gémissant en proie aux longs ennuis,
Et que de l'horizon embrassant tout le cercle
Il nous verse un jour noir plus triste que les nuits ;

Je le connais par cœur ce poème, *Spleen*. Quand il fait un temps pareil, je ne peux m'empêcher de le réciter. Et il colle tellement à mon humeur du jour. Même mes amis les arbres ont capitulé et baissent la tête, résignés et impuissants à me réconforter.

J'approche bientôt de la Passerelle. L'un des endroits clés du parc. C'est un pont en pierre composé d'un seul arc en plein cintre qui surplombe le lac à vingt-deux mètres de hauteur. De quoi faire froid dans le dos. Ne le surnomme-t-on pas le pont des Suicidés ?

Je frissonne. Ce point de vue, avec cette passerelle, cette haute falaise au sommet couronné par un temple, ces grands arbres sombres qui s'agitent, me font penser à l'atmosphère dramatique d'un tableau de Delacroix et à toute l'époque romantique du XIXe siècle.

Je m'avance à pas lourds sur le pont et le spleen m'envahit de nouveau. Je m'arrête à mi-chemin et m'appuie sur la rambarde. C'est beau. C'est triste. Je fouille dans mon sac à la recherche d'un paquet de cigarettes et ouvre un pan de mon manteau pour tenter de l'allumer à l'abri du vent glacé. Six mois sans le voir. Ou pire. Je comprends soudain le risque que je prends : le perdre irrémédiablement. Dans mon impulsivité et mon délire romanesque, ai-je suffisamment pris en considération ce danger ?

Submergée d'émotions, de froid, de manque de sommeil, je me mets à pleurer à chaudes larmes tout en tirant sur ma clope. Perdue dans mes pensées, je ressors mon briquet inséré dans un bel étui argenté, cadeau d'Antoine justement, pour rallumer ma cigarette éteinte, et, dans un geste maladroit, il m'échappe des mains. Un cri strident sort de moi tandis que l'objet plonge vers l'abîme. Dans un réflexe pour le rattraper, je me penche et tends la main vers les flots noirs.

Je sens alors avec stupeur quelqu'un me saisir par-derrière et enserrer ma taille de ses bras. Cette fois, c'est un cri de surprise et d'effroi qui retentit !

Mon corps est propulsé sur le côté. Le mouvement m'a fait basculer au sol et je vois une masse sombre se pencher vers moi. Un homme. Épais. J'ai un mouvement de recul. Mon Dieu, qu'est-ce qu'il me veut, celui-là ? Me voilà allongée par terre, dans un parc désert, à la merci d'un pervers ! La peur de ma vie…

L'homme me surplombe de toute sa hauteur et son bras fait un mouvement brusque vers moi.

Instinctivement je me protège le visage et m'apprête à lui balancer un coup de pied dans les parties quand je m'aperçois, *in extremis*, qu'il tend la main pour m'aider à me relever.

Je reprends mes esprits et rassemble d'autres indices plus rassurants. La casquette, l'insigne… C'est un gardien du parc.

Il me tire pour me relever. Je me crois sortie d'affaire. Mais voilà qu'il commence à me serrer dans ses bras à m'étouffer. Mince. Il n'est peut-être pas si net.

— … Faut pas faire ça, hein, faut pas, marmonne-t-il dans mon oreille.

Faire quoi, bon sang, me demandé-je, inquiète et agacée à la fois. Je tente de me dégager de la désagréable étreinte forcée.

— Euh, monsieur, arrêtez, là, vous me serrez trop fort !

Il s'écarte, finalement, et me regarde, l'air grave, en fixant mes yeux bouffis par les pleurs et la nuit sans sommeil, ému, concerné. Il m'attrape fermement le bras à hauteur du biceps et m'entraîne de force.

— Allez, venez, suivez-moi.

— Mais… qu'est-ce que…

— Non, non, non, ne protestez pas ! Faut pas rester comme ça, hein ! Vous allez venir boire quelque chose de chaud à ma cabane et me raconter ce qu'il vous arrive. Faut parler dans ces cas-là…

— C'est très gentil, mais tout va bien, monsieur, je…

Il tourne vers moi le *regard-de-celui-à-qui-on-ne-la-fait-pas*.

— Ne discutez pas ! Vous savez, il n'y a pas de honte à avoir besoin d'aide à certains moments…

— Mais enfin, je n'ai pas besoin d'aide !

L'homme rit gentiment, avec compassion.

— C'est toujours ceux qui en ont le plus besoin qui disent ça. J'ai l'habitude, allez…

Je comprends soudain la méprise : moi, sur le pont des Suicidés, les yeux bouffis de larmes, ombre désolée noyée dans le brouillard, et mon ridicule mouvement pour essayer de rattraper le briquet…

— Je crois qu'il y a erreur, tenté-je. Je n'ai jamais voulu me…

— N'en parlons pas, voulez-vous ? lance-t-il d'une manière tranchante.

De guerre lasse, je me laisse entraîner vers sa cabane. Au détour d'un chemin vallonné, je découvre son pavillon de gardien, petite maison de brique joliment décorée de faïence.

À l'intérieur, il me pousse vers une chaise et m'ordonne de m'asseoir, tandis que, presque joyeux, auréolé de ce qu'il pense être son acte de sauvetage, il prépare un café.

Mon œil se balade alentour et je découvre sur les murs des lettres accrochées, des cartes postales de toutes sortes. Je me lève pour regarder de plus près.

Partout, des mots de remerciements. J'en lis des bribes. *Vous m'avez sauvé la vie ! – Je ne vous oublierai jamais – Vous avez été une lumière dans ma nuit*...

Je commence à comprendre : le gardien est une sorte de saint-bernard des âmes en détresse ! Le cocasse de la situation m'arrache un sourire.

Il me tend une tasse de café bouillant. Finalement, ce n'est pas de refus.

Je couve d'un œil attendri ce héros ordinaire qui veille dans l'ombre sur les destins à la dérive. L'agent municipal, le rabat-joie de service, l'empêcheur de pique-niquer en rond, cache sous son costume un bienfaiteur de l'humanité.

Je me prends au jeu et lui dévide ma peine de cœur. Il écoute en hochant la tête à chaque bout de phrase, pour m'encourager à poursuivre. J'ai rarement croisé quelqu'un manifestant autant d'empathie. Au bout d'une demi-heure, je suis la première surprise de constater à quel point cela m'a fait du bien d'être écoutée.

J'apprends qu'il se prénomme Jean-Claude. Qu'il travaille dans le parc depuis quinze ans. Je ne l'avais pourtant jamais remarqué.

Je m'apprête à prendre congé.

— Plus de bêtises, hein ? invite-t-il avec affection.

Je lui souris en retour.

— Promis.

— Donnez-moi de vos nouvelles si vous y pensez, d'accord ? J'aimerais être sûr que vous allez bien.

Il me tend son numéro de téléphone. Je me dirige vers la porte quand il me rappelle.

— Attendez !

Il me rattrape par la manche et prend ma main pour y glisser quelque chose.

— Vous regarderez plus tard, ajoute-t-il avec un clin d'œil.

Je fourre le petit paquet ficelé dans mon sac et sors de l'antre réconfortant. Tandis que je m'éloigne de la cabane, les mots du garde résonnent encore dans mes oreilles : « Portez-vous bien ! »

Je fais un signe de la main à celui que je surnomme désormais le Gardien des Espérances.

Scène 6

Rose

Je viens de déposer Késia à l'école. Tous les matins, la même course contre la montre. À cet âge, on a encore le droit de les accompagner dans leur classe. Dans les couloirs, c'est l'heure de pointe des parents agités comme dans une termitière, qui se bousculent pour déposer à la hâte leur progéniture. Les maîtres, maîtresses et ATSEM tentent de ramener un peu de calme. Peine perdue. Ça crie, ça pleure partout. On assiste à des adieux quasi déchirants de mamans qui n'arrivent pas à partir, le ventre noué de laisser leur petit, le couvrant de mille petits baisers culpabilisés, se faisant un sang d'encre pour un nez qui coule, un épi, une couette de travers, un lacet défait, et qui cachent leurs larmes derrière des sourires de façade, tant que la porte de la classe n'est pas franchie. Et puis il y a le petit drame du quotidien – la pauvre mère, complètement dépassée par son double emploi de maman cadre, dans sa précipitation affolée des matins qui débutent mal, préoccupée par une importante présentation client, et qui commet l'erreur fatale : l'oubli du doudou. Tout le monde lui jette un regard compatissant et navré. Ça n'empêche : elle n'a plus qu'à faire l'aller-retour au pas de charge, en sortant son martinet imaginaire pour se flageller tout le long du chemin pour sa stupidité. La culpabilité, ça nous connaît, nous, les mères. Quant à moi, j'ai eu droit aux remontrances de la maîtresse pour les chaussures qui clignotent, interdites bien sûr. Pendant cinq minutes, j'ai eu cinq ans, et je me suis fait taper sur les doigts.

Quand je sors de là, j'ai les nerfs en pelote. Je décide d'aller boire un café. Après la courte nuit et, mine de rien, le récit des soucis de Meredith qui m'ont tenue éveillée, je crois l'avoir bien mérité.

Je songe à l'histoire de Meredith et Antoine. Quand je les ai présentés il y a huit mois, jamais je n'aurais cru possible un tel coup de foudre entre eux. À première vue, ils paraissent incompatibles. Elle, si excentrique et à fleur de peau. Lui, si posé et sûr de lui. Cupidon est un sacré farceur. Je ne sais quoi penser de l'idée farfelue de Meredith d'imposer à Antoine cette « parenthèse forcée ». Je l'adore, mais j'aime aussi beaucoup Antoine et en aucun cas je ne voudrais le voir souffrir. C'est un homme formidable. Qui plus est, je lui dois une fière chandelle : grâce à lui, il y a quatre ans, j'ai réussi à me loger dans cet appartement décent avec ma fille, alors encore bébé. Il n'a fait rien de moins que jouer mon compagnon et se porter caution ! Je n'oublierai jamais. Car chercher une location quand on est à la fois « personne de couleur », « mère célibataire » et « intermittente du spectacle », c'est la triple peine et presque mission impossible. J'en ai connu, des écueils, avant d'oser lui parler de mon problème. Au départ, je ne voulais ni l'ennuyer ni profiter de sa situation avantageuse dans l'une des plus grosses radios de France alors que nombre de gens n'hésitent pas à le faire, cherchant à l'utiliser d'une manière ou d'une autre. Pas moi.

Antoine et moi nous sommes connus d'une manière tout à fait originale. Un jour, je lui ai tout simplement… sauvé la vie ! Par le plus grand des hasards, nous nous étions retrouvés au même cocktail déjeunatoire lors d'une inauguration artistique. Antoine, pris par une verve un peu trop virulente à raconter quelque anecdote devant une petite cour d'intéressés – pour la plupart des aspirants postulants pour sa chaîne de radio –, a eu la mauvaise idée d'essayer de respirer une olive. La fausse route aurait pu lui être fatale, si je n'avais été formée par la Croix-Rouge aux techniques de premiers secours, dont la manœuvre de Heimlich. Un miracle que j'aie été là. Antoine, par nature généreux et reconnaissant, aurait pu se contenter de chaleureusement me remercier, mais il avait absolument tenu à ce que l'on se revoie pour trouver un moyen de m'exprimer plus dignement sa gratitude. Quand il a su que j'étais comédienne, il m'a présenté des responsables de casting de voix et d'enregistrement de pièces de théâtre pour la radio. Une aubaine pour la jeune comédienne que j'étais, jamais sûre de boucler ses fins de mois. Entre nous, il n'a jamais été question de rapport de séduction, Antoine n'est pas du tout mon genre, et vice versa. Suite à cet épisode, nous sommes restés en lien, de loin en loin.

Jusqu'au fameux dîner d'anniversaire où j'avais décidé de rassembler quelques amis et connaissances.

Soit la première fois que je réunissais Antoine et Meredith. Eh bien, ils se sont dévorés des yeux toute la soirée. Honnêtement, je n'ai jamais trop cru au coup de foudre. Avant eux, car dans leur cas tout s'est fait avec une telle rapidité ! Une évidence. Quel étrange phénomène, si rare, que l'amour réciproque ! Alchimie parfaite, alignement des planètes, synchronicité insolente… J'ai regardé leurs sentiments pousser aussi vite que des fleurs de lune, avec envie, sans jalousie. J'étais sincèrement heureuse pour eux. N'étaient-ils pas la preuve que l'amour reste possible ?

Et moi ? Où en suis-je de l'amour ? Vaste question. Je désespère parfois que le ciel exauce un jour mon vœu si cher de trouver l'âme sœur. Mon parcours sentimental a été si chaotique jusqu'alors ! Me remettrai-je jamais de l'abandon du père de ma fille avant même qu'elle vienne au monde ? Ce genre de plaie ne se referme pas facilement, et, sous mes airs de grande femme forte, ma confiance en moi et en l'autre sexe en a été profondément ébranlée.

J'ai songé, durant une courte période, à renoncer irrémédiablement à l'amour. En finir avec lui, source de tant de souffrance et de frustration ! Comme cela pourrait être reposant… Prendre le risque d'aimer, c'est courir celui de souffrir. Mais aussi se donner la chance d'être heureuse. En pesant le pour et le contre, je me suis donc remise dans la course. Course à l'âme sœur, difficile, incertaine. Parfois, la solitude m'asphyxie et les doutes m'envahissent. Et si je finis seule ? Comme un rat ! Et si je ne parviens jamais à trouver cet autre ? Et si jamais aucun homme ne s'arrête pour moi ? L'amour partagé n'est-il pas un mythe inventé de toutes pièces, une chimère, un joli conte ? Que disent les probabilités sur la chance de vivre un amour authentiquement réciproque ? Aussi minces que de gagner au Loto ?

Je chasse cette désagréable pensée et me choisis un petit coin tranquille du café, près de la vitre. J'aime bien regarder les passants. Et parfois, quand j'ai le temps, m'imaginer leur vie. Le serveur m'amène un double expresso et je craque pour un croissant. J'entends alors la voix de ma mère. « Cinq minutes dans la bouche, deux heures dans l'estomac et toute la vie dans le derrière, ma fille ! »

Il faut avouer que, de nature, mes fesses sont naturellement rondes. Et que je les assume assez mal... Tant pis, je croque avec délice dans l'objet défendu et savoure jusqu'à la dernière bouchée le bon goût du beurre.

Mais il ne faudrait pas oublier les affaires importantes. Je dégaine mon smartphone et consulte mon appli star pour *desperate woman* en mal d'amour. Qu'est-ce que ça donne ce matin ?

Nombre de mecs dans mon Caddie : 12. Je sais, la gourmandise est l'un de mes plus gros défauts. J'ai toujours eu les yeux plus gros que le ventre. Et ce n'est pas maintenant que ça va changer.

Nombre de profils *fake* soupçonnés sur le nombre : 6. Trop beaux pour être vrais. Je suis certaine qu'aucun d'eux ne me répondra.

« Charmes » reçus : 2.

Les « charmes », ce sont ces petits signaux envoyés par des personnes auxquelles vous plaisez : un homme très sérieux en costume gris sombre avec une cravate à rayures mauves, cinquante-cinq ans (soixante-sept plutôt), originaire d'un patelin si improbable qu'il pourrait faire passer Trifouillis-les-Oies pour un carrefour international ; et un autre, vraie tête-de-faits-divers, une lueur inquiétante dans le regard.

La journée commence bien.

Nombre de messages reçus : 3.

Je clique sur l'icône Enveloppe pour lire :

Beaubrunlatino : « salut sa va ? »

Renversante approche. Et quelle orthographe ! Attendez, là, je sens que je suis à deux doigts du coup de foudre. Trois petits mots et puis s'en va.

Gentleman75 : « t'es pas mal sur la photo. Ça te dirait de prendre un verre ? »

Perplexité. Classe de gentleman, vraiment ? Élagué.

Ontheroadagain : « hello ! My name is Franck. Ton profil m'a bien plu. Comme tu vois, je suis un mec cool et qui ne manque pas d'humour. ☺ J'ai vu que tu étais artiste ? Moi aussi je suis artiste. Enfin, à mes heures. Je joue Jim Morrison comme personne à la guitare. ☺ Je te montrerais peut-être un jour ? Mdr. Alors, if you want, on peut entamé une discussion ? »

Analyse rapide. Débrief éclair. Monsieur presque polyglotte. Ce n'est pas si mal ? Deux fautes sur cinq lignes ? C'est très raisonnable par les temps qui courent. Habite à moins de vingt stations de métro. Joue de la guitare. Mais dites-moi, il a beaucoup pour lui ce garçon ! Je valide et lui gratte quelques mots-hameçons. On verra bien si ça mord…

Scène 7

Meredith

La gentillesse de Jean-Claude, mon Gardien des Espérances, m'a reboostée. En quittant le parc des Buttes-Chaumont, je suis décidée à cesser de pleurer sur mon sort. Et à me recentrer sur le cœur de ma mission, que je nomme en mon for intérieur *Mission Cupidon*, avec en tête une question de la plus haute importance : est-il possible de se préparer pour être capable de vivre le grand amour ? Comment lui donner toutes ses chances de survie ? Mission de prime abord étrange, mais qui a potentiellement le pouvoir, j'en suis sûre, de changer ma vie. Et surtout celle que je projette avec Antoine. Sera-t-il possible d'éviter à notre belle histoire la triste et commune issue de tant de couples actuels, presque résignés d'avance à, tôt ou tard, venir grossir les rangs des statistiques – près de 45 % des mariages finissent par un divorce, sans parler de toutes les autres petites morts conjugales, dans la réalité des foyers où ça ne va pas fort… Non ! Je ne veux pas de tout ça pour Antoine et moi. Pas nous !

Les paroles de ma grand-mère chérie me reviennent en mémoire : *On est heureux à la hauteur de ce qu'on veut bien.* Sacrée Didine. C'est ainsi que je l'avais surnommée, un jour où elle m'avait servi un délicieux diabolo grenadine, tandis que j'étais encore haute comme trois pommes.

Mais aujourd'hui j'ai le sentiment que cela ne suffit pas. Qu'on peut aussi agir à d'autres niveaux. Et si, avec un peu de travail et d'efforts, il devenait possible d'améliorer son *amourability* ?

Le mot a jailli de mon esprit comme une évidence. Tandis que je remonte à grands pas la rue de Crimée en direction de mon bar-restaurant fétiche – Le Pavillon des Canaux –, je me sens galvanisée par le concept qui vient d'éclore :

***L'amourability*, la capacité à aimer.**

Les passants doivent me prendre pour une dingue : je souris aux anges. À Paris, c'est suspect de sourire, tout seul, comme ça, en marchant sur le bitume. Je m'en moque. Je songe à la capacité au bonheur que nous possédons tous mais que nous avons parfois des difficultés à exploiter. En termes mathématiques, la capacité au bonheur serait le quotient ainsi écrit :

Capacité à faire son miel des jolies choses de l'existence ÷ Capacité de résistance aux aléas et aux frustrations de cette même existence

Que cette pensée me vienne me fait sourire, moi qui ai toujours été nulle en mathématiques. Comment s'en vouloir de se retrouver parfois démunis, maladroits, face à notre faculté à aimer un peu défaillante ? Car qui nous a appris ? Je me l'imagine, cette *amourability*, comme une pâte molle que l'on pourrait travailler. Peut-être même sculpter… Rien n'est figé. La pâte est malléable à qui se donne les moyens de lui donner forme. Il faut que je réfléchisse à tout ça…

Me voilà arrivée quai de la Loire, face à la devanture du Pavillon des Canaux. Cette maison revisitée en coffee-shop différent, face au canal de l'Ourcq, a le don de me réconforter dès que je passe la porte. Le « comme à la maison », c'est ça que j'aime.

La façade m'avait tapé dans l'œil quand, dans mes premières semaines solitaires à Paris, j'explorais mon quartier, à la recherche de lieux conviviaux. J'ai su plus tard qu'elle avait été customisée par deux pontes du street art français, Alëxone et SupaKitch. Sinny & Ooko, agence créatrice de tiers-lieux, a eu l'idée de retaper l'intérieur de la bâtisse en conservant les pièces d'origine. Génial !

Je traverse le *Coffice* du rez-de-chaussée, mix de café et de bureau, où règne une ambiance studieuse d'étudiants ou d'indépendants penchés sur leur ordinateur portable, et file à l'étage. Je passe l'un des petits salons cosy, jette un œil dans la chambre à coucher ouverte à tous où quelqu'un semble faire une sieste, et me faufile enfin vers mon endroit favori : la baignoire.

Je pousse un soupir de satisfaction tandis que ma tête repose sur le coussin moelleux aux motifs floraux. Tout me plaît dans cette pièce : la baignoire d'un lumineux bleu turquoise et son escabeau assorti, la faïence blanche du mur et ses intersections en losanges gris taupe, le pont de baignoire en bois clair qui tient lieu de table…

J'entends les pas de la serveuse qui s'approche. Depuis le temps, je sais qu'elle s'appelle Silvia.

— Tu vas bien ? Qu'est-ce que je te sers ?

— Un grand crème, s'il te plaît !

En entrant tout à l'heure, j'ai lorgné sur le présentoir de pâtisseries, étalant ses gourmandises tentatrices, cakes, muffins et beignets.

— Avec un muffin, *please* !

— Chocolat ? dit-elle avec un sourire complice.

Elle connaît mes goûts.

Je la rappelle sur le pas de la porte.

— Au fait, tu crois que tu pourrais m'apporter quelques feuilles de papier blanc ? Je n'ai pas pris mon carnet…

— Du A4 machine, ça te va ?

— Parfait ! Merci !

En attendant, je m'allonge dans la baignoire en laissant pendre mon bras au-dehors. Me vient alors la vision du tableau de David, *La Mort de Marat*, ce révolutionnaire français assassiné dans son bain par Charlotte Corday, un 13 juillet de l'an 1793.

Un moment, je me demande si, moi aussi, en piètre révolutionnaire de l'Amour, je ne suis pas sur le point d'assassiner mon histoire avec Antoine. Je balaie aussitôt cette idée désagréable pour revenir à une humeur plus constructive.

La vie est un risque. Je suis consciente d'en prendre un en tentant cette expérience, mais ne pas la tenter, c'est renier une partie de ce que je suis. Alors…

Quelques instants plus tard, Silvia apporte ma commande. Elle a donné à la crème une forme de cœur. Une attention typiquement maison. Petit soupir de gratitude. Se pourrait-il que le bonheur se loge dans d'aussi infimes détails ?

Sur la grande feuille A4 posée devant moi, je trace en jolies lettres le mot *amourability*. Ça pose mon sujet. Et je commence à réfléchir. Qu'est-ce qui a la peau des plus belles histoires d'amour, à la longue ? Je note en vrac les mots qui me viennent, entre deux gorgées de grand crème et une bouchée de muffin. Quelques taches maculent maintenant la page, mais qu'importe. J'examine ensuite mon nuage de mots et regarde si se dégagent de grands thèmes. Oui. Je commence à remettre de l'ordre dans tout ça quand mon téléphone sonne : ma mère !

Oh non, pas elle. Pas maintenant, je ne suis pas d'humeur...

— Mireille ? dit une voix légèrement stridente où perce un certain agacement.

— Maman ! Je t'ai déjà demandé de ne plus m'appeler ainsi.

— C'est ton nom de baptême tout de même et je ne vois vraiment pas ce que tu lui reproches !

Pourquoi ai-je décroché ?

— Ça fait trois jours que j'essaie de t'appeler. Tu n'écoutes pas tes messages ?

— J'ai eu une fin de semaine compliquée, excuse-moi…

— Évidemment que ta vie n'est pas simple, avec la voie que tu as choisie, ma pauvre chérie !

Pourquoi ai-je la désagréable impression qu'elle est contente de prouver, à la moindre occasion, combien ses mises en garde sur le métier de comédienne étaient justifiées ?

— Je sais, maman, dis-je d'une voix lasse. Écoute, ce n'est pas vraiment le bon moment pour te parler. Je ne suis pas chez moi et ça capte plutôt mal. Qu'est-ce qui se passe ?

— Il se passe que c'est l'anniversaire de ton père demain et je voulais m'assurer que tu n'avais pas oublié…

— Je m'en souvenais, tu sais.

— Tâche au moins de lui envoyer un texto comme tu n'as pas pu te libérer ! Heureusement, ta sœur a prévu une jolie réception, mais quand même…

Voilà, on y est. Ma sœur parfaite. Qui, malgré son emploi du temps surchargé et ses trois enfants, aura préparé une belle table et sûrement des cadeaux. Ma sœur, qui coche toutes les cases pour mériter l'approbation parentale. Celle qui m'a tant manqué.

— Ton frère sera là aussi, avec les enfants. La famille au grand complet ! Même tante Lily, qui est pour quelques semaines en France…

Tante Lily… Cela m'aurait fait plaisir de la revoir. Elle habite New York depuis vingt ans. À la suite d'un coup de foudre pour un Américain. Elle a été tellement sympathique avec moi quand j'ai passé un an là-bas juste après le bac. Une année sabbatique pour fuir la pression familiale au sujet des études, où j'avais enchaîné les petits boulots et foulé le plus possible de salles de spectacle, renforçant par là ma passion pour le stand-up. J'étais revenue du pays bilingue en anglais et la tête pleine de rêves. Une euphorie de courte durée : mes parents ne voulaient à ce moment-là rien savoir de ma vocation d'artiste et, la mort dans l'âme, j'avais fini par me résoudre à entamer un cursus universitaire au plus loin de mes aspirations, pour la paix des familles. Et secrètement pour qu'enfin ils soient un peu fiers de moi.

J'écoute distraitement ma mère raconter les préparatifs de l'anniversaire de mon père, sa joie à l'idée du clan réuni. Pourquoi ai-je parfois l'impression d'être étrangère à ma propre famille ?

— Je vous passerai un coup de fil, promis, soupiré-je.

— Mireille ?

— Oui, quoi ?

Je ne relève même plus pour le prénom. Peine perdue.

— Tu prends soin de toi quand même ?

Sacrée maman. Malgré nos différends, elle tente de sauver les meubles de la relation. J'apprécie son effort.

— Mais oui, ne t'inquiète pas. Je t'embrasse.

— Ton père aussi t'embrasse !

Je remercie, mais je sais pertinemment qu'elle dit ça pour la forme. Mon père ne m'a jamais pardonné de quitter la région pour des choix professionnels qu'il juge aussi loufoques que voués à l'échec. Sa désapprobation me suit partout comme une vieille casserole bruyante.

On raccroche.

Chaque fois que je pense à ma famille, je me sens abattue. Machinalement, je passe une main sur ma nuque pour caresser le tatouage que je me suis fait faire à mon arrivée à Paris, en signe de rébellion. Je voulais un ancrage fort pour signer mon nouveau départ, mon émancipation familiale. Ne jamais fléchir, ne jamais revenir en arrière. Ne plus jamais me trahir.

J'avais fait tatouer par un artiste du genre une plume très graphique, dont l'extrémité se transforme en envolée d'oiseaux sauvages. Inutile de dire combien j'ai la valeur liberté gravée dans la peau.

Mon changement de prénom a été un autre signe fort de mutation.

Au moins, penser au couple formé par mes parents me donne immédiatement envie de me remettre au travail pour creuser ce concept d'*amourability*. Pour des raisons mystérieuses qui échappent encore à mon entendement, ils sont toujours ensemble, alors que, malgré leurs efforts pour tromper le monde, leur relation transpire l'ennui bovarien. Ils prouvent qu'il est possible d'être *ensemble séparément* et s'éteignent l'un l'autre plus sûrement qu'une cloche de bougie.

Mon pire cauchemar : devenir ainsi transparente, insipide, un jour, aux yeux d'Antoine !

Pas si je mets tout en œuvre afin que cela n'arrive pas, songé-je pour me donner du cœur à l'ouvrage. Je reprends mes notes et poursuis mes recherches.

Je griffonne des croquis en forme de cercles et cherche les points sur lesquels agir en vue d'améliorer mon *amourability*. Rapidement, trois axes de réflexion se dessinent :

Ce qu'il se passe ENTRE MOI & MOI, ENTRE MOI & L'AUTRE, ENTRE MOI & LE MONDE.

Très excitée par la trouvaille, je détaille chacune des catégories et tout paraît soudain plus limpide.

ENTRE MOI & MOI

Il me semble évident que, pour être capable d'aimer l'autre, je dois d'abord faire en sorte de me sentir bien avec moi-même. Prendre soin de moi physiquement et mentalement. Avoir davantage confiance en moi. Me donner des raisons d'être fière… Faire face à mes peurs. Soigner mes vieilles blessures… Je note pour plus tard – me créer une liste *Pour action.*

Assez contente, je poursuis le travail en buvant mon café devenu tiède. Je commande un thé. Il me faut du carburant !

La deuxième catégorie pour booster mon *amourability* coule de source :

ENTRE MOI & L'AUTRE

L'autre est un autre. Lapalissade, peut-être. En attendant, l'enjeu du couple n'est-il pas d'arriver à bien communiquer et à se respecter malgré les différences ? L'altérité. Je souligne trois fois le mot. Ai-je vraiment pris le temps d'appréhender la personnalité et les besoins d'Antoine ? Je songe à tout ce qu'on n'ose pas se dire clairement, aux malentendus, aux frustrations non exprimées, et à terme à leurs inévitables conséquences sur la relation amoureuse…

Et moi, suis-je au clair sur ce que j'attends de cette relation avec Antoine ? Nos attentes sont-elles compatibles ? Comment les concilier et trouver l'harmonie en aimant l'autre à la bonne distance…

Je laisse pour l'heure des points de suspension et pose mon troisième axe de réflexion :

ENTRE MOI & LE MONDE

Ce qui tue l'amour, c'est possiblement le repli sur soi, la dépendance affective, le sentiment d'une liberté brimée… *A contrario*, l'ouverture au monde, l'émancipation, l'autoréalisation m'apparaissent essentielles pour ne pas asphyxier une histoire d'amour. Je réfléchis à ma carrière pas très florissante et à mes ambitions qui, pour l'heure, piétinent. Il est temps de se retrousser les manches !

Un peu lasse à l'idée d'autant d'efforts à fournir, je bâille et m'étire. Je n'ai plus qu'une idée en tête : regagner mes pénates. Je plonge la main dans mon sac à la recherche de mon porte-monnaie et tombe sur le petit présent du gardien du parc. Je l'avais oublié. Le papier de soie jaune est ficelé avec du rafia. À l'intérieur, je découvre un caillou. Un caillou, décoré avec beaucoup de sensibilité. Quelle finesse ! Le dessin représente une fleur blanche entourée de subtils graphismes. Sous le caillou, un papier blanc. Je lis.

Cette fleur est un Galanthus nivalis*, qui vient du grec* gala *qui signifie « lait », et* anthos *qui se traduit par « fleur ». Pour toi, donc, cette « fleur de lait », pour t'apporter douceur et espérance. Le perce-neige est symbole d'espoir. Alors qu'Adam* *et Ève venaient d'être chassés du Paradis terrestre, Ève se désespérait, pensant que l'hiver durerait toujours. C'est alors qu'un ange apparut, transformant une partie des flocons de neige en fleurs, une jolie façon de suggérer que l'hiver allait bientôt finir et céder sa place au printemps.*

Alors, n'oublie pas : la vie n'a jamais dit son dernier mot...

Confiance et foi. Ne baisse jamais les bras : on est souvent, sans le savoir, à deux doigts du miracle.

Amitiés,
Jean-Claude.

Tant de gentillesse m'émeut. Tandis que je m'extirpe à regret du cocon de la baignoire, mon téléphone vibre.

Un texto. C'est Alice. Mon agent, qui, en parlant de communication, ne fait jamais dans la dentelle.

Urgent ! Devons faire point tournée. Rappliquez fissa, Rose et toi, à l'agence, demain, 14 heures.

Je quitte le Pavillon des Canaux en serrant le caillou du gardien dans ma paume, pour me charger de son énergie bienfaitrice.

Scène 8

Rose

Je sors du métro Sentier en hâte. Pas vraiment en avance pour le rendez-vous avec Alice, notre agent. Dans la rue, je ne passe jamais inaperçue, avec mon mètre quatre-vingts, ma coupe afro décomplexée, et la fausse fourrure qui encadre mon visage, plutôt harmonieux en dépit de mon nez que je juge un peu trop épaté.

Ça ne loupe pas. Je me fais brancher par un groupe de traînards, squatteurs de trottoirs en lisière de bistrot fumant leur clope, qui m'apostrophent grossièrement.

— Hey, t'es trop belle, toi ! Tu veux mon 06 ?

— Hey, mad'moiselle ! Pars pas si vite ! Viens voir, j'te dis, j'veux t'dire un truc…

Tandis qu'ils me croient hors de portée d'oreille, leurs commentaires m'égratignent.

— Nan mais t'as vu ce cul ! Mmm… J'y plongerais bien ma tête et le reste !

Rires gras de pauvres mecs.

Je continue sans relever, sinon, je n'ai pas fini. Je soupire : attirer l'attention, facile pour moi. Trouver des gars partant pour la bagatelle, *idem*. En revanche, tomber sur un qui s'intéresse vraiment à ma personne, c'est une tout autre affaire… Ils ne savent pas ce qu'ils perdent ! maugréé-je avec tout ce que je peux d'autoconviction. C'est-à-dire pas des masses. Quand je pense au super « kit Rose all inclusive », tout ce potentiel d'amour qui attend encore en poste restante, je me dis : quel gâchis ! Comment se fait-il qu'il n'y ait jamais eu quelqu'un pour faire de moi sa femme ? J'entends, qui ne se borne pas à m'estampiller GILF (*Girl I'd Like to Fuck*) au premier regard. « Être bonne. » Ce qui pour eux sonne comme un compliment est à la limite de l'insulte. Comment oser réduire quelqu'un à une paire de fesses et de seins ?

Je crois qu'aucun de ceux que j'ai rencontrés jusqu'alors n'a vraiment pris conscience du super Nécessaire à Bonheur, du génial Vanity Love que je peux apporter. Ou alors je ne l'ai pas assez bien montré ? L'option « tendresse à volonté », « harmoniseuse de vie », « grande oreille » qui écoute et console, ils n'ont pas dû bien voir, non.

Me voilà arrivée devant le 21 de la rue des Petits-Carreaux. Je sonne à l'interphone. La voix d'Alice grésille un « Je t'ouvre ». L'agence se situe au premier étage.

Au mur, une plaque à la dorure un peu ternie et un nom d'enseigne : Cast'Elite. Je pousse la porte qu'Alice a laissée entrouverte.

Je me dirige tout droit vers son bureau, en traversant le long couloir aussi étroit qu'un œsophage strangulé.

Je l'aperçois au travers de la verrière, s'agitant comme un beau diable au téléphone dans ce qui semble être une houleuse conversation. Alice affiche un physique entre deux âges, un chignon monté à la va-vite, où elle a planté un Bic bleu qui s'agite en battant la mesure de ses vociférations.

On peut reprocher beaucoup de choses à cette petite agence toute de bric et de broc, mais il faut reconnaître qu'Alice se bat âprement pour ses artistes en négociant bec et ongles leurs contrats auprès des directeurs de salle de spectacle et autres employeurs potentiels.

Ses doigts manucurés aux ongles indécemment longs me font signe d'approcher, puis de m'asseoir. Vaguement embarrassée, je reluque les murs pour m'occuper et maudis Meredith de son retard.

Épinglées, des photos de comédiens et comédiennes. D'autres petits carreaux dans la rue des Petits-Carreaux… Tous à leur manière, je les trouve poignants. Chacun tente sa chance pour se démarquer. Certains jouent la carte du sourire enjôleur souvent outrancier, d'autres essaient de mettre en avant leur force de caractère en surjouant l'intensité du regard ou en le voilant d'une expression impénétrable… Au début, on se figure avec euphorie être placardé là en tant que « jeune espoir ». Promesse de l'aube d'une carrière si incertaine dans le milieu du spectacle.

Moi, mes espérances ont déjà pris des rides. À trente-cinq ans, je ne suis non seulement plus « jeune espoir », mais plus non plus « jeune première ». Alors que suis-je ?

Certains jours, je n'en sais rien.

Alice raccroche, vaguement excédée, et s'avance vers moi. Je me lève et la surplombe d'une tête.

Ce petit bout de femme, sec et tout en nerfs, bronzé 365 jours par an, qui ne doit se nourrir que de graines et de germes tant elle est mince, porte aujourd'hui une jupe droite à laquelle mes fesses n'oseraient jamais rêver, et un chemisier chic entrouvert à dessein. Perchée sur des escarpins de dix pour faire oublier son mètre cinquante-cinq, elle déambule avec une étrange démarche de funambule. Elle s'approche pour esquisser une bise, du bout de ses lèvres minces, visiblement peu encline aux démonstrations improductives des fioritures sociales qui l'insupportent et ne font pas « cuire le riz ».

Vingt minutes plus tard, Meredith apparaît dans l'embrasure de la porte, rouge et haletante.

— Désolée pour le retard, expire-t-elle.

Alice la fusille du regard, tout comme moi, et lui intime de s'asseoir.

— Donc…, commence Alice.

Elle entame toutes ses phrases par *donc*, usage qui surprend de prime abord. Le *donc* serait censé annoncer une conclusion. Chez elle, il amorce les discussions.

— Donc, poursuit-elle, les filles, je vous ai décroché plusieurs dates pour votre spectacle *Les Greluches* !

Un frisson d'excitation me gagne. J'ai tellement hâte de jouer.

— À Paris ? ne peut s'empêcher de demander Meredith, avec une lueur d'espoir.

Alice la regarde avec une gentillesse teintée de pitié dangereuse.

— Ben, non. En province. Tu t'attendais à quoi ? Au Point Virgule ?

Les yeux d'Alice se plissent de contentement devant ce trait d'humour cinglant. Meredith, maussade, se renfonce aussi sec dans sa chaise. Alice tousse pour chasser le léger malaise et enchaîne :

— Donc. Premières dates : à Marseille. Départ dans dix jours. Deux semaines de répètes, un mois et demi de scène. Jeudi, vendredi, samedi à 19 h 30. Et dimanche en matinée à 16 heures.

— Dans quel lieu ?

— Au théâtre de l'Acrostiche, mes chéries !

— Ça existe, ça ? ironisé-je malgré moi.

Alice ne répond même pas.

— … et pour le cachet ? osé-je demander du bout des lèvres.

— Le directeur vous propose un fixe plus un pourcentage sur les entrées.

Nos yeux attendent des réponses plus claires. Alice soupire – mauvais signe.

Quand elle dévoile le montant, je vois que Meredith partage mon abattement. La gloire n'est pas pour tout de suite. L'agent hausse les épaules. Avec toutes les brebis artistes dont elle sature son catalogue en dépit de tout bon sens, elle a l'habitude de ce genre de réactions qui ne l'émeuvent pas davantage.

— Bah. Trois soirs par semaine et le dimanche ça vous laisse le temps de vous trouver un petit job à côté, hein, les filles ?

Cette pseudo-familiarité m'insupporte. Je souris en grimaçant intérieurement et rêve du jour où je pourrai les envoyer balader, elle, son chignon de travers et ses plans de seconde zone.

— Souriez : je vous ai aussi décroché des dates sur la région lilloise ! Ce n'est pas la ville de ton enfance, Meredith ?

— Si.

Meredith cache sa joie.

— Eh ben, c'est pas formidable, ça ? Merci qui ?

— Merciiiiiiii, Aliiiiiiiiiiiiice, répondons-nous en chœur sans que le cœur y soit vraiment.

Le mien est d'autant plus serré que, depuis cinq minutes, je songe à ma fille Késia. Impossible de l'emmener en tournée. Je ne veux pour rien au monde troubler sa scolarité ni sa vie rythmée comme du papier à musique. Elle a ses repères à Paris, ses copines, sa maîtresse qu'elle adore… Ma mère va-t-elle accepter de la garder autant de jours ? Et ma fille, comment réagira-t-elle à ces absences prolongées ? Une vague d'inquiétude et de culpabilité m'envahit. Ai-je le droit de continuer à vouloir vivre ma passion, qui, elle, arrive à peine à nous faire vivre ? Dois-je tout abandonner et trouver n'importe quel emploi fixe pour offrir un cadre plus équilibré à ma Timoun ?

Je fouille au fond de mes tripes à la recherche d'une réponse qui sonne « juste ». Et non, non. Décidément. Pour l'instant je ne peux m'y résoudre ! Arrêter le théâtre serait comme une petite mort. Monter sur les planches, c'est ce qui me tient debout, c'est mon plus grand rêve, celui qui m'habite depuis que je suis môme. Je m'y sens comme chez moi. Jouer, voilà ce qui me rend vivante. Rien ne me fait plus vibrer. Je dois m'accrocher, plus fort encore. J'y arriverai ! clamé-je en un juré-craché intérieur.

Scène 9

Antoine

Aujourd'hui, je dois orchestrer la préparation de notre prochain programme en PAD – « Prêt À Diffuser ». Bien que producteur d'émissions radio, le vrai financier dans l'histoire, c'est mon employeur : l'une des plus grosses stations de France.

Je suis une sorte de chef d'orchestre qui conduit un ballet de personnes, chroniqueurs, journalistes, présentateurs, intermittents… Je dois prendre des décisions très vite et faire les bons choix : d'idées, d'invités, de thématiques. J'aime cette adrénaline quotidienne.

Tandis que j'arrive devant la grande enseigne de ma station, je me faufile sur le côté pour dépasser la file d'attente d'un public curieux venu assister à un enregistrement. La sécurité filtre. Moi aussi, je dois montrer patte blanche. Je franchis le portique de sécurité – tous les halls des grandes entreprises ressemblent désormais à des plates-formes d'aéroport – et présente mon badge pour actionner le tourniquet. Les hôtesses d'accueil me saluent d'un sourire standard. Partout, des écrans de télévision passent en boucle les images des émissions en cours. Au mur s'étalent d'immenses portraits des stars de l'antenne. J'appuie pour appeler l'ascenseur. Deux jeunes femmes en descendent en me jetant un regard oblique – intéressé ? Je ferais donc encore de l'effet ? Depuis Meredith, j'ai oublié. L'ascenseur est vide. J'en profite pour regarder mon visage dans le miroir : teint cireux après quatre nuits presque sans sommeil, barbe brune qui, elle, a dépassé le format sexy réglementaire des trois jours, bouche sèche et gercée suite aux excès alcoolisés, bouche qui pensait convaincre la personne aimée de rester mais qui n'a pas su.

Je sors de l'ascenseur, d'une humeur plus drue que tous mes poils de barbe à clous.

Mon assistante m'accueille avec un café. Je l'attrape en marmonnant un merci difficilement perceptible sur le spectre d'audition humaine classique. À ce niveau-là, on pourrait presque parler d'ultra-son. Elle ne relève pas, doit penser que mieux vaut ne pas en rajouter. Je rejoins la salle de réunion où le reste de l'équipe m'attend pour notre comité de rédaction, afin de décider des partis pris de la prochaine émission. Les visages de mes collaborateurs s'agitent devant moi et pourtant, partout, celui de Meredith se superpose. Un filigrane entêtant. J'essaie d'être attentif aux propositions, fais mine de m'intéresser, mais suis à des années-lumière de là. L'autre soir, j'ai encaissé devant elle. J'ai fait l'homme fort, celui qui peut tenir le coup sans problème. N'est-ce pas le rôle que j'ai toujours joué jusqu'alors ? Beau bluff, me dis-je. Bravo, Antoine : tu as même poussé le vice jusqu'à lui proposer un compte à rebours ! Comme si tu étais capable de prendre tout ça pour un jeu, une amusante mascarade. En réalité, le rire est jaune, très jaune, canari-

Ricard même. Le monsieur a le cœur en culottes courtes. Il a fait comme Tom Hanks dans *Big* : il est devenu tout petit dans son corps d'adulte. Avant, je me sentais un roc. J'avais l'impression que rien ne pouvait m'atteindre vraiment. Surtout pas les femmes. Là, je me ramollis. Je vieillis peut-être ?

— Antoine ? Antoine !

Je tressaille.

— Oui ? réponds-je avec distraction.

— T'es avec nous ou quoi ?

— Oui, oui, bien sûr…

— Qu'est-ce que tu penses de ce sujet, alors ?

— Sur… ?

— Eh bien : « Faut-il croire aux anges gardiens » ?

— Ah oui…

Mon ordinateur de bord connecte à toute allure neurones et circuits cognitifs. En trente secondes, je balaie le thème dans mon esprit. Et j'esquisse un sourire vague. J'aperçois un collaborateur qui donne un coup de coude à mon assistante et lui murmure, soulagé : « L'idée lui plaît, je crois ! »

Ça oui, l'idée me plaît. Mais pas seulement pour les besoins de l'émission. Le mot *ange gardien* a fait sonner une drôle de cloche dans mon esprit. Au désespoir en arrivant tout à l'heure, voilà que cette irruption me redonne un peu espoir. Je partais fataliste et défaitiste dans la bataille pour ne pas perdre Meredith. Mais si je prenais cette trêve imposée comme un défi à relever ? Car, oui, je suis un homme de défi, j'aime cette exaltation. Quel rapport avec l'ange gardien ? Eh bien… l'ange gardien, me dis-je, pourrait être l'acteur principal du film de ma reconquête…

Scène 10

Rose

Ma mère est un drôle d'oiseau, mais je suis obligée de me tourner vers elle pour garder Késia durant mon absence. Je n'ai personne d'autre. Heureusement, nous n'habitons qu'à quelques pâtés de maisons l'une de l'autre, ce qui constitue un atout majeur pour maintenir sans difficulté le rythme scolaire de ma fille. Je tiens beaucoup d'elle. Les chiens ne font pas des chats. D'elle, des personnes bienveillantes diraient gentiment : « Il faut la connaître, allez… », sorte de litote polie pour parler de sa personnalité totalement décalée. Des pieds à la tête, de son look excentrique jusqu'au mode de vie très personnel qu'elle a adopté. D'ailleurs, les hommes se sont un à un fracassés à la rudesse escarpée de son caractère, comme contre un récif caché. Si, de prime abord, elle attire comme la lumière les papillons volages et, en bonne libertine, a plus d'un atout dans son corset pour les attirer dans ses filets, une fois dans la nasse ils déchantent. Elle sait leur faire tourner la tête mais, heureusement pour eux, ne va pas jusqu'à la leur croquer. Même adepte des scénarios coquins, elle ne fait pas dans la mante religieuse. Pourtant…

Blonde « native », ma mère a depuis de nombreuses années teint ses cheveux en noir corbeau, ce qui fait d'autant plus ressortir ses yeux couleur chat noir. Le contraste entre nous deux est saisissant. Personne ne pourrait deviner la filiation. Comme pour moi avec ma fille. L'histoire se répète, paraît-il. Elle s'était laissé séduire par le charme antillais de mon père biologique. Qui a fini par fuir, comme les autres.

Je sonne à nouveau. Elle met quelques instants à venir ouvrir. Quand enfin elle apparaît, je serre un peu plus fort la petite main de Késia dans la mienne. Dix jours que je redoute cet instant. L'heure du départ est proche et, comme je m'y attendais, je suis chamboulée de devoir laisser ma fille. Culpabilité ? Peur d'être une mauvaise maman ? Inquiétude quant à l'impact de mes absences sur l'équilibre global de mon enfant et sur son épanouissement futur ? Évidemment. Mais comment faire ? Impossible de l'emmener en tournée. Me voilà, comme toujours, tiraillée entre mon rôle de mère et mon destin d'artiste. Il me paraît impensable de pouvoir m'accomplir sans concilier l'un et l'autre. Voilà pourquoi je me bats pour me réaliser en tant que comédienne. J'espère qu'un jour Késia sera fière de moi…

Ma mère me claque une bise sonore qui m'enveloppe dans des effluves corsés de patchouli, mêlés à des notes de rose damascena. À son visage fermé, je la devine contrariée par ma tournée. Heureusement, elle est folle de ma fille, avec qui elle a tissé une surprenante complicité. Késia lui a-t-elle jeté un sort d'amour à sa naissance ? Je ne saurais dire. Mais le fait est que sa grand-mère ne jure que par elle et la traite en véritable princesse, ce qu'elle n'a jamais fait pour moi. Les claques volaient plus souvent que les baisers à la maison. Je ne lui en veux pas plus que ça. Il est vrai que ma personnalité donnait du fil à retordre. Ma rage de manquer d'un père m'a-t-elle inconsciemment conduite à la pousser à bout ?

Meurtrie plus qu'elle ne voulait l'avouer par l'abandon de mon père alors que je n'avais pas même un an, elle m'a répété toute mon enfance : « Ma fille, ne fais pas comme moi, ne va pas choisir un Bamiléké beau parleur. Crois-moi sur parole, ils prennent vite la poudre d'escampette ! »

Elle n'avait pas l'habitude de mâcher ses mots.

Une fois adulte, je n'avais pas manqué de suivre ses enseignements. J'étais tombée amoureuse d'un gars bien blanc. Steward pour une grosse compagnie aérienne. Bien sous tous rapports, en apparence. Il m'a quittée sitôt ma grossesse annoncée. Karma familial, on dirait.

Merci, Saint-Exupéry, de dire qu'*on ne voit bien qu'avec le cœur*. Pour le père de Késia, je m'étais fiée à sa belle gueule d'amour et j'avais oublié d'écouter mon sixième sens. L'intuition et ses antennes magiques, qu'on débranche bien trop souvent, à tort…

Ma mère saisit les joues de Késia avec une rude tendresse et la mange de bisous.

— Mamie, arrête ! Tu me mets de la bave partout !

Késia fonce sans attendre vers sa caisse à jouets, mais conserve son doudou lapin crasseux niché au creux de son cou tout en suçant son pouce. Elle déteste quand je lave sa peluche. Ça doit sans doute enlever les phéromones rassurantes de l'objet-transfert. Alors je repousse toujours le moment où je le lui pique pour le passer à la machine. S'ensuivent deux jours de soupe à la grimace.

Ma mère est depuis deux ans dans une mouvance karmique. Bioénergétique et épigénétique.

Sacré chemin pour en arriver là quand on part d'origines protestantes. Sa décoration est essentiellement d'inspiration bouddhique. Ici, un tapis mural mandala avec un éléphant. Là, un zafu, coussin zen de méditation. Elle fait ses consultations dans un coin de salon aménagé derrière un paravent. Elle est médium.

Cet univers peu conventionnel fascine bien évidemment ma fille. Et tous les objets insolites dont regorge la maison offrent autant de matière à l'imagination. Pour ce qui est de s'inventer des histoires, le lieu paraît propice à l'inspiration.

Roméo, quant à lui, est resté à la maison. À ce sujet, ma mère a été claire : « Ta fille, d'accord, mais ton oiseau, jamais de la vie ! »

Il me faudra donc emmener Roméo dans mes péripéties. Voilà qui promet d'être joyeux…

Je parle un moment de tout et de rien avec ma mère, reculant l'instant redouté du départ. Mais quand faut y aller… Je me lève et défroisse ma longue jupe d'un geste machinal. Késia me jette un coup d'œil de loin, et comprend. Elle se lève d'un bond et vient se jeter à corps perdu contre mes jambes. Je sens son dos secoué de sanglots. Ma fille pleure à gros bouillons. Moi, je n'ai pas le droit. Pas encore. Après. Je la serre fort. Entre nous, on appelle ça pour rire un câlin-étouffoir. Puis je m'agenouille à sa hauteur et sèche ses larmes comme je peux avec mes paumes essuie-tout.

— J'veux pas qu'tu partes, maman !

— Ma Timoun ! Ne pleure pas ! Je vais venir te voir le plus souvent possible, tu sais ?

Ça ne la console pas le moins du monde. Les enfants ne connaissent qu'un temps. Celui de l'instant présent.

— Qui c'est ma grande fille courageuse ? tenté-je avec un piètre sourire.

— C'est pas moi ! rétorque-t-elle, évidemment.

Comment vais-je me sortir de là ?

Je tente le *gobe-nazou.* J'attrape son bout de nez entre mon index et mon majeur.

— Oh ! Mais il est à quoi ce bout de nez ? Mmm. Il a l'air… délicieux !

Par un tour de passe-passe, mon pouce joue le jeu du bout de nez coincé entre deux doigts, et je fais mine de le croquer en me régalant. Ma fille rit à travers ses larmes.

— Maman ! Rends-moi mon nez !

Je recolle le petit bout. Mais le nuage du chagrin est tenace et bien noir. Elle se renfrogne aussitôt. Alors je tente autre chose.

— Oh, regarde, là-bas !

Mon index pointe vers une merveilleuse apparition imaginaire. Sous l'effet de la surprise, Késia suit mon doigt et en oublie de pleurer.

— Mais dis donc, qu'est-ce que tu as là dans l'oreille ? Qu'est-ce que… Oh, regarde, Késia !

J'en sors son bonbon préféré. Sa petite mine s'éclaire. Puis j'en fais apparaître un deuxième, bientôt un troisième, un quatrième, de ses poches, de son bidou et même de sa chaussette. Elle rit franchement, fourre l'un d'eux dans sa bouche et le mâchonne avec délice. C'est le moment de s'éclipser.

Dans la rue, je marche vite. Très vite. J'espère juste courir plus vite que mes larmes.

Scène 11

Meredith

Compte à rebours : J – 172

J'ai donné rendez-vous à Rose sous la grande horloge de la gare de Lyon. Mais qu'est-ce qu'elle fiche ? Si ça continue, on va rater le train ! Depuis plus d'une demi-heure que je fais le pied de grue dans les courants d'air froid, je suis transie. Et rester statique dans une gare comme celle-là vous transforme en proie de toutes les sollicitations. Trois personnes sont déjà venues me demander l'aumône : un vrai sans-abri vieux de la vieille, collé aux talons par son labrador aussi fidèle qu'efflanqué, une mère aux accents désespérés, un bébé endormi ficelé dans ses bras, et un jeune, long et fin comme une allumette, le regard à la dérive. J'écrase nerveusement une troisième cigarette et tente un énième coup de fil à ma comparse.

Enfin j'aperçois sa haute silhouette qui s'avance à travers la foule. Mon Dieu : ne me dites pas qu'elle n'a pas réussi à caser Roméo ? Entre son look excentrique, son oiseau de paradis et la tonne de bagages qu'elle traîne derrière elle comme pour un déménagement, je sens qu'on ne va pas passer inaperçues… Quand elle arrive à ma hauteur, nous nous tombons dans les bras. Quel soulagement qu'elle soit là !

— Je vois que tu as décidé de voyager léger…

Elle me jette un faux regard noir.

— Allez, magne ! On va finir par le rater, ce train ! Et je n'ai vraiment pas envie de poireauter deux heures de plus ici.

Nous tentons de slalomer entre les voyageurs en jouant des coudes, parfois en écrasant quelques pieds ou en donnant un coup de valise malencontreux, jetant des « pardon » par-dessus nos épaules et les laissant flotter derrière nous, légers comme des aigrettes de pissenlits.

Enfin, nous arrivons à hauteur de la voiture douze. Rose, sur les conseils de la véto, a donné un léger sédatif à Roméo. Mais le médicament n'a pas l'air d'avoir l'effet escompté. En apercevant le costume du contrôleur à l'entrée du wagon, le perroquet se met à entonner *La Marseillaise*.

« Allons enfants de la patriiiiieuh !! »

L'uniforme lui a peut-être rappelé la retransmission du 14 Juillet vue à la télé ? En tout cas, ce n'est pas du goût du préposé de la SNCF qui demande à Rose les justificatifs de voyage du volatile. Je la vois se débattre pour trouver les papiers adéquats, fouiller dans l'un des dix sacs qu'elle trimbale. On s'y met à deux, sous le regard réprobateur du contrôleur et agacé des autres voyageurs, auxquels nous bloquons le passage.

Ça y est, nous montons. Après les dix minutes d'installation nécessaires pour caser tout ce barda, on souffle, enfin.

Rose et moi sourions. Mais nous ne sommes pas dupes. Nous savons que chacune a ses raisons d'avoir le cœur gros de quitter la région parisienne. Nous faisons semblant de babiller quelques instants pour donner le change à l'autre, puis, rapidement, nous nous réfugions dans nos pensées. Je sais que les siennes vont vers Késia. Les miennes, en flux tendu, voguent vers Antoine. Pas un mot depuis notre fameuse scène. Je commence vraiment à douter de ma décision. Je meurs d'envie de lui écrire, mais j'ai le sentiment que ce n'est pas à moi de le faire. Pas en premier. Autant dire que, depuis tous ces jours, j'ai eu le temps de réfléchir au sens de l'expression être *mordue de quelqu'un.* Peut-être que les amoureux font référence à toutes les fois où ils ont dû se mordre la main jusqu'au sang pour s'empêcher de crier à tue-tête le nom de l'élu à qui voudrait l'entendre ? Peut-être d'autres personnes pensent-elles l'amour comme une morsure qui donne la rage, rage d'aimer à en crever ? À moins, enfin, que l'expression ne fasse simplement allusion au petit poisson qui a mordu à l'hameçon et que plus rien ne peut tirer de là ? Les différentes versions tournent en boucle dans ma tête et varient d'une heure sur l'autre. Comme à peu près mille cinq cent soixante-dix fois par jour, je jette un regard compulsif sur mon smartphone, pour voir si, par hasard, il ne m'a pas écrit. Mais non, bien sûr.

J'ai mal. Je souffre. Je recommence à me ronger les ongles.

— C'est quand le prochain arrêt ?

— À Valence. Dans plus d'une heure, si tu projettes ta pause cigarette.

Je soupire. Rose lit dans mes pensées.

Quand on est amoureuse, attendre un signe de l'être aimé relève du doux supplice. Les minutes sont des heures. On finit par compter les secondes. Le temps n'est plus jamais le même. Chaque particule du corps est colonisée par le désir qu'on a de l'autre. On ne s'appartient plus. Aujourd'hui, plus encore, je suis saisie par la morsure du manque. Peut-être à cause de l'éloignement véritable, géographique cette fois. Le manque attaque ma chair et me bouffe le cerveau. Je vois que Rose m'épie du coin de l'œil. Je sais qu'elle sait. Ces états, elle les connaît par cœur. Et ma tête des mauvais jours aussi, elle la connaît sur le bout des doigts. Elle n'a pas besoin que je lui fasse un dessin pour reconnaître le petit air piteux de la femme amoureuse qui souffre en silence. Pour décrypter la façon typique de s'abstraire de la réalité afin de mieux comater dans son nuage de mélancolie. C'est ainsi, quand l'autre devient une tendre obsession. Mais c'est qu'on y tient, en plus, à cette obsession ! Pas touche ! On l'aime, cette torpeur souffreteuse. On lui donne la becquée, à la frustration, en la nourrissant heure après heure de notre désolation et de nos attentes en attente.

Évidemment, mes nerfs grincent comme des gonds rouillés. Tout m'irrite. Ce satané perroquet en premier lieu, qui jacte sans discontinuer des horreurs sans queue ni tête. Ça doit être le médicament. Nos voisins, eux, sont excédés. Tant mieux. Il y a un plaisir sadique, quand on va mal, à être plusieurs dans ce cas. Seule la petite fille derrière nous glousse de plaisir en entendant Roméo faire son numéro. Elle monte debout sur le fauteuil pour l'apercevoir dans sa cage. Tout ce remue-ménage me donne mal au crâne. Je plonge la main dans mon sac à la recherche d'un Doliprane quand mon téléphone se met à vibrer, signalant des notifications de messages reçus. Soudain, un espoir fou jaillit dans mon for intérieur ! Et si enfin c'était lui ? Je vis un moment magique d'exaltation, sens mes doigts fébriles composer le code pour déverrouiller le portable, clique le cœur battant sur l'icône de messagerie. Et là : déception telle une chute de dix étages. Une pub pour une marque de fringues.

Maudits ! Je les maudis jusqu'à la treizième génération !

Oui, je suis d'une humeur massacrante propice à l'outrance. Et le supplice de l'attente vaut bien que je pique une réplique à Jacques de Molay, maître des Templiers brûlé sur le bûcher.

— Allez, viens boire un café, propose Rose, ça te changera les idées.

Je hausse les épaules, l'air de dire *au point où j'en suis...*

— Qu'est-ce qu'on fait de Roméo ?

— Attends, je vais essayer de m'arranger.

Elle demande gentiment à nos voisins – les parents de la petite fille – s'ils veulent bien garder l'oiseau le temps d'une escale au wagon-restaurant. Ils acceptent volontiers : la distraction occupera la fillette !

Nous nous dirigeons vers le bar, ballottées tantôt contre les murs des couloirs, tantôt contre les passagers assis. J'en vois certains endormis, la bouche grande ouverte. Pour m'amuser, j'y glisse une mouche imaginaire.

Ma pauvre fille ! Le mal d'amour te rend bizarre.

Quand nous atteignons le bar, dix personnes font la queue. *What else ?*

Rose râle. Moi, même pas. Après tout, attendre ici ou ailleurs… J'ai intérêt à m'armer de patience. Parce que l'arrivée n'est pas prévue dans trois heures… mais dans cinq mois, vingt jours et six heures.

Marseille

Scène 12

Meredith

Compte à rebours : J – 169

Me voilà près de la place Bargemon, prête à traverser le Pavillon M, lorsque je suis saisie par l'impact d'incroyables sculptures en bronze : les personnages ressemblent à des touristes portant une valise ou un gros sac. Ce qui, jusque-là, n'a rien d'étrange. Le plus étonnant, c'est qu'il s'agit de corps incomplets, littéralement « troués » et défiant les lois de la physique : comment l'artiste a-t-il réussi à les faire tenir debout, par quelle magie ? Une plaque me révèle le nom du créateur : Bruno Catalano, *Les Voyageurs*.

Je n'arrive pas à détacher mes yeux des œuvres et reste plantée, à les contempler, en partance moi aussi, dans une rêverie solitaire. Quelque chose m'interpelle dans ce travail. Peut-être parce que, comme eux, je me suis lancée dans un drôle de voyage, en laissant une part de moi-même derrière moi ?

Je reste fascinée par l'effet visuel produit. L'artiste est parvenu à matérialiser *du vide*. Extraordinaire. Comme s'il avait réussi à rendre visible pour l'œil une impression aussi floue que la peur ou le manque... Des émotions qui, depuis des jours, viennent rôder à l'intérieur de moi sans que je puisse mettre des mots dessus. C'est étrange, d'ailleurs, le pouvoir que peut prendre ce vide intérieur. Un vide est censé être du rien. Donc, ne devrait pas faire mal. Or il commence à prendre vraiment beaucoup de place. Pourquoi a-t-il ce pouvoir de tordre le ventre comme dans un étau ? Le paradoxe du vide. Le vide qui vous remplit de désespoir. Ou tout du moins d'une noire frustration.

Soit exactement la couleur de ce que je ressens depuis que j'ai « laissé » Antoine. Et celle de l'angoisse sourde de n'avoir aucune nouvelle... Mille fois par heure, je tente de rationaliser : « Laisse-lui le temps de digérer. Rends-toi compte du coup de massue que tu lui as donné. Il t'aime, bien sûr qu'il va revenir vers toi et t'écrira bientôt... » Rien ne marche. Dans le train, je relisais le merveilleux texte de Roland Barthes, *Fragments d'un discours amoureux*, sur l'attente : « Suis-je amoureux ? – Oui, puisque j'attends. L'autre, lui, n'attend jamais. Parfois, je veux jouer à celui qui n'attend pas ; j'essaie de m'occuper ailleurs, d'arriver en retard ; mais, à ce jeu, je perds toujours : quoi que je fasse, je me retrouve désœuvré, exact, voire en avance. L'identité fatale de l'amoureux n'est rien d'autre que : je suis celui qui attend. »

Antoine doit le connaître aussi. Le texte me permet juste de vérifier, s'il était besoin, l'évidence : je suis amoureuse.

Deux catégories de gens radotent : les très vieilles personnes séniles et les amoureux en pleine crise de doute.

Là, le flot des questions tourne en boucle.

Est-ce qu'il pense à moi ? S'il m'aimait, il m'appellerait, non ?

Son silence fait mal, comme s'il m'évidait le cœur. Son silence sonne aussi creux que le vide des statues. Seuls des mots peuvent rassurer l'âme inquiète de la personne qui aime.

L'amour essore. L'amour rince. L'amour chamboule. C'est exténuant !

Tout ça pour cette idée folle de Love Tour. Un périple pour lequel je me suis mise en chemin vers une destination inconnue. Une Candide de l'Amour qui ne sait pas très bien ce qu'elle cherche et qui se demande où ce voyage la conduira… Antoine a fini par faire tellement partie de ma vie, ces derniers mois, que me séparer de lui physiquement me donne l'impression de me couper d'une part de moi-même. Je n'avais pas imaginé que la séparation serait si douloureuse. Pourtant, c'est moi qui l'ai voulue. Cherchez l'erreur. Je me prenais pour une fille paradoxale, je me découvre un brin masochiste.

Plus que jamais, je perçois les dangers du 1 + 1 = 1. Le mythe de la fusion. Se fondre dans l'autre jusqu'à ce qu'il fasse totalement partie de vous. Mais je vois où le bât blesse : quand l'autre s'absente ou vous quitte, ou, pire encore, meurt, le danger est immense de totalement perdre son équilibre. Faire de l'autre « sa moitié », n'est-ce pas se condamner à rester éternellement dépendant de lui, le transformer en béquille nécessaire voire vitale, se fragiliser irrémédiablement ?

Dépendre de ses 50 % pour exister, n'est-ce pas, à l'extrême, devenir cul-de-jatte du cœur, priver son âme de ses jambes ?

L'autre reste un autre, éternellement. Personne n'est là pour nous « compléter ». La complétude est un chemin à accomplir seul. Pour l'heure, malheureusement, je sens qu'il manque encore des petits bouts de moi, éparpillés, des bouts comme pour ces statues… Inachevée, voilà ce qui résume qui je suis. Comment faire pour me sentir enfin « pleine » ? Quel sera le mastic de mes fissures existentielles ?

Je repense au travail amorcé au Pavillon des Canaux et, plus que jamais, j'ai envie d'avancer dans ce cheminement personnel. Je me lève subitement, faisant s'envoler quelques compagnons de banc à plumes. Il me faudrait un carnet pour noter mes idées. Je reprends ma balade, et mon cerveau continue de tourner à toute allure. Surgissent des tas d'images, des images de spectacle, notamment.

Mon esprit s'évade de plus belle vers une scène imaginaire : moi, seule, devant une salle comble, immense, l'odeur des planches et du trac, en train de dérouler un texte irrésistible sur toutes les petites misères que nous fait vivre Cupidon.

Je souris dans mon délire. J'imagine mon personnage, tiens, pourquoi pas une *Mamzelle Juju*, Juliette des temps modernes, fraîchement larguée par son Roméo, et qui se serait autoproclamée Exploratrice de l'Amour, prête à essuyer toutes les tempêtes pour mieux en comprendre les rouages, et qui raconterait ses péripéties aux spectateurs au fur et à mesure de ses découvertes…

– Ah, il s'est bien gardé de nous le dire, le Cupidon, que son chemin de roses de l'Amour serait parsemé d'épines !

Projecteur sur Mamzelle Juju, totalement désabusée, un maquillage outrancier, des sillons de mascara dessinés sous ses yeux, le rouge à lèvres qui déborde sous la bouche, des nattes haut perchées, un jupon bouffant en tulle noir, des bas troués, des talons rouges comme ceux de Dorothy dans Le Magicien d'Oz, *des talons magiques aussi, des talons-bottes de sept lieues pour explorer les contrées du Pays de l'Amour comme on parcourt une carte du Tendre.*

Mamzelle Juju taille le costard de Cupidon :

– Ils nous ont bien eus avec les mignonnes petites représentations d'un sympathique angelot aux bonnes joues rouges et rondes comme une pomme d'amour... Ben, je vais vous dire un truc... Cupidon... si ça s'trouve, c'est qu'un vieux barbon miro, qui comprend rien à l'amour, qui balance des flèches tordues qui arrivent plus souvent dans le cul que dans le cœur !

*** Rires du public ***

Ils résonnent dans ma tête comme si j'y étais. Je réfléchis à ces embryons d'idées en marchant d'un bon pas dans les rues de Marseille. Écrire mon propre spectacle ? Un one-woman show. N'est-ce pas ce dont je rêve depuis toujours ? Bien sûr, ce serait un sacré cap à passer que de jouer en solo, moi qui ai un trac fou. C'est d'ailleurs pourquoi, jusque-là, j'ai toujours préféré jouer en duo. Avec Rose comme compagne de scène, tout est tellement plus facile. Mais est-ce que je ne me planque pas derrière elle ? Mon fantasme ultime est de faire un jour partie de la grande famille des comiques. Coluche, Foresti, Elmaleh, et tant d'autres… Je sais, je vise haut, mais mamie Didine me disait toujours : « N'aie pas de petites ambitions. Elles sont aussi difficiles à atteindre que les grandes. » Je me promets de commencer enfin à écrire. D'autant que Rose m'a toujours dit qu'elle sentait en moi l'âme d'une one-woman show. Je songe *illico* à Antoine. L'aimer me tourmente, mais m'inspire. Tandis que je croise un jeune homme qui se retourne sur mon passage, je songe, amusée : *Comment dit-on muse au masculin ?*

Scène 13

Meredith

J'adore flâner dans les librairies. Chacune d'elles m'apparaît comme une caverne d'Ali Baba. Je voudrais tout acheter. Néanmoins, je me dirige aujourd'hui tout droit vers le rayon papeterie. À la recherche d'un article bien précis.

— Bonjour. Avez-vous des cahiers d'organisation ?

Elle ne voit pas très bien de quoi je veux parler.

— Vous savez, des sortes de trieurs, avec des intercalaires ?

— Ah oui ! Bien sûr. Avec combien d'intercalaires ?

— Trois, ce serait parfait.

— Ah, je n'ai pas ça. Nous n'en avons qu'avec cinq.

Je songe aux trois axes de réflexion autour de mon *amourability*. Que ferais-je des deux autres sections intercalaires du cahier ? La vendeuse attend.

— Pouvez-vous me le montrer, s'il vous plaît ?

Elle part chercher l'article et je songe aux deux onglets inoccupés. Et pourquoi pas, pour l'un, y noter au fur et à mesure mes décisions et engagements, et pour l'autre, mes résultats et célébrations ? L'idée me plaît. Voici que la vendeuse revient et me tend un cahier noir et triste qui me chagrine. Puis je songe qu'il sera facile de le customiser.

Je file donc bille en tête au rayon beaux-arts et achète le matériel nécessaire à la transformation : papiers à motifs inspirants pour collages créatifs, mini-miroirs en forme de cœurs, trombones. Je cherche dans tous les bacs, en quête d'inspiration. Et finis par tomber sur une amusante silhouette de Cupidon en carton. Exactement ce qu'il me faut.

Je sors de la librairie le cœur plus léger et décide de rentrer à l'appartement. Enfin, appartement est un bien grand mot. Nous avons trouvé, Rose et moi, un minuscule trois pièces, avec deux chambres grandes comme des mouchoirs de poche, un salon de Lilliputien occupé aux trois quarts par sa majesté Roméo Ier et sa volumineuse cage, un coin cuisine-dînette de poupée et une salle de bains pour nain de jardin.

Depuis cinq jours que nous sommes là, je suis déjà excédée par la douche qui fuit et le chauffage électrique défectueux. Résignée, je sens les signes avant-coureurs d'un rhume carabiné. Chaque hiver, les microbes se frottent les mains d'avance. Il faut dire que je suis une bonne cliente. Avec moi, ils savent qu'ils tirent le gros lot. Ma sphère ORL, c'est la garantie d'un logement durable, avec bail renouvelable. Ma gorge est une proprio de rêve. Pas regardante pour deux sous. Rhino, trachéo, angine… elle prend tout le monde et offre des prestations tout confort : moiteur garantie, température dolipranée idéale, cavités de luxe… Mes amygdales aussi ont l'esprit large : elles accueillent les nouveaux venus à luette ouverte. Les virus savent où passer l'hiver au chaud.

Quand ce ne sont les vrais virus qui me jouent des tours, de faux prennent le relais : j'ai une fâcheuse tendance à l'hypocondrie. Chez moi, la trêve de la luette n'existe pas. Quand la gorge me fiche la paix, un autre organe s'agite : mon cerveau, siège des émotions. Au premier trac venu, crac, me voilà victime d'un mal de gorge imaginaire. Quel comédien n'a pas dans son sac des pastilles Euphon ou des gouttes de bave de crapaud miraculeuses achetées à prix d'or dans des échoppes bio et censées endiguer l'extinction de voix, catastrophe naturelle de premier plan pour les artistes de spectacles vivants, équivalent sismique de 8 ou 9 sur l'échelle de Richter ?

Je m'installe, une grosse boîte de Kleenex à côté de moi, pour commencer la décoration de la couverture du carnet. Ce n'est quand même pas un rhume qui gâchera cet instant plaisir ! Je m'amuse à créer des collages harmonieux avec les papiers de soie à motifs, un bout de papier aluminium pour donner de la lumière. La figurine en carton de Cupidon apporte la touche finale. Du plus bel effet. J'ai pris une jolie étiquette décorée à l'ancienne et l'appose. Ne me reste plus qu'à donner un intitulé au carnet. J'attrape une pastille pour la gorge et suçote, les yeux dans le vague, à la recherche d'une idée. Mon regard tombe soudain sur l'étiquette du cahier que j'ai enlevée au départ. Il est écrit : « Cahier d'organisation ». *Refillable organizer* en anglais. Ça y est. J'ai trouvé ! Je prends un feutre noir à pointe fine et marque de ma plus belle écriture : *Love Organizer.*

Je suis en train de tracer la dernière lettre lorsque le bruit d'une notification retentit. Le voyant si attendu sur mon messenger, ce petit chiffre rouge qui alerte qu'un message vient d'arriver, clignote. Battement de cils, battements de cœur. Prière muette. Pourvu que ce soit, enfin, lui.

Bouquet d'émotions. Ces quelques mots, comme je les ai attendus.

Comment va mon étoile montante ?
Moi, mon ciel est noir puisque tu n'es pas là...
A.

Je tournoie de joie dans la pièce comme une danseuse russe, jusqu'à me laisser tomber en arrière de bonheur sur mon petit lit. Je serre fort le portable contre ma poitrine. J'ai quinze ans. Une envie irrépressible me prend d'entendre sa voix. Je me précipite dans le salon.

— Dis donc, ça a l'air d'aller mieux, toi ! me lance Rose au passage. C'est quoi, cette mine réjouie, d'un coup ?

Elle me scanne au radar de ses prunelles amies.

— Oh, toi ! Je sens que tu as eu des nouvelles !

— *Des nouvelles, des nouvelles !* répète joyeusement le perroquet en faisant de drôles de bruits avec son bec, comme des claquements de langue entremêlés de sifflements, tout en sautillant d'une patte sur l'autre sur son perchoir.

Rose me regarde enfiler à la hâte mon gros gilet de laine.

— Et tu vas où comme ça ? Couvre-toi bien ! Je te rappelle que ça caille dehors !

— Oui, maman !

Je lui envoie un baiser de la main et dévale les escaliers, avalant les huit étages en moins de deux, portée par les mots-tapis-volant d'Antoine.

Je n'ai pas eu envie d'appeler depuis l'appartement. Besoin d'intimité, d'un petit coin caché. Où personne ne me voit ni ne m'entend. Que lui et moi. Seuls au monde. J'en connais un. Je fonce, direction première à gauche, pour tomber dans une jolie impasse boisée repérée un peu plus tôt. En effet, il fait un froid polaire. M'en fous. Je me plaque contre le mur de brique et resserre le plus étroitement possible la veste de laine autour de ma gorge, me maudissant quand même de n'avoir pas écouté Rose pour le manteau. Je dégaine une cigarette et tire dessus avec délectation. Cet instant va être parfait. Si j'arrive à téléphoner avant de perdre un doigt.

Le numéro d'Antoine se trouve dans mes favoris. Je l'appelle. Les sonneries sont aussi longues que mes battements de cœur sont rapides. Ça y est, il décroche !

Le Il est un Elle. Elle ?

Scène 14

Antoine

La sonnette retentit. Au moins dix-huit coups compulsifs. Je reconnais la marque de fabrique de ma meilleure amie, Annabelle. Et son impatience légendaire.

Occupé à finir de me raser dans la salle de bains, je cours ouvrir et me prends les pieds dans le tapis. Heureusement, je me rattrape *in extremis* en marmonnant un juron.

— J'arrive ! hurlé-je, me maudissant déjà d'avoir accepté cette soirée dont je n'ai nulle envie.

Car mon seul désir est de rester là, à faire semblant de regarder un film avec, en image subliminale, le visage de Meredith intercalé toutes les vingt-cinq secondes. Je viens enfin de lui envoyer un texto, après quinze jours de silence que je me suis torturé à m'imposer. Ou, pour être plus juste, qu'on m'a poussé à m'imposer. Annabelle, ma seule et unique amie femme, outrée par l'épreuve de séparation que m'inflige ma compagne, n'a eu de cesse de me pousser à retrouver ma « dignité d'homme offensé » en marquant le coup par un silence radio aussi prolongé que possible. Mais un jour de plus aurait définitivement fait déborder la coupe – déjà pleine – de ma frustration et du manque.

Annabelle n'a pas attendu la quarantaine pour afficher son caractère de femme affranchie qui s'assume dans tous les sens du terme. Des yeux gris d'une vivacité étonnante encadrés par une multitude de petites ridules rieuses, un carré blond plongeant, une physionomie tout en rondeurs naturelles qui contraste avec son tempérament anguleux qui ne transige pas.

Elle revendique haut et fort son homosexualité, stade ultime pour elle de l'évolution amoureuse : une femme est faite pour aimer une femme, qui, à l'en croire, sait mille fois mieux qu'un homme la comprendre dans ses désirs, plaisirs et modes de fonctionnement. Pour elle, le schéma traditionnel du couple homme-femme est poussiéreux et limité. Dès lors que l'intervention de l'homme devient presque accessoire dans la conception des bébés – les banques de sperme ne fonctionnent-elles pas à merveille ? – Annabelle est de celles qui aimeraient révolutionner les vieux modes de pensée conventionnels.

Je ne cherche pas à argumenter sur ce terrain-là.

Nous nous étions connus sur les bancs de la fac, et depuis, elle m'avait adopté. Je n'étais, « pour un homme, pas trop con », plaisantait-elle souvent. Ça m'allait. Car sous ses airs parfois bourrus, je lui reconnaissais une empathie rare, qui se révélait moins en mots qu'en actions.

Ce côté *brut de décoffrage* me plaît bien. Avec Annabelle, on ne perd pas de temps en fioritures sociales, en faux-semblants, en conversations de surface. Rares sont ceux avec qui je peux tomber le masque de cette manière. Qu'il est reposant de pouvoir être soi-même !

J'ouvre la porte et Annabelle bondit :

— Mais tu n'es pas prêt du tout ! rugit-elle en voyant mon visage à moitié couvert de mousse.

Je maugrée.

— Écoute, je ne sais même pas si je vais venir, je…

Elle fait mine de se boucher les oreilles pour ne pas avoir à en entendre plus.

Je file dans la salle de bains pour finir de me raser. Où elle me suit sans gêne.

— Alors, quoi de neuf ?

— Boh, rien de spécial…

Elle voit mon regard glisser vers mon portable puis revenir sur le miroir.

— Et… celle dont on ne prononce pas le nom…, me taquine-t-elle. Aucune nouvelle ?

Mon expression est scannée, j'ai l'impression de passer au détecteur de mensonges.

— Non, non, aucune…

Je me racle la gorge.

— Toi, tu es bizarre. Tu me caches quelque chose ! Allez, dis !

— Non, je t'assure…

Elle réfléchit et change de stratégie. S'approche du miroir et dessine une tête à Toto. Je souris. Je continue à me raser en la regardant s'amuser. À côté, elle dessine une autre tête à Toto-fille aux cheveux longs. Entre les deux, elle trace un point d'interrogation. Elle ne lâchera pas le morceau pour savoir.

— Tu es vraiment infernale, tu sais ?

Je râle. Elle se marre. De toute façon, je ne peux rien lui cacher.

— OK… Je lui ai envoyé un message tout à l'heure.

— Tu n'as pas fait ça !

J'acquiesce et assume.

— Et même, ça m'a fait immensément plaisir, si tu veux savoir ! dis-je, frondeur.

Elle me regarde de son air le plus désapprobateur et secoue la tête.

— Tu n'apprendras donc jamais rien sur les femmes…

Elle me scrute comme un cas pathologique, mais, en bonne amie, se résout tout de même à me venir en aide.

— Allez, montre.

Elle lit le message et fronce les sourcils.

— Ah oui, quand même… C'est pas bon ça, Antoine ! Beaucoup trop amoureux transi !

Je me suis déjà forcé à attendre plusieurs jours avant d'envoyer un texto à Meredith. Que lui faut-il de plus ?

Que je camoufle mes sentiments ?

Je sens l'agacement monter.

— Antoine. Tout ce que je dis, ce n'est pas pour t'embêter, mais pour jouer en ta faveur. Revois la Loi de l'Attraction, Toine. La tension du désir ! Si tu lui livres tout sur un plateau, tu n'es plus *dé-si-rable*, insiste-t-elle en détachant distinctement chaque syllabe.

Je croise les bras, muré dans un silence désapprobateur. Je n'ai pas envie de comprendre. Je souffre, bordel. J'ai envie de Meredith. De la lire. De l'entendre. De la toucher. Cette séparation est un crève-cœur comme je n'en ai jamais éprouvé auparavant.

Annabelle tente d'expliquer les effets contre-productifs d'une exhibition de mes sentiments, tout en se servant, comme chez elle, un doigt de Martini.

— Tu as vu *Jurassic Park* ?

Je ne vois pas le rapport. Elle s'empare d'une olive et me la fourre dans la bouche.

— Tu vois la chèvre attachée au piquet en appât pour le gros méchant dinosaure ?

— Oui, et alors ?

— Eh ben, la chèvre, là, c'est toi ! Le dinosaure, ça l'excite pas du tout, cette chèvre qu'on lui a mise, prête à croquer, tu comprends ? Lui, ce qu'il veut, c'est *chasser*. Pas que la partie soit gagnée d'avance ! Tu comprends ?

— Oui, enfin, excuse-moi, j'ai quand même passé l'âge de jouer au chat et à la souris en amour !

— Tu as tort ! À mon sens, il ne faut jamais oublier de mettre un joli bout de fromage pour pimenter le jeu de la relation…

— Annabelle, tu me rends dingue ! Je…

Mon téléphone se met à chanter *Back to Black*. Je sursaute. Le visage de Meredith apparaît dans une bulle, en pop-up. Plop : autre pop-up dans ma poitrine.

Je tends la main pour attraper l'appareil. Annabelle m'arrête net. Je me crispe. Mais avant que je puisse réaliser quoi que ce soit, c'est elle qui décroche.

Elle répond d'un allô voluptueux et sensuel qui me donne envie de lui tordre le cou.

— *Antoine ? Ah, désolée, il n'est pas disponible... Il est sous la douche... On se prépare à sortir. Qui je suis ? Et vous ?*

Je lui arracherais volontiers les yeux et elle s'en aperçoit. Alors elle nuance un peu.

— *Ah, bonjour, Meredith ! Je suis Annabelle, vous vous souvenez ? Nous nous sommes vues une fois au vernissage d'une amie.*

L'air recommence à affluer un peu jusqu'à mes poumons : Meredith doit au moins comprendre qu'il ne s'agit pas d'une conquête féminine mais de cette amie dont je lui ai déjà parlé.

— *Bien sûr, je lui dirai que vous avez appelé. Au revoir, Meredith...*

Annabelle raccroche et soutient mon regard, sûre d'avoir agi pour mon bien.

— Tu me remercieras plus tard.

Scène 15

Meredith

Quel coup au cœur quand je suis tombée, l'autre soir, sur une voix de femme en pensant trouver Antoine ! Lorsque j'ai compris qu'il s'agissait d'Annabelle, son amie gay, je me suis un peu calmée. Mais la jalousie m'a étreinte. Dieu merci, Antoine a rappelé dans la nuit, chassant toutes mes angoisses. C'est étrange, cette forme de joie presque douloureuse qui porte encore les éraflures du manque.

Je souris en repensant avec délice à ce moment de conversation intime et chaud, en parcourant les rues de Marseille au pas de course : j'ai rendez-vous pour un entretien d'embauche dans un petit restaurant spécialisé dans la pêche et les fruits de mer. Le Poisson Calu. Avec une clientèle composée exclusivement de locaux. J'ai appris que « calu » veut dire « fou ». Voilà qui promet.

La rencontre avec la patronne ne me déçoit pas. Une sorte de Brigitte Bardot brune sur le retour. Avec trois fleurs rouges en plastique piquées dans son chignon banane. La bouche, un peu trop repulpée pour être naturelle, brille d'un gloss rosé. Deux mèches retombent en parenthèses autour de son visage. Du khôl noir épais au-dessus et au-dessous des paupières souligne un regard cracheur de feu. Dans sa tenue, la discrétion n'est pas plus de mise. Une longue robe noire tente de gainer son corps aux formes généreuses et tranche avec d'étranges collants aux stries horizontales multicolores.

Elle me tend une main de fer, qui m'écrase les phalanges. Et m'installe dans le fond de salle sur une table en bois restée non dressée pour le service. Lorsqu'elle s'assoit et croise ses longues jambes en arc-en-ciel zébré, je remarque un détail fou : ses incroyables chaussures, déraisonnablement compensées, et à l'intérieur… de malheureux habitants. Dans chaque talon un petit poisson s'agite comme un pauvre diable ! D'emblée, je n'aime pas le ton qu'elle prend avec moi. Supérieur. Autoritaire. Elle me toise des pieds à la tête, passe au crible mes expériences de serveuse. J'ai, en quelques années, fait mes classes dans la restauration, n'ayant pas eu la chance, jusque-là, de pouvoir vivre de mon art. Madame K., comme je l'ai surnommée d'emblée – pour le khôl de ses yeux et son prénom Katia –, ponctue ses phrases d'horripilants « C'est clair ? ». Elle doit me prendre pour une docile, car je baisse les yeux pendant tout l'entretien. En réalité, je n'arrive pas à détourner mon regard de ces minuscules poissons emprisonnés.

Sans le faire exprès, sous mes airs de ne pas la ramener, j'ai tout de même réussi à la convaincre de me donner le job. Du moins à l'essai. Elle se lève.

Je me lève. La remercie. Elle réplique : « Ne nous emballons pas. » Je lui dis : « Pas de souci. » Elle répond : « Par ici. » Je la suis. Elle pousse les battants de la porte de la cuisine, veut me présenter le chef. En l'occurrence, son mari. Quand il se retourne, jovial, il s'essuie les mains, serre la mienne chaleureusement.

— Bienvenue à bord !

Il se prénomme Jacques. Mais tout le monde l'appelle Jacquot. Il me dit que je peux l'appeler comme ça. Madame K. fronce les sourcils. Il fait celui qui ne voit pas, doit avoir l'habitude, m'offre un sourire franc. Est-il sympathique, cet homme-là ! Mis côte à côte, le contraste est saisissant. Comme un chaud-froid. Lui, vif et menu, spontané et souriant. Elle, imposante et verrouillée dans son rôle de matrone hautaine. Qu'est-ce qu'il peut bien lui trouver ? Je leur adresse un sourire un peu fayot. Ils ont l'air d'acheter. Parfois, ça sert d'être comédienne. Je prends mes cliques et mes claques et fiche le camp. Ça suffit pour aujourd'hui. L'endroit me flanque déjà la nausée. Et pas uniquement à cause de l'odeur de graillon.

Une fois dehors, je respire une grande goulée d'air frais et, deux minutes plus tard, j'allume une cigarette que je fume en marchant. Je culpabilise. C'est vrai, c'est nul de cloper en marchant. Je me trouve une mauvaise excuse : c'est la faute de l'autre, Madame K. J'arrêterai quand les gens arrêteront de m'énerver. J'appelle Rose.

— Alors, ça s'est passé comment ?

— Ben… Ils m'ont prise.

— Cache ta joie !

— Qu'est-ce qu'il y a d'autre à dire ?

Elle se marre de mon humeur Droopy. C'est ce que j'aime avec elle. Elle rit de tout.

— Tu rentres déjeuner ?

— Non, j'ai envie de me balader un peu. On se rejoint au théâtre pour la répète, à 14 h 30 ?

— Ça marche, ma belle, sois à l'heure…

Je tire encore trois bouffées de cigarette, l'écrase et m'achète un panini. Le papier me colle aux doigts, mais le sandwich me tient lieu de bouillotte. Je décide de flâner. Au détour d'une ruelle, je m'arrête un instant devant la vitrine d'une galerie d'art. Exposée en pièce centrale, un tableau carré d'environ un mètre cinquante de côté, présentant une danse de trois grosses femmes hilares, dans une pâle imitation du style de Botero. Les couleurs criardes m'agressent ; pourtant, le thème m'interpelle. Il n'est pas sans me rappeler le tableau des *Trois Grâces* du peintre Raphaël, que j'avais eu la chance de voir au musée Condé à Chantilly, durant ma vie d'avant, lorsque je suivais encore mes parents dans des week-ends culturels.

Ces trois femmes, ici assez abominables, m'évoquent quelque chose de drôle. Je sors le Love Organizer en pleine rue et m'accroupis pour noter une idée dans l'une de mes trois rubriques : onglet « Entre moi & moi ». Confiance et estime de soi, zou, c'est parti. J'imagine un autre tableau, avec mes trois fausses grâces : Madame Peur. Madame Complexe. Madame Croyance. Trois parties de moi avec lesquelles je dois régler mes comptes si je veux progresser en *amourability*.

Chacune de ces Dames occupe bien trop de place dans mon cerveau.

Je me suis assise sur le trottoir. De la buée sort de ma bouche. Je dois faire un peu pitié, car quelqu'un me donne un billet de cinq euros.

— Faut pas rester là comme ça ! dit la gentille vieille dame. Allez donc boire un café, hé ?

Son fort accent marseillais me fait sourire. Bonne mère. J'essaie de lui expliquer que, non, il ne faut pas me donner d'argent, que ça va, je ne suis pas à la rue, mais la mamie a déjà détalé comme un petit lapin blanc. Après tout, peut-être a-t-elle raison ? Je pousse la porte du premier bistrot venu et m'installe au chaud pour continuer ma rêverie créative.

Je me remets à penser à la première Dame, Madame Peur, tandis que le serveur apporte un double expresso allongé. Je décide de me mettre au pied du mur : *Alors, toi, Mireille-Meredith ? Quelles sont tes peurs ?* Qu'est-ce qui t'empêche de vivre pleinement ton histoire avec Antoine ? Consciencieuse, je note dans le Love Organizer la liste de mes craintes en rubrique « Entre moi & moi ». Je l'appelle Ma flip-list.

J'ai peur qu'il se lasse de moi. J'ai peur de ne pas être à la hauteur... J'ai peur d'être médiocre... J'ai peur de ne pas savoir le rendre heureux... J'ai peur qu'il me quitte...

J'en note une dizaine d'autres et regarde la liste. Je cille. Je ne pensais pas qu'il y aurait autant de matière. Je décide de les classer par intensité en attribuant à chaque peur un certain nombre d'étoiles. Plus je mets d'étoiles, plus la frousse est grande. Quelques instants après, j'ai identifié mes trois plus grandes frayeurs :

Peur que mon amour ne s'affadisse avec le temps. Or, quoi de plus triste que la lente agonie d'une belle histoire ?

Peur d'échouer professionnellement et donc de ne pas « être assez digne d'être aimée » par Antoine.

Peur d'être démasquée dans la réalité de « mon vrai Moi », sûrement décevant, qu'il se détourne et me quitte. L'éternel *syndrome de l'imposteur*. Scénario négatif qui passe en boucle dans ma tête : pour l'instant, il m'aime – j'ai réussi à faire illusion –, mais c'est sûrement parce qu'il n'a pas encore vu mes défauts et tout ce qui ne va pas chez moi. M'aimera-t-il encore lorsqu'il aura découvert mes zones d'ombre ?

C'est étrange. Écrire ses peurs noir sur blanc me fait froid dans le dos et, pourtant, me soulage. Comme si le fait de les reconnaître leur ôtait de la puissance, tel un ennemi qui sort enfin de l'ombre. Je comprends que refouler mes peurs, c'est leur donner le pouvoir de revenir encore plus fortes. Un effet boomerang, en quelque sorte. Mieux les cerner, mieux les connaître, voilà peut-être la solution. Et si j'apprenais à me poser parfois, au calme, pour prendre le temps de les regarder passer ?

Comme on regarde des nuages gris défiler et s'éloigner ? Il me semble que la peur ne se chasse pas, mais se traverse, justement, comme un nuage. Qu'il faut bouger avec elle et non contre elle, dans le sens du vent et pas à contre-courant. La peur, c'est comme la douleur, plus on se crispe, plus ça fait mal. L'accueillir comme appartenant à un processus de transformation permet peut-être d'en atténuer les effets…

Je jette un coup d'œil à l'heure : 14 h 10. Mes réflexions m'ont emmenée si loin que j'en aurais presque oublié ma répétition ! Vite, le théâtre. Je règle la note et sors en trombe du café, mon Love Organizer serré contre moi, et une détermination nouvelle chevillée au corps : rien, je ne laisserai rien au hasard pour donner toutes les chances à mon histoire d'amour de vivre. Devant une grosse pierre, certains voient juste une pierre. D'autres une cathédrale. J'ai envie de faire partie de la seconde catégorie.

Scène 16

Antoine

J'attends Annabelle devant le palais de la Découverte. C'est elle qui a eu l'idée de m'emmener voir une expo sur la séduction dans le monde animal. Il paraît que les bêtes sont plus douées que nous. Je ne demande qu'à voir. D'autant que je n'ai dorénavant qu'une obsession : que Meredith me revienne à la fin de ce stupide compte à rebours ! Jour après jour, je réfléchis à peaufiner ma stratégie de reconquête. C'est là que nos points de vue diffèrent, avec Annabelle. Je ne crois pas que maintenir Meredith dans une frustration chronique en la sevrant de nouvelles et de signes d'attention soit une bonne idée. Alors qu'Annabelle porte aux nues la sensation de manque, comme un véritable élixir pour entretenir le sentiment amoureux. Sauf que, personnellement, je trouve que le manque agit plus en acide rongeur qu'en potion magique. Comme toujours, ma raison me dit de chercher le juste milieu. Se faire désirer pour créer le désir, oui. Stratagème à utiliser à petites doses. Car je commence à connaître Meredith et ses contradictions : d'un côté, elle aime jouer la fière indépendante, celle qui n'a besoin de personne ; de l'autre, je sais, moi, combien elle a besoin d'amour, d'attention et de réassurance. Et personne ne m'empêchera de lui en donner.

Je n'ai d'ailleurs pas dit à Annabelle que, l'autre soir, après notre sortie au théâtre, j'ai craqué, et j'ai téléphoné à Meredith à 1 heure du matin. Mon Dieu, sa voix, engourdie, un peu rauque ! Notre émotion, pure, cristalline, scintillante. Depuis, nous avons repris un fil de correspondance quotidienne. Mes migraines, après des semaines de tempes en tenailles, se sont évaporées. Comme par enchantement… C'est elle, mon enchantement.

Comme tu étais jolie, hier, au téléphone..., lui ai-je écrit dès le lendemain matin. *Pardon d'avoir écourté ton sommeil, d'autant que je ne peux absolument pas m'engager à ne pas recommencer.*

Je l'imagine, tout sourires en recevant ces mots. Et un courant chaud passe dans mes veines.

Et sa réponse ! J'ai eu le cœur à la fête toute la journée.

Présence de l'absence. Moi partie. Toi partout. Tu es là, de tous les instants, avec moi.

Comment expliquer combien ses messages m'ont apaisé et rempli d'une joie profonde ?

Je n'en veux pas à Annabelle. Je sais qu'elle veut me protéger et qu'elle essaie de voir ce qui est le mieux pour moi. Je fais le tri dans ses conseils, voilà tout. De plus, elle n'a pas tort sur toute la ligne. J'aime tellement Meredith que je peux avoir tendance à l'étouffer, à m'ingérer dans sa vie, ses prises de décision. Un vieux réflexe de vouloir tout contrôler.

N'est-ce pas d'ailleurs probablement ce qui la fait fuir ? N'étais-je pas sur le point de la mettre dans une sorte de cage dorée dont j'aurais seul eu la clef ? C'est vrai, je la voulais pour moi. Cela m'arrangeait presque qu'elle ne brille pas trop dans sa carrière. J'avoue. Elle m'apparaît déjà si irrésistible ainsi, telle qu'elle est aujourd'hui. La beauté de l'inachevé. Qu'arriverait-il si en plus elle devenait star ? Elle m'échapperait, c'est certain… Je voyais déjà tous les crevards du métier baver sur elle, lui tourner autour comme des vautours, lui faire des avances… Finir par être meilleurs que moi ?

Ainsi, je rejoins Annabelle sur un point : il faut que je fasse en sorte de maintenir *juste ce qu'il faut de doute* chez Meredith, que la *probabilité que je puisse ne pas revenir vers elle* subsiste. Je dois donc, semble-t-il, me contenir dans mes élans, conserver une part de retenue, sous peine de perdre tout attrait à ses yeux. Cette retenue constitue un effort certain, surtout lorsque je me sens étreint quotidiennement par ce violent désir pour elle.

Annabelle arrive, rayonnante dans son grand manteau rouge très fashion, à l'élégante boucle métallisée en guise de fermoir. Elle me fait quatre bises. Annabelle ne mégote jamais sur rien. Nous profitons de nos billets coupe-file pour entrer rapidement. Bras dessus, bras dessous, nous savourons ce moment passé ensemble.

Nous découvrons la première salle, qui nous plonge immédiatement dans l'ambiance. Un majestueux oiseau dont je ne reconnais pas d'emblée l'espèce, sorte de paon, étale en éventail ses plumes de toute beauté, tandis qu'en arrière-plan une télévision incrustée dans le mur passe une vidéo de grands singes en train de copuler. Des oiseaux de toutes sortes, présentés dans leurs plus beaux atours, jouent le Versailles de la saison des amours. Ils brillent comme une galerie des Glaces, pomponnés, lustrés, prêts à se pavaner. Des girafes enroulent leurs cous dans un ballet digne des plus grandes cours. Me vient soudain aux lèvres la chanson de Nougaro.

Étrennez-vous, étreignez-vous
Pour que vos cœurs s'encastrent...

J'entends sa voix de rocaille et souris devant l'aquarium géant qui montre la danse de l'amour des poissons épinoches.

Dansez sur moi
Dansez sur moi
Le soir de vos fiançailles

— Tu as vu ? C'est incroyable ! Les mâles ont le ventre tout rouge et les yeux iridescents !

Annabelle se tourne vers moi, l'œil coquin.

— Comme toi ! pouffe-t-elle.

— Très drôle.

— Blague à part, tu en es où avec ton Esmeralda ? Lui dire ou pas lui dire ?

— Eh bien... Je reste informé en temps réel par Rose, tu sais, sa compagne de scène ?

— Ah ! Une Mata Hari dans la poche, parfait !

Je lui fais le signe du motus et bouche cousue.

— Oui, c'est un secret entre Rose et moi. Elle m'a promis, avant de partir, de donner des nouvelles sans rien dire à Meredith. Ce qu'elle m'a confié ne m'a pas enchanté : il paraît que l'endroit où elles vivent laisse vraiment à désirer… La douche fuit, le chauffage est pourri ! Ça me tord le cœur…

— Je vois…

— Je veux leur venir en aide mais sans en avoir l'air, tu comprends ?

— Tu as raison. Ta Meredith aurait horreur de ça…

— Je sais. Sa satanée envie de montrer ce dont elle est capable… Elle risquerait de très mal le prendre si je lui venais en aide « matériellement parlant ». Ce serait renforcer son impression d'être incapable d'assurer toute seule. Reste que je ne peux pas supporter qu'elle manque de quoi que ce soit !

— Il faudrait trouver un moyen de la soutenir indirectement.

— Je cherche…

Annabelle doit me sentir soucieux. Elle tente de me rassurer.

— Ne t'inquiète pas, on va y réfléchir !

Je poursuis la visite, le cœur un peu plus léger. Elle va m'aider. D'un coup, je me sens moins seul.

Décidément, l'exposition ne lésine pas sur les scènes de sexe. Ce qui n'est pas sans me faire un certain effet. L'abstinence que m'impose Meredith est non seulement l'un des plus grands défis d'homme que j'aie connus, mais aussi l'un des plus difficiles.

Ce n'est pas pour autant que j'irai combler mes besoins avec la première venue. Depuis elle, *le sexe pour le sexe* ne m'intéresse plus. Alors je tente d'apaiser mes pulsions autrement, de bannir comme je peux le vulgaire Éros de mon esprit. L'amour que je lui porte va tellement au-delà. Nos peaux ont tant de choses à se dire. La sienne m'emmène dans des contrées jusque-là inexplorées. Avec Meredith, je passe de l'autre côté du rivage. Là où commence le pays des âmes sœurs. Les sensations physiques se transcendent et créent une rencontre à un tout autre niveau. Comment pourrais-je, dès lors, avoir envie de rapprochements charnels aussi basiques que décevants ?

Nous finissons l'exposition sur la vie des bonobos, grands singes de la région du Congo à la sexualité conviviale et libérée, avec un taux admirablement bas d'agressivité dans leur communauté matriarcale. Heureux cousins.

Scène 17

Meredith

Je déboule au café-théâtre de l'Acrostiche, en retard. Rose me fusille du regard.

— Désolée, je n'ai pas vu l'heure passer…

Henri Bosc, le patron de l'établissement, s'avance pour me serrer la main, l'air contrarié lui aussi. Un type sec et nerveux, à qui visiblement il vaut mieux ne pas faire perdre de temps. Pour la visite, ça va être rapide. Ce n'est pas grand. Nous traversons le bar, décoré dans un concept « vintage », avec un petit coin bibliothèque, du mobilier chiné dans un joyeux mélange des genres, un énorme lustre en boule de plumes d'oie, et dans un coin une réplique de réverbère. Le serveur, affairé derrière le comptoir, nous adresse un salut distant et blasé. Il en voit défiler à longueur d'année, des apprentis-sorciers du rire comme nous. Henri Bosc nous conduit ensuite dans la salle de spectacle. Ce n'est pas encore le Zénith : une cinquantaine de sièges à tout casser. Les murs sont tapissés d'affiches de spectacles. Je monte sur l'estrade et caresse machinalement les grands rideaux rouges qui me font sentir chez moi dès que j'arrive sur scène. Je fais ensuite quelques pas pour prendre la mesure de l'espace, et soupire. Y a pas large. Je ravale tout net mes rêves de gloire.

— Vous avez deux heures pour les répètes. Après arrive notre groupe du mercredi qui a besoin de l'espace. Ça ira ?

On répond que oui en chœur des crevettes. Puis on s'y met sans perdre de temps. D'abord quelques exercices d'échauffement. Des gesticulations, des grimaces avec nos bouches pour décontracter les muscles du visage…

— T'es prête ?

Meredith et Rose laissent la place aux *Greluches*. La scène est peut-être petite, mais elle est à nous. Je me laisse porter, tout à la jubilation du texte et du jeu.

Scène 18

Antoine

Depuis le matin, les gens n'arrêtent pas de défiler dans mon bureau. On dirait que tout le personnel a répondu présent. Après l'appel du 18 Juin, celui du 18 janvier ! L'autre jour, à la sortie de l'expo, Annabelle et moi nous sommes posés dans un café pour chercher comment donner un coup de pouce financier à Meredith sans en avoir l'air. Grâce à un brainstorming endiablé, nous avons sorti une idée parfaitement farfelue mais qui m'a plu. C'est ainsi que j'ai posté une annonce pour le moins étrange sur l'intranet de ma chaîne radio.

Pour une opération spéciale d'entraide, je rachète, en doublant le montant du gain affiché, tous les jeux à gratter gagnants qui seraient en votre possession. Merci d'avance de votre collaboration.

Je pensais n'avoir qu'un ou deux volontaires. Je me trompais. Des dizaines de membres de l'entreprise ont tenu à participer, curieux aussi de l'usage que je comptais faire de ces tickets gagnants. J'ai de tout : du

Solitaire, de l'Astro, du Black Jack, du Pactole, du Bingo. Une farandole de jeux à gratter s'est amoncelée dans le grand bocal rond que j'ai mis à disposition. Je jubile intérieurement, et tant pis si ma surprise va me coûter un œil.

Je règle au fur et à mesure les participants de ma chaîne solidaire. C'est fou comme l'idée d'aider séduit. Sans le vouloir, j'ai aussi donné le sourire à tout un tas de gens aujourd'hui. Au fil de la journée, les coupons gagnants s'accumulent. Oh, pas de gros gains, entendons-nous, mais suffisamment pour, mis bout à bout, réunir presque deux cents euros. Et il y a eu la pêche miraculeuse. Andrea, stagiaire du service presse, un grand gars mince et blond, qui nous vient de Florence pour étudier à Paris. Il ne joue jamais aux jeux d'argent, mais sa copine, pour son anniversaire, l'a incité à acheter un coupon. Cinq cents euros, quelle chance ! Je rachète son ticket avec empressement : il va me permettre de donner une grosse somme à Meredith sans qu'elle puisse le soupçonner. Je contemple ma récolte. Je suis content, même si, à ce stade, ma mission n'est remplie qu'à moitié : ce sont peut-être des tickets gagnants, mais déjà grattés !

Afin que mon opération soit un total succès, il faut trouver une solution permettant de remettre de la poudre à gratter au bon endroit. Et que cela soit suffisamment bien fait pour ne pas éveiller les soupçons de Meredith…

Je fais défiler les noms de mon carnet d'adresses, moment ou jamais de m'en servir. Un nom ressort du lot : Angélique. Une ex. Quelques mois de liaison sulfureuse avant que notre histoire explose en plein vol, à cause de sa jalousie maladive. J'hésite à la rappeler.

Je joue nerveusement avec le pendule de Newton posé sur le bureau pour m'aider à réfléchir. Certes, cette fille est la Rolls des graphistes. Elle travaille depuis dix ans dans l'une des plus grandes agences de communication marketing et connaît toutes les ficelles du métier. Je me souviens aussi de sa grande passion pour la sérigraphie. Dans un sens, je suis sûr qu'elle pourrait m'aider, mais dans l'autre… Si elle apprend que je l'ai sollicitée pour les beaux yeux d'une autre femme, je ne donne pas cher de ma peau.

Je pèse le pour et le contre pendant un moment, regarde tous ces tickets de jeux au creux de mes mains, et vois le visage de Meredith en filigrane. Je décroche mon téléphone.

— Angélique ? Oui, ça fait longtemps en effet…

✦

Je me retrouve deux heures plus tard devant chez Angélique, qui a la bonne idée d'habiter une paisible banlieue sud de Paris. Enfin, une bonne idée… Façon de parler, vu qu'il m'a fallu supporter une heure d'embouteillage pour arriver jusque-là. Le bonheur de Paris à l'heure de pointe. Il est 19 h 30.

Je sonne, elle ouvre promptement. Elle est très belle. Je crois que je l'avais oublié. Je déglutis. J'appuie sur le bouton intérieur du cerveau gauche, celui d'urgence « mantra de secours » qui fait tourner en boucle comme une litanie apaisante : « *Fais ça pour Meredith, Fais ça pour Meredith, Fais ça pour Meredith...* » Rester campé sur mon objectif.

Angélique possède d'indéniables cheveux d'ange. Mais son regard dément très vite la pureté de ses intentions. Je plonge mes mains dans les poches de mon pantalon, comme un adolescent attardé qui voudrait cacher son trouble.

— Mets-toi à l'aise, je t'en prie.

Elle prend les devants pour venir m'aider à ôter mon blouson, qu'elle jette nonchalamment sur son canapé bleu au design scandinave.

Je jette un coup d'œil alentour et suis assez séduit par le lieu. Comment a-t-elle fait pour dénicher ce loft atypique, avec cette incroyable verrière, à l'inimitable cachet des ateliers d'artiste ?

— Angélique, c'est adorable d'avoir si vite répondu présent à ma drôle de requête !

— En effet, ce n'est pas banal ! s'exclame-t-elle en égrenant volontairement un petit rire sensuel de fond de gorge.

Je fais celui qui ne voit pas ses jambes se croiser et se décroiser. Était-ce vraiment une bonne idée de venir ici ? Je m'en veux de rosir ainsi. Je tente de remettre la mission sur le tapis.

— C'est… C'est pour un ami. Il a de grosses difficultés financières et je voudrais l'aider sans en avoir l'air, tu comprends ?

J'ai un peu honte de mon mensonge. Mais si je lui dis que l'ami est une autre femme, je suis foutu.

— Eh bien, il en a de la chance, ton ami. Ça doit vraiment être un très très bon ami… Je ne te connaissais pas si… altruiste !

Je toussote. Afin de vite faire diversion, je sors le petit sachet transparent dans lequel j'ai glissé les coupons gagnants. Elle s'en empare pour regarder de plus près. J'extrais de ma sacoche un autre paquet et le lui tends.

— J'ai fait aussi comme tu m'as dit : je suis passé voir ton imprimeur pour lui acheter une bouteille d'encre à gratter !

— Parfait. Donne !

Machinalement, elle secoue la bouteille, me sourit comme une magicienne sur le point de réaliser un formidable tour. Et c'est vrai. Elle en sera une à mes yeux si elle arrive à rendre possible ma surprise pour Meredith. J'y tiens tellement.

— Suis-moi, mon matériel de sérigraphie est à l'étage.

Elle me précède dans l'escalier.

Une fois en haut, elle ouvre la porte donnant sur une pièce microscopique mais très bien équipée. Au mur, elle a affiché toutes sortes de créations sérigraphiées, et je dois dire qu'elle a du talent. Elle allume une table lumineuse pour observer les tickets gagnants plus attentivement et évaluer le travail à faire. Puis elle lève les yeux vers moi.

— J'en ai quand même pour un petit moment. Tu veux aller faire un tour ?

— Ne t'inquiète pas, j'ai apporté quelques dossiers en retard…

— Mets-toi à l'aise dans le salon. Tu seras tranquille pour travailler. Et n'hésite pas à te servir à boire !

Je la remercie chaleureusement et m'éclipse pour la laisser à sa tâche.

Quand elle m'appelle une heure et demie plus tard et que je la rejoins à l'étage, je vois les tickets en train de sécher près de la table de sérigraphie. Le résultat est bluffant.

— Merci, Angélique. Je te suis vraiment très reconnaissant…

Elle sourit, visiblement heureuse d'avoir pu rendre service.

— J'espère que ça pourra aider ton ami.

Je souris à mon tour, vaguement mal à l'aise de ce mensonge. Pieux mensonge pourtant, car Angélique peut tout aussi bien être une délicieuse et belle personne un instant, et se transformer en harpie hystérique une fois en proie à la jalousie. Quelle misère ! Sans cette pathologie, nous serions probablement encore ensemble…

— Tu restes dîner ?

— C'est adorable, mais pas ce soir. Je suis crevé et je commence très tôt demain…

Elle a l'air déçue.

— Juré, on se fait ça très bientôt, m'entends-je lui dire.

Antoine ! Pas de fausses promesses, aucune porte entrouverte avec elle !

Elle me raccompagne jusqu'à l'entrée en faisant claquer ses talons hauts sur le parquet de chêne. Je serre précieusement mon paquet de jeux remis à neuf contre mon torse. Au moment de lui dire au revoir, je ressens une vraie gêne. Dois-je lui faire la bise ? Elle tranche pour moi, se penche et m'embrasse à pleine bouche sans que j'aie le temps de comprendre ce qu'il m'arrive. Elle a les lèvres brûlantes et je m'en veux affreusement de trouver cela très agréable.

Dans un élan de lucidité, je la repousse.

— Angélique, non… Je ne veux pas… Je…

Elle pose son index sur ma bouche pour me faire taire. Elle n'a pas envie d'entendre. Elle effleure une dernière fois mes lèvres, puis se retranche chez elle en m'adressant un regard brillant plein de promesses.

Je reste sur le pas de la porte comme un con, interdit. Et me cherche des raisons. J'en trouve une en serrant mon précieux paquet. À la guerre comme à la guerre, songé-je pour me réconforter. N'ai-je pas réussi à obtenir ce que je voulais ? Je me convaincs que c'est le plus important et occulte le reste… En espérant que ma conscience ne vienne pas me culpabiliser.

Scène 19

Meredith

Compte à rebours : J – 154

Ce soir, la première. Je suis venue très en avance au théâtre. Je me persuade que mon sérieux veut ça, alors qu'en réalité c'est mon énorme trac. J'ai besoin de me créer l'illusion de pouvoir tout contrôler, même la fichue vague d'émotion qui me submerge déjà, deux heures avant le début de la représentation.

Le trac est un chien de l'enfer qui vous lèche les entrailles.

Évidemment, je suis nouée. Je n'ai pas faim. Je n'ai presque rien pu avaler depuis le matin. Une lingère sadique essore mes viscères pour en faire sortir du jus de bile. Je vais vomir, c'est sûr. Henri Bosc vient me saluer.

— Ça va ? Pas trop le trac ? plaisante-t-il gentiment.

Pour l'heure, j'ai une tête de Buster Keaton. Mon humeur est passée en noir et blanc. Je ressemble à une photo des années vingt.

— Vous voulez qu'on vous prépare un sandwich ?

A-t-il le sens de l'humour, ce monsieur ! Je devrais peut-être lui proposer de prendre ma place tout à l'heure ?

Je résiste à l'envie de l'envoyer bouler – l'artiste à H – 2 ne peut être qu'à fleur de peau – et me force à répondre gentiment.

— Merci, non. Ça va aller.

— Bon, je vous laisse vous préparer.

Ouf ! Enfin seule avec mon stress !

À moi, le miroir de maquillage et ses leds lumineuses qui me font fantasmer depuis toujours. Certains gosses, c'étaient les guirlandes de Noël ou la féerie des parcs d'attractions. Moi, c'était l'atmosphère des loges d'artistes…

Je sors l'attirail de maquillage et commence ma transformation. Le trac s'apaise au fur et à mesure du grimage. Comme si j'entrais dans une autre peau. Je songe à Antoine. Amusant, ce parallèle entre les préparatifs de l'artiste avant d'entrer en scène et les parades de séduction. Pour l'un comme pour l'autre, il s'agit de se mettre en valeur, de se montrer sous le jour le plus flatteur. Ses plaies, ses bosses, ses fêlures, on les abandonne en coulisses.

Je regarde mon reflet dans le miroir et m'interroge. Montré-je mon vrai visage à Antoine depuis le début ? De quelle partie de moi était-il tombé amoureux ? M'aimerait-il autant s'il connaissait mieux mes zones d'ombre ? Je repense à mes Trois Drôles de Dames… Que diraient Madame Complexe et Madame Croyance, auxquelles je n'avais pas encore songé ? Je sors mon Love Organizer. Après tout, j'ai cinq minutes. Madame Complexe m'apparaît toute replète. On sent qu'elle a été bien nourrie ! Je repasse en un instant le film de mon enfance, et tout remonte à la surface. Ma médiocrité, l'impression de décevoir éternellement mes parents là où ma sœur réussissait à les enchanter. Et là, Madame Croyance qui s'acoquine avec Madame Complexe pour former un tandem infernal. Madame Croyance est là pour me raconter toujours les mêmes histoires, celles qui font mal et auxquelles je crois dur comme fer. Chevillée au corps, la certitude que je serai toujours le même vilain petit canard, qui ne trompe personne avec ses plumes de cygne mal collées sur le dos... Le regard un peu consterné de mes parents me suit partout. Dans ce regard, je lis la *prophétie de mon échec.*

C'est à ce moment que Madame Peur se radine. Elle se joint au concert de critiques de Madame Complexe et Madame Croyance, qui serinent en chœur : *Qui pourrait aimer une actrice médiocre, une moins-bien-que-les-autres ?*

Je suis blême face au miroir. Les yeux mouillés, comme une nouille. C'est bête, une nouille. Ça ne ressemble à rien... Pourtant Antoine les aime bien... Penser à lui me donne envie de me secouer. Il n'aimerait pas me voir m'auto-apitoyer. Lui me semble tellement fort. Un battant. J'en ai assez de mon *calimérisme*. Cette fichue tendance à jouer les victimes malheureuses. Qu'est-ce que cela amène ? Rien. Et puis, Calimero, c'est très ringard aujourd'hui. Je me promets de trouver des façons de transformer mes trois Vilaines Dames. Je veux qu'elles redeviennent ce qu'elles n'auraient jamais dû cesser d'être : Trois Grâces.

Rose pointe le bout de son nez à ce moment-là. Elle a l'air détendue. J'envie son heureuse nature. Elle m'embrasse dans le cou.

— Ça va, ma belle ? babille-t-elle gaiement.

Comme j'aimerais pouvoir m'amuser à sa manière, être totalement dans le plaisir du jeu et de la scène.

— Ouh, toi, t'as le trac ! Je te connais, Mistinguette !

Je baisse le nez.

— J'ai un petit quelque chose qui va faire remonter ton moral en flèche !

Elle sort un paquet et je palpe l'enveloppe pour essayer de deviner ce qu'il y a dedans. Je suis soudain comme une gamine excitée.

— Qu'est-ce que c'est ?

— Ben, ouvre ! Tu verras bien.

Je décachette l'enveloppe en l'arrachant à moitié. J'en sors une vingtaine de jeux à gratter.

— Oh ! Qui m'envoie ça ? me demandé-je en ouvrant vite la feuille A4 jointe.

Sur le papier blanc, juste une phrase.

Je te souhaite autant de chance au jeu
que j'ai de chance en amour, de t'avoir...
Antoine.

Je fonds. Un vrai coulant au chocolat, au cœur tout chaud. *Antoine, tu me régales l'âme*, songé-je, aux anges.

Je m'empresse de saisir une pièce pour commencer à gratter les jeux. Rose est penchée au-dessus de moi et me presse, aussi enthousiaste que moi.

Les trois premiers jeux sont perdus. Et tandis que mon esprit commence à ruminer des ritournelles d'*Avec ma veine, je ne gagne jamais rien*, je gratte un ticket. Gagnant. Vingt euros ! Je jubile. S'enchaîne alors une incroyable bonne série, jusqu'à l'apothéose : cinq cents euros ? Je me frotte les yeux, incrédule.

— Ce n'est pas possible ? bafouillé-je en me tournant vers Rose.

— C'est génial ! Tu vois que la chance est en train de tourner depuis que tu as rencontré Antoine !

— Tu crois ? On va pouvoir faire réparer la douche et le radiateur ! m'exclamé-je, ravie. Mais surtout, je vais t'inviter pour le gueuleton de ta vie !

Je serre fort les bons entre mes mains, mais plus encore le petit mot d'Antoine. Celui-là vaut tout l'or du monde…

Scène 20

Rose

J'ouvre un œil embrumé et tente de discerner les chiffres sur mon radio-réveil. Je me frotte les paupières, incrédule. 12 h 20 ! Je crois que j'ai fait le tour du cadran. J'ai l'impression qu'un train m'a roulé sur la tête. Je tâte sous mon corps pour voir si un esprit farceur n'a pas coulé de la glue pendant la nuit : mes membres semblent littéralement collés au matelas. Seule la promesse d'un café brûlant m'aide à m'extraire des draps. Dieu que je déteste avoir la bouche pâteuse et ce goût d'acier dans le palais ! Il faut dire qu'hier, après la première, nous n'avons pu résister, Meredith et moi, à aller boire un verre. Puis deux… trois… Dans ces cas-là, la décompression a bon dos. Le trac de Meredith avait fini par se dissiper une fois lancée, et, comme toujours, nous avions pris énormément de plaisir à jouer ensemble. Malgré tout, nous restions très déçues devant la pitoyable fréquentation. Douze personnes en tout et pour tout. Dont cinq invitations. Quelle misère ! Notre fougue était néanmoins restée intacte et nous avions joué pour eux comme devant un Olympia, donnant tout. Les spectateurs avaient ri. Mais leurs rires n'avaient pu résonner plus fort que quelques grelots à nos oreilles. Douze personnes. Il n'y a pas de miracle. Mon premier orteil atteint le sol au moment où mon téléphone sonne. Je suis sur le point d'envoyer balader l'importun quand je reconnais le visage de ma fille en appel visio. Vite ! Me recomposer un visage !

— Maman !

— Mon amour ! Ma Timoun ! Comment ça va, mon cœur ?

Je fais celle qui est réveillée depuis quatre heures. Ça aide d'être comédienne. Késia a l'air aussi exaltée que moi de me parler. Mon cœur se réchauffe immédiatement au son de sa voix. C'est tellement bon de la voir. J'aperçois le visage de ma mère derrière elle.

— Maman ! Tu me manques !

Mon cœur se serre.

— Moi aussi, tu me manques beaucoup, ma chérie ! Tu sais, maman travaille fort, pour vite venir te voir !

— Dans combien de dodos ? demande-t-elle, soudain inquiète.

Je calcule vite dans ma tête combien d'extras je peux faire pour réunir l'argent du billet de train.

— Combien tu as de doigts ?

— Dix ! répond-elle fièrement.

— Ben voilà : dix dodos, mon cœur !

Elle glousse de bonheur.

— Et je t'apporterai une surprise !

— Quoi comme surprise ? demande-elle, les yeux brillants d'excitation.

— Tu verras… coquinette ! Si je te le dis, c'est plus une surprise !

— Et Roméo, comment il va ?

Je me balade avec le téléphone en visio pour lui montrer le perroquet.

— Très bien, mais tu lui manques aussi. Hein, Roméo ?

Je le caresse sous le bec. Quand il reconnaît Késia, sa crête se dresse en une jolie roue rose. Il aime faire le beau pour ma princesse.

— Rohhh. Rohhhhh. T'es jolie, toiiiiiiiii.

Késia bat des mains de ravissement.

Nous bavardons encore un peu et, trop vite, il est temps de raccrocher.

— Maman, je t'envoie un gros sac de bisous.

Elle joint le geste à la parole et je ne vois plus que deux grosses formes rondes et roses obstruer la vue du smartphone. Comme j'aimerais, moi aussi, la couvrir de baisers. Sa peau me manque. *Ne pas verser ma larme tout de suite.* Je serre les dents et force le trait de l'enjouement. Elle n'a que cinq ans. Je réussis encore à la duper.

— À très vite, ma Timoun, et sois sage avec mamie, hein ?

Elle rit devant ma tentative d'autorité. C'est l'intention qui compte, dit-on, non ?

Quand je raccroche, je me laisse choir sur une chaise de notre microscopique salon, abattue. Mais, l'instant d'après, je pense à ma Késia et me redresse. Je n'ai pas le droit de me laisser aller. Pour elle, je me battrai. Je réussirai. *Croix de bois, croix de fer, si je mens, je vais en enfer.*

Scène 21

Meredith

Compte à rebours : J – 143

Le week-end est passé trop vite. Enfin, le lundi, jour de repos au théâtre. Je me hâte vers Le Poisson Calu. Dieu sait que je ne suis pourtant pas pressée de retrouver Madame K. et ses humeurs. Elle me tombe dessus dès mon arrivée et me houspille pour trois petites minutes de retard. En cuisine, ils sont déjà aux quatre cents coups. Je cours partout, là pour dresser les tables, là pour essuyer les verres, là pour déballer les courses en cuisine. Madame K. s'est tranquillement installée dans un coin de la salle et transvase les petits poissons néons du jour dans ses talons. J'observe du coin de l'œil l'incroyable dispositif de talons amovibles coulissants, qu'elle remplit d'eau et dans lesquels elle place les victimes frétillantes de stress à l'aide d'une épuisette. Puis, sans l'ombre d'un remords, elle remet les talons en place, réjouie du spectacle de ses minuscules prisonniers.

Je réprime une grimace de dégoût.

Vers midi, des cris s'élèvent de l'office. Les patrons sont encore en train de s'engueuler. J'ai de la peine pour Jacquot. Sa femme est tout le temps sur son dos. Je ne comprends pas comment il fait pour accepter. Est-ce ça, l'amour : accepter d'être dominé par l'autre ?

Les premiers clients arrivent et la patronne déboule telle une furie. Je compense sa mauvaise humeur en redoublant de sourires envers les convives. Je m'ennuie en prenant les commandes de ces plats sans surprise et me prends à cogiter un concept autrement plus amusant. Je m'évade dans une rêverie exotique, tandis que je sers machinalement les poissons trop grillés et les brandades sèches.

Au milieu de mon songe, apparaît un resto extraordinaire, à la devanture flamboyante, rouge, noire et or, inspirée du design des pubs anglais. En lettres d'or, on pourrait lire Le Cupidon Noir. Aux murs, partout, des citations inspirantes des grands maîtres à penser sur le thème de l'amour. Au milieu de la salle, il y aurait une fontaine à moulures vintage surplombée d'un étonnant Cupidon noir qu'un sculpteur aurait conçu sur mesure. L'eau serait teintée de rose.

Ce serait amusant, ce lieu où l'on viendrait, en couple ou entre amis, pour réfléchir au « Cupidon noir », *notre côté obscur* en amour, qui peut mettre en péril même les plus belles histoires. La jalousie, les reproches, les rancœurs, les mesquineries, le laisser-aller… En guise de menu, il y aurait pour chacun, disposé sur les tables, un questionnaire décalé, au graphisme chic. Le résultat permettrait de déterminer son profil de Cupidon noir et proposerait des suggestions de mets en conséquence.

Je me voyais d'ici, servant des plats aux noms évocateurs :

Et une Jalouse pour la quinze !

Salade du jour à base d'huile pimentée. Avec trois bâtons à étincelles, crépitants de mille feux comme des reproches qui fusent, plantés dans une pomme rouge – la pomme de la Tentation – artistiquement sculptée en tête de mort.

Un Brise-noix pour la deux !

Risotto aux saint-jacques et gambas, accompagné de sa salade.

Servi avec son lot de noix fraîches et un superbe casse-noix design bois et inox, avec levier digne de ce nom pour se défouler en cassant soi-même les fruits secs.

Une Casse-bonbons pour la huit !

Funny cake surplombé d'une large couche de crème, avec service spécial entartage en option, moyennant supplément. Haut vase rond rempli de mille bonbons multicolores, tour de Babel gourmande, servi avec pilon, pour concassage à discrétion.

Une Prise de chou pour la treize !

Cocotte de souris d'agneau et ses choux en trois façons, cuisson à l'étouffée ! Pour spécialistes des prises de chou, ou l'Art de se compliquer l'existence. Pinaillages, épouillages, houspillages. Tout est bon dans le chou rond.

Une Glue-en-gelée pour la six !

Œufs fusionnels pris en gelée, roquefort-qui-fait-fort et chutney exotique. Petits légumes figés, lamelles de magret fumé en crampons sur les bords de l'assiette. Servi avec bar à oxygène, dans un flacon de laboratoire rempli d'un liquide fluorescent qui se transforme en vapeurs à respirer. Couleur au choix parmi la gamme Rouge Sangsue, Bleu Asphyxie ou Violet Ventouse.

Prendre conscience de son Cupidon noir me semble une étape indispensable. Comment apaiser cette partie de nous qui souffre ? Sûrement pas en la jugeant mais déjà en la regardant avec tendresse et compassion.

Et moi, quel serait mon profil de Cupidon noir ? Je me trouve un peu bizarre : j'ai l'impression d'être tout et son contraire. Je peux être jalouse et possessive un jour, et le lendemain griffer et mordre pour qu'on me fiche la paix, prête à protéger farouchement mon indépendance… Cette alternance d'humeurs collantes et d'humeurs fuyantes ne doit pas être facile à vivre pour mon autre !

Pas étonnant que mes précédentes histoires n'aient pas franchi le cap de un an. Pour moi, c'est presque comme un mur du son… Est-ce que, passé ces turbulences, l'amour ressemble enfin à une mer d'huile bleu azur de par-delà les nuages ?

Mon téléphone vibre dans ma poche comme s'il répondait à la question. Je m'en saisis fébrilement. Joie. C'est lui.

Espère que ton service se passe bien. Mesurent-ils la chance de t'avoir pour serveuse d'un jour, ma talentueuse ? Moi, si je devais passer commande, ce ne serait que de ta bouche, et je crois bien que je serais un client docile...

Mon chéri aurait-il l'esprit qui chauffe ? Je lis et je relis le texto, et sens des émotions contradictoires se bousculer en moi. Toujours cette saleté de chaud-froid ! D'un côté, je suis aux anges qu'il pense à moi. De l'autre, je me sens mal à l'aise : j'aime sentir qu'il me désire, mais pas qu'il l'exprime de cette manière-là. Peut-être que nous, femmes, gardons toujours la crainte que les hommes ne nous aiment que pour « ça »… Ce soir, je décide de ne tamiser que le meilleur du message : je lui manque. Il a envie de moi. Il n'est pas en train de m'oublier. Que demander de plus ?

Scène 22

Rose

— Elle était enchantée, je te dis… Non, elle n'a rien vu… Si je te le dis ! Oui, bien sûr qu'on va faire réparer la douche et le radiateur, du coup… Attends ! J'entends du bruit, c'est elle, bon, je raccroche, salut !

Je jette mon smartphone au loin sur le lit et saute sur mon ordinateur portable pour avoir l'air affairée. Quand Meredith pousse la porte de ma chambre, elle me trouve le nez rivé sur l'écran, concentrée comme si j'étais sur le point de devoir épeler le mot rhododendron…

— Salut ! C'était bien ta journée ? dis-je innocemment.

— Palpitant, merci ! Les patrons se sont encore engueulés et je pue le graillon… Sinon ça va… Ah si, j'ai aussi croisé le voisin en montant, tu sais, M. Barbant-Schnock, qui se plaignait qu'on avait fait trop de bruit en rentrant l'autre nuit… À part ça, je suis contente de te voir !

Elle sourit enfin et vient s'asseoir sur le rebord du lit pour planter un baiser sur ma joue.

— Et toi ? Qu'est-ce que tu fais ?

Je lui montre l'écran. *Findaguy.com, boutique de mecs en ligne.*

— Ah, madame est en chasse à ce que je vois !

— J'ai essayé d'arrêter, mais la ceinture de chasteté, c'est pas trop mon truc…

— T'es sûre ? Avec un petit cadenas mignon ? Tu pourrais lancer une mode !

— Très drôle !

— Et ton Croquou, tu as laissé tomber ?

Croquou… C'est le surnom que j'avais donné à mon dernier flirt à Paris. Croquou, comme un casse-croûte. Je ne suis pas très fière de l'appeler ainsi. D'autant que Croquou est vraiment un gentil garçon. C'est même ça le problème : trop gentil. La vie est mal faite. Je n'arrive pas à être attirée par les hommes gentils. Je les aime même plutôt dominateurs. Le vieux fantasme féminin pour les bad boys, qui mériterait largement d'être remis en question. Combien de mauvaises pioches faudra-t-il pour oser changer de casting ? Je prends malheureusement rarement le temps de vérifier où je mets les pieds avant de foncer tête baissée dans des histoires, vite écourtées. Je m'aperçois alors – trop tard – que je me suis entichée de types qui n'ont rien à donner. Ce n'est apparemment pas le cas de Croquou. Je repense à notre dernière soirée à Paris. Sa prévenance, rare. Sa délicatesse. Cette façon d'être aux petits soins, dont j'ai si peu l'habitude… Pourtant, quand il a essayé de m'appeler l'autre jour, mon doigt a fait glisser le bouton vers la gauche pour rejeter l'appel, et Croquou avec.

— Alors, tu me montres ta prise du jour ?

Je clique dans mon Caddie pour afficher mon shopping d'hommes.

Elle parcourt la liste des pseudos et pouffe.

— Eh bien ! Tu as fait fort aujourd'hui… Ne me dis pas que tu as sélectionné ce *Jolicœur* !

— Ben quoi ? Il a plutôt une bonne tête, non ?

— Rose, sois raisonnable ! Le gars a 300 600 points de fidélité ! Ça pue le serial lover ! Je t'ai déjà expliqué, enfin !

— D'accord, d'accord…

Je rouspète pour la forme mais je reconnais que Meredith n'a pas tort. D'autant qu'en lisant sa rubrique Sports, j'avais déjà tiqué : *running, saut à slips, pole dance, natation*... Un humour qui ne fait pas dans la légèreté.

— Nan mais en plus, t'as lu sa description un peu plus bas ?

— Non, j'allais y venir…

J'écarquille les yeux, incrédule.

« […] Une nette préférence assumée pour FEMME AUX FORMES GÉNÉREUSES mais aussi je dois l'admettre un vrai amateur des relations de domination… Y a-t-il vraiment 50 nuances de Grey ? »

— T'as raison, il n'est pas net… Je remets en rayon !

Mon amie approuve et continue l'inspection scrupuleuse de mon Caddie.

— *Pommeraisin* ? lit-elle. De mieux en mieux… Pourquoi pas Champomy pendant qu'on y est !

Je me marre. Elle est remontée, mais je sais que c'est parce qu'elle tient à moi et qu'elle ne veut pas que je sorte avec le premier tocard venu.

Elle décode tout et épouille les profils au peigne fin.

— Alors, photo cadrée à ras le front : ton *Pommeraisin* doit être aussi dégarni que le fauteuil du salon, tu le sais ça ?

— Je sais, je sais… Mais il a l'air gentil, non ?

— Pour ça oui : #sérieux #non-fumeur #non-buveur #casanier #ratdebibliothèque. Tu crois vraiment que ça va coller avec toi ? Le pauvre, je ne donne pas cher de sa peau !

Je lui donne un coup d'oreiller pour faire taire ses sarcasmes.

— Tu m'embêtes ! Il avait l'air brave, au moins…

Et je vire Pommeraisin de mon Caddie. Meredith esquisse un sourire victorieux et agaçant, puis fait défiler le reste des prétendants.

— Quoi ? T'as sélectionné *Dunutella* ? Tu rigoles, j'espère ? Je ne savais pas que tu flashais pour les adulescents ! Il n'a pas plus de vingt-deux ans ! Fais gaffe, si tu lui pinces le nez, il va en sortir du lait ! Et là, *Funny Zebra* ? Il aurait plutôt dû s'appeler *Noway*… Ce mec a vraiment une gueule de héros de Kubrick. Carrément dérangeant !

— T'es pas un peu dure, là ?

— Crois-moi, j'ai l'œil !

J'ai bon espoir en lui présentant mon ultime chouchou : Quentin.

— Regarde ! Il a une bonne tête, lui, non ?

Meredith le regarde sous toutes les coutures et lit sa description. Elle décrypte à voix haute.

— Brun… Visiblement honnête sur ses mensurations. Ne s'invente pas des six packs et des muscles chimériques. Un peu d'humour. Pas de quoi casser trois pattes à un canard non plus, mais correct. Apparemment livré avec *petit déjeuner au lit, notice et bon de retour*. Tu peux le tenter ! lança-t-elle.

— Ah ! Enfin un peu d'approbation ! Et en plus, Quentin, c'est un signe, non ?

Meredith fronce les sourcils, perplexe.

— Quentin, tu sais bien, c'est synonyme de « cinq » ou de « cinquième ».

— Oui, et alors ?

— Eh bien, je suis née un 5 mai. Un cinq/cinq quoi ! C'est un signe qui ne trompe pas, non ?

Meredith acquiesce gentiment.

— Pour sûr, ma Rose, pour sûr ! Allez, fonce !

Maintenant que j'ai sa bénédiction, j'envoie un message à mon postulant-prince-charmant et lui propose un rencard.

Scène 23

Meredith

Je quitte la chambre de Rose, un sourire aux lèvres. Elle mérite tant de trouver le bonheur. J'espère que ce Quentin sera à la hauteur…

Suivre les aventures épiques de Rose dans sa quête – très aléatoire – de l'amour par réseaux interposés me ramène à la mienne : *grandir* suffisamment pour arriver à la hauteur de mon histoire d'amour avec Antoine. Grandir, en gagnant en maturité dans ma façon d'aborder la relation amoureuse. Grandir, en découvrant le chemin de mon accomplissement. Grandir, en me libérant des feux mal éteints du passé.

Tous ces *Grandir* pourront sceller le serment que je me suis fait d'améliorer coûte que coûte mon « amourability », ma capacité à aimer mieux. Et en premier, m'aimer mieux, moi ! Je me passionnais, l'autre nuit, pour un ouvrage de Fabrice Midal, philosophe, écrivain et enseignant de méditation. Son livre *Sauvez votre peau, devenez narcissique*[1], qui redonne un tout autre sens au mythe de Narcisse – concept jusque-là négatif dans l'imaginaire collectif – renvoie à l'admiration ou l'attention excessive de soi. Fabrice Midal révèle l'existence d'un narcissisme positif : l'élan salutaire et bénéfique à se tourner vers soi, à rentrer en soi pour mieux se connaître, s'aimer complètement, en accueillant avec tendresse à la fois ses imperfections et ses qualités, en s'accordant la reconnaissance que l'on mérite. Je comprends combien il est terrible de livrer bataille contre soi en permanence, de devenir jour après jour son pire ennemi. Aujourd'hui, j'ai décidé solennellement de sortir mon drapeau blanc et de signer la paix avec ma petite personne.

Trouvant l'idée amusante, je me lance dans la rédaction de ce traité de paix.

Chère moi,

En ce jour de l'an deux mille dix-huit, je déclare solennellement renoncer à l'infernale guerre de mes croyances trop tranchées, toutes ces idées arrêtées et destructrices emmagasinées dans les entrepôts de mon cerveau limbique, responsables d'un psychisme bombardé de doutes, assailli de peur, gazé de culpabilité...

Oui, moi, Meredith, je vous ai comprise !

Oui, moi, Meredith, j'ouvre les portes de la réconciliation.

Jamais plus qu'ici et jamais plus que ce soir, je n'ai compris combien est beau, combien est grand, combien est essentiel l'Amour de soi !

---

1. Flammarion/Versilis, 2018 ; Pocket n° 17339.

Je m'engage dorénavant à :

Mieux me pardonner mes imperfections physiques et psychologiques.

Aimer les failles et fêlures nées de mon passé.

Accueillir ma vulnérabilité et mes instants de fragilité comme si je devais m'occuper d'une colombe blessée par un fusil de guerre.

Je m'engage sur l'honneur à respecter mes engagements et, par là même, à me respecter en toutes circonstances, à me ménager, à faire cesser les réflexes d'auto-harcèlement et à rechercher systématiquement ce qui est le plus juste pour ma personne.

Je relis le texte et prends ma plus belle plume pour y apposer ma signature. Contente de moi, je décide de dessiner aussi mon propre drapeau emblématique. Le drapeau de ma liberté intérieure. Pour cela, je crée un petit personnage totémique en m'inspirant du style de l'artiste américain Keith Haring : un totem de la nouvelle Moi décomplexée, avec plusieurs bras et jambes – forte de son potentiel décuplé par son assurance nouvelle. Mon personnage totémisé est couleur magenta cerné d'un épais trait noir en contour. Il est placé à gauche de mon drapeau et occupe un tiers de l'espace, dans le respect de la règle d'or : un tiers, deux tiers, créant l'harmonie visuelle.

J'ajoute, sur le côté droit, des bandes rouges, bleues et jaunes : symboliquement rouges, pour le dynamisme et la passion nécessaires pour révéler le meilleur de moi ; bleues, pour alimenter ma recherche d'équilibre, de tempérance, d'harmonie ; jaunes, pour continuer à renforcer mon estime de soi et ma confiance en moi, rester dans un élan positif, alimenter une belle dynamique vers la lumière.

J'observe ma création : je suis assez contente de moi. Certes, ce n'est pas une œuvre de Jasper Johns digne de son célèbre *Flag*, drapeau américain, mais il y a de l'idée quand même.

Je m'amuse à imaginer ce fanion planté au sommet de ma conscience. Voilà. Maintenant existe un nouveau territoire bien à moi où faire prospérer ma confiance ; j'ai dans l'idée d'en faire un véritable Eldorado…

Je vibre d'enthousiasme ! À moins que ce ne soit le portable dans ma poche…

Antoine. Un nouveau message. Je le lis avec hâte, comme un gosse de trois ans arrache le papier de son cadeau de Noël.

Mon amour. Kiss du soir partout sur ton corps, dans ton cou et très longuement, languement dans tes zones interdites…

Je déchante. Alors que je devrais être ravie-rassurée-galvanisée qu'il me désire ainsi, ces mots me choquent et exhument des peurs que je pensais enterrées. Je me refuse à être un pur et simple objet de désir ! Dire que, deux minutes plus tôt, je ressentais un tel élan de confiance ! Mais il faut croire que, dans mon nouvel Eldorado, subsiste encore quelques hors-la-loi à mettre dehors.

Mon ennemi public numéro un : la peur qu'Antoine ne soit amoureux que de ma plastique. D'une toute petite partie de moi. Que son amour soit un leurre. Qu'il découvre une sorte de supercherie. Bref. Que je le déçoive quand il comprendra enfin qui je suis vraiment. C'est-à-dire, pour l'instant, pas grand-chose…

J'ai soudain les yeux qui piquent et le fond de la gorge qui se serre. Encore l'un des mauvais tours de mes fausses « Trois Grâces » ?

Je crois urgent d'avoir un tête-à-tête avec la pire des trois, Madame Peur, d'oser enfin une petite explication avec elle.

Je saute sur le lit, m'allonge sur le ventre, dégaine mon Love Organizer et l'appelle pour régler mes comptes. J'en ai assez d'être tyrannisée par ma trouille de n'être pas à la hauteur. Il est temps que ça cesse ! Elle m'apparaît dans une vision fantasmatique, un nuage de poussière grisâtre du Far West (Eldorado oblige) et de halo lumineux (c'est le coup d'éclairage de l'imagination). Elle est de dos et je vois juste deux grandes tresses retomber sur chaque omoplate. Elle porte une robe chasuble à motifs fleuris blancs et roses sur noir, sur un T-shirt à manches longues blanc. Madame Peur est une fillette ? Elle joue à la marelle, à cloche-pied, à deux pas du *saloon*. Je souris. Mais voilà qu'au moment où elle va atteindre la case Ciel, elle trébuche, se tord la cheville et se roule par terre. Pousse un cri de douleur qui me fait frémir. J'accours pour l'aider et me penche vers elle, prête à la secourir, mais je suis soudain statufiée par son regard noir. On dirait une petite fille flippante de films d'horreur.

— C'est ta faute si je me suis fait mal ! C'est ta faute aussi si je n'atteins jamais la case Ciel !

J'accuse le coup, assaillie par une impression désagréable. Je comprends que sa case Ciel est ma planète Bonheur… Évidemment.

— Qu'est-ce que tu racontes ? balbutié-je.

Elle pleure de plus belle, et je me sens extrêmement mal. Pourquoi faut-il toujours que quelqu'un appuie sur ce foutu bouton de la culpabilité ? Elle sèche ses larmes en se mouchant à moitié dans sa manche.

— Tu viens me voir, enfin ! Tu sais depuis combien de temps tu me délaisses et me laisses croupir dans un coin ?

— Mais non, je t'assure que...

— Arrête ! Je sais pourquoi tu viens me voir… Tu flippes que ton amoureux ne t'aime pas pour de vrai, c'est ça ?

— Possible…

— La vérité, c'est que tu es persuadée de n'être pas assez intéressante pour mériter de devenir la femme de sa vie. Vrai ou faux ?

Je baisse le nez, déroutée.

— Réponds à la question !

Décidément, ma peur a de la voix !

— OK ! Admettons que tu aies raison ! Alors, que proposes-tu pour agir ?

— À quand remonte cette peur de n'être pas à la hauteur des attentes des personnes que tu aimes ?

Là, je frissonne carrément. L'image de cette fameuse scène, moi debout face à mes parents désolés devant le mot du directeur de l'école et le bulletin désastreux. « Ne travaille pas. Ne fait aucun effort. Résultats très inquiétants. »

Ce jour-là, le qualificatif de personne *Décevante* a été marqué au fer rouge dans ma chair. Les années suivantes ont été ponctuées d'expériences du même type. Jusqu'à ce qu'il fasse intégralement partie de moi.

La gosse se mouche bruyamment, me laissant le temps de percuter.

— Ça y est, t'as compris ! Tes peurs d'aujourd'hui ne datent pas d'hier ! Ta trouille qu'Antoine ne soit pas fier de toi, qu'il finisse par se lasser et te quitter, tout ça, c'est une espèce d'élastique psychique qui te ramène dans le passé. En réalité, tu rejoues et revis les peurs et les émotions désagréables de l'époque. *Capiche ?* Je vais te dire ce que tu dois faire : tu vas oser une petite spéléo dans ton passé…

— Spéléo ?

— Spéléologie, quoi ! Suis un peu ! Tu dois descendre dans la grotte de tes souvenirs, en rappel, comme en spéléologie ; tu t'encordes, et tu descends voir dans les souterrains de l'inconscient et de la mémoire pour essayer de comprendre ce qui est à l'origine de ces peurs.

— Ah oui ? Et tu crois peut-être que j'ai fait ça toute ma vie, donc que ça me semble « fastoche » ?

— Je m'attendais à ta réaction, tacle-t-elle, railleuse. Ce n'est pourtant pas compliqué : au lieu de bayer aux corneilles, au moins, rêvasse utile : te mettre dans un demi-sommeil, tu sais faire ? Branche alors ton cerveau sur des souvenirs d'enfance où tu ne t'es pas sentie en confiance, où tu as été blessée…

— Je vois… Et après ?

— Eh bien, tu notes tout ce qui te revient dans ton super carnet, là.

Elle montre mon Love Organizer.

— Et tu ne crois pas que faire remonter tous ces souvenirs à la surface va faire le coup d'une mauvaise boîte de Pandore ?

— C'est toi qui vois…

— Et si jamais je me sens encore plus mal après ?

— Qu'est-ce que tu fais quand tu te casses une jambe ?

— … Ben, je consulte !

— Tu vois que tu as la réponse…

Elle m'énerve !

Elle se lève de la chaise d'un bond et me regarde d'un air vaguement méprisant qui m'horripile.

— De toute façon, je ne m'attendais pas à des miracles. Ce n'est pas demain la veille que je pourrai m'éloigner de toi ! Ma pauvre fille, on va rester scotchées encore un bon nombre d'années !

Je sens une grosse colère monter en moi et l'envie de la remettre à sa place, cette chipie !

— Hey ! Ça suffit ! Tu pourrais me parler correctement, quand même !

— Ah, enfin, tu veux être respectée ! C'est un bon début…

Et la petite chipie s'éloigne.

Je réalise alors une chose nouvelle : le sursaut de saine colère se révèle visiblement plus bénéfique que de patauger dans la tristesse et l'abattement. Il existe de la bonne énergie dans la « colère juste », quand celle-ci est utilisée à des fins positives, comme celle de réagir pour oser changer.

Je ne vais pas laisser mon passé gangrener le présent ! Je peux décider, dès aujourd'hui, de ne pas lui laisser ce pouvoir-là.

Aussi il me faut arrêter de me raconter de mauvaises histoires ! Et bannir la fameuse *prophétie de l'échec*, à laquelle je donne prise depuis tant d'années… Au final, me réfugier derrière ces peurs pour ne pas prendre en main mon destin, une fois pour toutes, est-ce que je n'y trouve pas mon compte ?

Existe-t-il une fatalité de l'échec ? Bien sûr que non. Les blessures du passé sont simplement des pièges à loup cachés sous des tas de feuilles. Parfois, on a oublié qu'ils étaient là, on marche dessus et ils vous mordent la cheville à hurler. Mon piège à loup m'attrape chaque fois que je pense être une fille médiocre qui ne percera jamais, chaque fois que je donne raison à mes parents sur mon destin de vilain petit canard… Mais les pièges, en vérité, on peut les désamorcer.

Avec un bâton – celui que je vais brandir, dorénavant – j'enverrai balader cette mauvaise croyance et la remplacerai par une pensée bien plus positive : oser suivre le chemin des rêves qui me ressemblent. Je regarde tous les feuillets complétés dans mon Love Organizer, mon traité de Paix avec moi-même, le drapeau de ma liberté intérieure. Je suis assez fière : j'ai bien travaillé.

Scène 24

Rose

J'ai *Monsieur Cinq* en face de moi. *Alias* Quentin. Rendez-vous donné à la nuit tombée devant l'abbaye Saint-Victor, après m'avoir prévenue qu'il porterait un chapeau noir pour que je puisse l'identifier. Quand j'arrive, je ne suis pas déçue : ambiance série B de circonstance. Il n'enlève pas son Borsalino pour me faire la bise – oui, c'est rare comme couvre-chef –, et le bord vient me heurter l'œil.

— Ce n'est rien, ai-je menti en essuyant la larme réflexe du doigt-dans-l'œil.

La soirée commence fort. Il me prend spontanément par le bras pour m'emmener je ne sais où. C'est bien ce qui m'embête. Quand je lui pose la question, il affiche un air énigmatique et chuchote des « Tu verras-Tu verras » qui, en d'autres circonstances, auraient eu une résonance amusante, mais qui, là, créent une appréhension dont je me passerais volontiers. Ne le connaissant ni d'Ève ni d'Adam, je ne suis pas rassurée par autant de mystères… Mais, comme d'habitude, j'affiche un large sourire de façade, pour donner le change.

— Tu souris tout le temps. C'est très agréable.

Je ne lui explique pas qu'en cet instant précis je calcule la probabilité qu'il puisse se classer dans la mince tranche de population des serial killers, avant de me traiter intérieurement de sombre idiote. Je me souviens alors du conseil de ma mère : « Ma fille, quand tu te retrouves seule avec un homme dans une circonstance délicate, marche très vite et soûle-le de paroles, ça peut te sortir d'affaire ! »

Je m'exécute aussitôt et l'assomme de toutes les banalités qui me passent par la tête, tout en avançant au pas de course.

— Euh, tu es très… volubile !

Ça y est, je l'ai soûlé. Je le vois à ses regards dérobés vaguement inquiets. Maintenant, c'est lui qui a peur d'être tombé sur une dingue. Heureusement, le malaise se dissipe tandis que nous arrivons à ce qui semble être notre destination. Une pizzeria ? Pour un premier rencard ? C'est une blague ? Je tente de masquer ma déception tandis que nous y pénétrons.

D'un geste quelque peu autoritaire, il me fait signe d'attendre sans bouger, puis s'approche du tenancier et lui murmure quelque chose. Je trouve ses comportements de plus en plus bizarres et suis à deux doigts de prendre mes jambes à mon cou. De loin, j'entends juste l'homme près du comptoir demander :

— Vous avez le code ?…

Et mon Cinq de lui chuchoter quelque chose à l'oreille. Il se retourne vers moi et je sursaute. Son signe de tête sec et viril me dit un *Viens par là, poupée* sans appel. Je feins habilement la décontraction mais, en réalité, je n'en mène pas large. Pourquoi faut-il que je sois attirée par ce genre de spécimen à la mine patibulaire ? Sourcils épais renforçant la noirceur d'un regard bien trop brillant, barbe drue et dure comme une lame de rasoir… Virilité ou machisme ? Brut de mec ou brute tout court ? Pourquoi cela me fait-il peur et m'attire-t-il à la fois ? Heureusement qu'il ne me voit pas en train de caresser le grigri en peluche caché au fond de ma poche, offert par ma fille au moment de mon départ…

Nous avançons au fond d'un petit couloir, et là, surprise, une bibliothèque se dérobe, dévoilant un escalier inattendu. Il guette ma réaction du coin de l'œil et, à son regard satisfait, je l'imagine soudain être de ceux qui vous disent après l'amour : « Alors, heureuse ? »

Nous gagnons l'étage et je découvre un lieu curieux, sorte de bistrot à l'ancienne avec le charme des troquets d'autrefois, des banquettes en moleskine, chaises de bois rustiques et, sur les murs, les photos vieillies de quelques figures emblématiques de la prohibition.

— C'est un restaurant clandest…

— Chuuuuut ! s'exclame-t-il, mécontent, comme si j'avais parlé trop fort. (Puis il rigole, content de sa blague.) Oui, ça s'appelle Il Clandestino. Tu aimes ? demande-t-il d'une voix enjôleuse.

Mon regard balaie la pièce et se pose sur le vieux piano, sur le Borsalino. Je dois reconnaître que l'endroit me séduit. Une hôtesse aimable nous installe, Al Capone à ma droite, Quentin-Cinq en face de moi… Je vois ses yeux braquer négligemment ma poitrine et constate, embarrassée, qu'en ôtant mon manteau l'un des boutons de ma chemise a sauté.

— Très charmant, souffle-t-il.

Je lève les yeux au ciel intérieurement.

— Ça fait longtemps que tu es sur les sites de rencontres ?

Je tente d'esquiver la question.

— Mmm. C'est par période, je dirais… Et toi ?

— Oui, je ne vais pas te mentir, j'ai déjà eu quelques aventures par ce biais… Mais toi, j'ai l'impression que tu es vraiment, vraiment…

Il cherche les mots qui font mouche, mais ceux-ci ont dû se faire rafler en cours de route car il ne les trouve pas et, à la fin, fait main basse sur mon avant-bras pour faire diversion. Alors commence un va-et-vient d'effleurements en tout genre pour me donner un avant-goût de son potentiel sensuel. J'hésite entre pouffer et envoyer sauvagement son bras valser. Je me retiens : si je veux finir la nuit en compagnie, il faut tout de même que j'y mette du mien. Je me dégage donc en un mouvement délicat. Nous commandons. Ce soir, ce sera péché de gourmandise. Et à la façon dont il me dévore des yeux, je sais d'avance qui doit faire office de dessert…

Scène 25

Meredith

Compte à rebours : J – 132

Je vois débarquer Rose à 9 heures du matin, complètement défaite et la mine renfrognée. Mieux vaut ne pas lui parler. Sans un regard vers moi, elle jette son sac et s'enferme dans son antre en faisant claquer la porte. Belle soirée apparemment. Je ne suis moi-même guère de meilleure humeur. J'ai passé une très mauvaise nuit, suite au dernier texto d'Antoine, hier, dans la journée, qui continue à ne m'adresser la parole que dans un registre érotique à peine voilé. Je suis à bout !

Aujourd'hui, visite avec des huiles au palais de Tokyo, mais en rêvant tout du long à celui qui se trouve dans ta bouche...

Oui, je me sens presque un peu... souillée ! Je sais que son intention n'est pas de me faire sentir comme une dame de petite vertu, mais, malgré moi, ce type de message m'agresse ! Peut-être ne suis-je pas assez ouverte d'esprit ? N'est-ce pas au XXIe siècle une pudeur mal placée ? Ces questions ridicules m'ont empêchée de trouver le sommeil et une sournoise insomnie m'a tenue éveillée jusqu'à l'aube. J'ai pourtant tout essayé. La tisane Bonne Nuit – qui porte bien son surnom de pisse-mémé, mais qui tient bien mal ses promesses d'endormeuse –, les granules homéopathiques de passiflore, aussi efficaces qu'une cuillère pour couper du bois, la brume d'oreiller, agréable chatouille-narines, incapable de désembrumer les esprits agités… Tout, tout, tout essayé. De guerre lasse, j'ai même mis au point une méthode pour positiver l'insomnie : la Gymnie, ou gym d'insomnie, astucieuse contraction-décontraction des fessiers en position allongée sur le dos, avec comptage appliqué des mouvements de postérieur. Le cul plutôt que les moutons, ce n'est pas plus bête. J'ai réussi ainsi à rendre l'insomnie moins cruelle, voire presque gagnante : certes, je n'allais pas couper aux cernes, mais au moins aurais-je des petites fesses bien galbées…

Au matin, je tente de m'immerger dans le travail pour me changer les idées et surtout avancer sur mon projet secret de spectacle : une issue, un Graal, les galons de ma fierté personnelle… Les yeux rivés sur mon ordinateur portable, je commence à mettre en forme les textes de mon premier one-woman show, que je nomme pour l'instant *Projet Cupidon*…

Ma concentration ressemble à un courant d'air. Je fronce les sourcils, des fois que ça aide, puis suis détournée de nouveau par d'agaçants petits bruits parasites. Toc, toc, toc. Gratte, gratte, gratte… Je lève les yeux et prends conscience de l'étrange manège de Roméo. Il fait des allers-retours bizarres dans la pièce, comme fou, les pupilles dilatées, pour aller frénétiquement chercher des bouts de nourriture ou de pommes de pin et les apporter en offrandes à la porte de sa maîtresse qu'il a perçue souffrante. Il donne des petits coups de bec sur le chambranle et répète comme un TOC *boboroseboborose*... Je comprends soudain que le mal-être matinal de mon amie lui est insupportable. Un perroquet hypersensible, nous voilà bien. Je quitte mon poste de travail pour aller vers lui, le prends dans mes bras et le caresse doucement afin de l'apaiser.

— Faut pas t'inquiéter comme ça, mon grand ! Elle va aller bien, ta maîtresse… Elle a juste besoin de dormir un peu…

Ma voix semble le calmer. Hey ! Mais c'est qu'il a l'air d'apprécier divinement mes petits câlins ! Au bout de quelques instants, son corps se secoue de ravissement au creux de mes bras. C'est le moment que choisit Rose pour sortir de sa chambre.

— Déjà réveillée ? balbutié-je, gênée d'être prise en flagrant délit de gâtouillage cacatoèsque.

Elle jette un regard morose sur l'oiseau.

— Si même lui se met à me faire des infidélités !

— Ah bon ? Qui te fait des infidélités ?

— Roohh. Personne ne me fait d'infidélités, mais… j'en ai ma claque des mecs, si tu veux savoir !

Elle se croit obligée de créer une redondance sonore en faisant claquer durement le placard de la cuisine, des fois que quelqu'un aurait pu passer à côté de son humeur de chien.

— Tu veux me raconter ? murmuré-je sans avoir l'air d'y toucher.

Je la connais, faut pas la brusquer.

Rose hausse les épaules, l'air de dire « à quoi bon ». Deux tasses de café plus tard, je la sens tentée par la confession. Le récit de sa soirée de la veille lui brûle les lèvres. Roméo, rassuré par l'état de sa maîtresse, a repris ses vocalises. C'est sur ce fond sonore original que Rose me raconte « l'aventure Quentin-le-Cinq ».

— … Et là, quand le serveur arrive avec la machine à carte bleue pour régler l'addition, il tend machinalement sa carte. Je pense : « Ah, voilà un gentleman ! » J'étais déjà en train de lui rajouter trente points au compteur, quand il a précisé avec la plus totale désinvolture un affreux : « On fait cinquante-cinquante. » Mes illusions romantiques se sont crashées comme d'un troisième étage. Sans parler du regard désolé du serveur ! Si humiliant…

J'observe ses prunelles noir et miel et décode l'implicite. Tout le poids de son estime de soi blessée, sa sensibilité de femme heurtée par l'attitude peu élégante de certains. Ses yeux disent sa colère. Que faut-il faire pour avoir droit à de légitimes égards ?

— Et qu'est-ce que tu as fait ?

— Ben, qu'est-ce que tu veux que je fasse… J'ai payé ma part, tiens !

— Mmm… Je vois. Et après ?

— Le pire, c'est que j'ai continué à jouer le sketch de la fille ravie qui passe une super soirée avec un os de soixante-dix balles coincé en travers de la gorge !

— Ma pauvre ! Et après ??

— La suite, j'en suis pas fière… Je me suis dit que,

quitte à avoir supporté tout ça, autant consommer ! Alors, enchaînement classique : galochage dans son hall d'immeuble, pelotage dans l'ascenseur et effilochage dans l'entrée…

Rose se lève pour se resservir une troisième tasse de café tout en parlant avec les mains afin de me faire vivre les scènes.

— Bon, et c'était comment finalement ?

— Ben, au départ, plutôt pas mal… Lèvres chaudes, mains inspirées… C'est après que ça s'est gâté… Il me désape en deux temps, trois mouvements dans l'entrée, puis me soulève pour me porter jusqu'à la chambre. À ce stade, je trouvais ça plutôt rigolo. Et là, il me jette sur le lit et…

— Et… ???

Depuis cinq minutes, Rose s'en prend à une feuille de Sopalin, qu'elle réduit minutieusement en miettes, histoire de calmer ses nerfs. Puis elle se met à jouer avec les petites boulettes agglomérées incapables d'absorber sa désillusion.

— Ben, là… Ça s'est transformé en *Bad Sex Monopoly.*

Rose s'explique.

— « Vous avez tiré la carte mauvaise pioche, ne passez pas par la case préliminaires, ne touchez pas les étoiles, atterrissez directement à la case prison… avec en bonus les menottes en fourrure du monsieur !! »

Très comitragique.

— Non ? Il ne t'a pas fait le coup des menottes, quand même ?

Elle acquiesce avec un air mélodramatique qui m'aurait peut-être fait rire en d'autres circonstances.

— Et ce n'est pas tout ! Les menottes, ça aurait pu être fun. Ce qui l'a moins été, c'est sa manière de prendre mes jambes pour des cerises – à me les accrocher une derrière chaque oreille ! Et, après, de se jouer tout seul son *Temps des cerises* en version accélérée, en me laissant carrément sur le bord de la route. Là où il y a d'la gêne, y a pas d'plaisir…

— Oh, non ! Ma pauvre doudou… Mais pourquoi tu ne l'as pas arrêté ?

— Je ne sais pas… Dans le feu de l'action, j'ai toujours du mal à m'imposer. Le pire, c'est quand, tout de suite après, il s'est écroulé sur moi comme un âne mort. J'avais… – oh non, je n'ose pas te dire – … mes propres cheveux mouillés par sa sueur ! Yeurk ! Tu te rends compte ? La suite, tu imagines, classique : il a roulé sur le côté, visiblement content de lui et de sa performance. Comment certains hommes peuvent-ils encore s'imaginer que ce genre de sprint mécanique nous envoie au septième ciel ?

Dingue…

J'ai une pensée pour Antoine qui, Dieu merci, ne m'a jamais traitée ainsi. Et même s'il m'agace avec ses récents textos portés sur la chose, je dois avouer qu'il est de loin le meilleur amant que j'aie eu, le premier aussi à être véritablement attentionné et tourné vers mes désirs. Faire bien l'amour, n'est-ce pas d'abord chercher à être amour pour l'autre ? C'est aussi avec lui, je l'admets, que j'ai connu mes premiers vrais orgasmes simultanés. Avant, j'avais toujours une certaine retenue. Je n'osais pas l'abandon total devant l'autre. Certaines de mes conquêtes m'avaient parfois inhibée pendant l'acte par une monumentale pression autour de l'orgasme. Les pires phrases entendues ? « Allez, viens ! » ou : « Je t'attends, dépêche-toi ! » Quand je suis seule, je n'ai jamais de difficulté à trouver mon plaisir. Mais parfois, avec un homme, la peur de ne pas y arriver ou de mettre trop longtemps à y parvenir se révèle particulièrement crispante.

Même dans ce lieu intime où il ne devrait y avoir de place que pour la douceur et la volupté, la pression de la réussite refait surface, pour l'homme comme pour la femme. Être à la hauteur, performer... Quitte parfois à tout ruiner ! Blocages, pannes, difficultés variées... Tout ça parce que nous cherchons à FAIRE l'amour au lieu d'ÊTRE amour.

— Je ne comprends pas comment, aujourd'hui, on en est encore là ! Pourquoi ne s'intéressent-ils pas à offrir à l'autre une qualité de présence et d'attention ? Créer avant tout un climat de complicité intime, se connecter pleinement à ses sensations et à ses désirs, ne pas chercher d'autres résultats que celui de donner et partager.

— Et comment tu verrais se réaliser ce miracle, toi ? interroge Rose.

— Eh bien, par exemple en s'interdisant d'être dans la performance. Pourquoi pas, aussi, en s'autorisant à être plus dans la sensualité que dans la stricte sexualité ? Ce serait bien de remettre les pendules à l'heure sur les réalités du terrain : rappeler à l'homme qu'une immense majorité de femmes est clitoridienne et que, d'une manière ou d'une autre, il lui faut au moins une vingtaine de minutes de stimulation *continue* pour atteindre l'orgasme, et que le *combo orgasmique* a peu de chance d'avoir lieu sans jouer l'association magique *péné-clito*.

Rose rigole de ma tirade, qui lui fait remonter quelques souvenirs.

— Moi, je me souviens d'un mec, il y a quelques années, qui, quand il me prenait l'envie de me caresser pendant qu'il me pénétrait, s'offusquait et préférait emprisonner mes mains puis les bloquer au-dessus de ma tête !

On pouffe toutes les deux.

— N'empêche, il y a sûrement quelque chose de dérangeant pour certains hommes, dans le fait que « techniquement » le plaisir de la femme puisse être autonome et, en quelque sorte, lui échapper. Le plaisir de la femme, pour aboutir, a besoin de bien autre chose que du simple membre masculin brandi comme une épée d'Excalibur !

Je poursuis sur l'intérêt de l'usage des cinq sens pour donner aux ébats une autre dimension, ce en quoi Rose m'approuve totalement. Le pouvoir des mots, l'intention dans le toucher, l'esthétique visuelle, le climat sonore, les essences corporelles… Tous ces paramètres peuvent donner tellement plus de subtilité et de profondeur à l'échange intime !

— Malheureusement, l'érotisme féminin est plus mystérieux qu'un temple inca, et rares sont les vrais explorateurs, dis-je.

Voilà le visage de Rose qui s'assombrit de nouveau. Elle en a marre des expériences ratées, de ses « navets sentimentaux », comme elle les appelle. Elle sait que toutes ces rencontres de fortune sont des mecs-cache-misère pour tromper le vide, combler provisoirement l'attente interminable et cacher la vérité insupportable : l'Amour n'est pas dans sa vie. Et ce vide, elle n'a pas le courage de l'affronter. Elle préfère « meubler », même avec des grands n'importe quoi comme Quentin-le-Cinq.

— J'ai l'impression qu'il n'y aura jamais personne de bien pour moi…

— Arrête, Rose ! Bien sûr qu'il y a quelqu'un qui t'attend, pas loin en plus, j'en suis sûre…

— Tu dis ça mais… Moi, je vois bien… Les années qui passent… et toujours rien ! Nan, j'te dis, je finirai toute seule…

Roméo n'a pas l'air d'accord et vient nicher son bec dans le cou de sa maîtresse, en quête de caresses.

— Ben, tu vois ! Y en a déjà un qui veut d'toi !

Rose se mouche bruyamment. À ce moment même, on frappe à la porte. Je vais ouvrir. Un livreur. Avec un énorme bouquet bien emballé dans un superbe papier métallisé rose et blanc.

— Euh, Rose, je crois que c'est pour toi.

Je remercie le livreur et porte le cadeau à Rose, qui écarquille grand les yeux, incrédule.

C'est un énorme bouquet de… croissants ! Oui, de croissants au beurre montés sur des tiges métalliques, entourés d'un feuillage et de quelques fleurs en pâte de sucre.

— Mais… Qui peut bien m'envoyer une chose pareille ?

Elle s'empresse de lire la carte.

Autant de croissants que de petits matins passés loin de toi depuis ton départ. Et puis, pourquoi offrir des roses quand on côtoie déjà la plus belle d'entre elles ?

— Un admirateur ? Tu en as de la chance !

— C'est… c'est Croquou, tu sais ?

— Le gentil, de Paris ?

— Oui, c'est ça…

— Eh bien, dis donc. Il en veut ! Très créative, son approche…

Rose reste songeuse.

— Dommage qu'il ne me plaise pas.

— Vraiment pas ?

— Bon, c'est vrai qu'il embrasse bien, mais…

— Ah ! Ben tu vois, c'est déjà pas si mal !

— Laisse tomber. Il ne m'intéresse pas.

Elle s'empare malgré tout d'un croissant et mord dedans à pleines dents. Un sourire se dessine sur ses lèvres. Le plaisir du beurre doux, ou le beurre doux de se savoir désirée ?

Scène 26

Antoine

Je me lève Meredith. Je mange Meredith. Je me couche Meredith. Ma meilleure amie Annabelle appelle ça *le Blues du Loverman*, ce qui la fait beaucoup rire. En réalité, c'est moins drôle qu'il n'y paraît, surtout quand l'objet de vos désirs se trouve à plus de mille kilomètres. Voilà maintenant plus de deux mois que je n'ai pas vu la femme de ma vie, et le manque se fait de plus en plus cruellement sentir. D'autant plus que, depuis quelques jours, je trouve ses messages un peu plus distants. Je décèle comme une certaine retenue, que je ne m'explique pas. Mes textos sont pourtant pressants, écrits pour qu'elle comprenne que la distance n'érode en rien mon désir ! Voire l'exacerbe ! Certains jours, le doute commence à s'insinuer : et si, petit à petit, elle commençait à se détacher de moi ? Cette pensée m'est intolérable. Alors j'exécute les gestes du quotidien comme un automate un peu déréglé. Je me lève, je mets une quantité approximative de poudre de café dans la machine, je prends une chemise au hasard, je dis des bonjours qui sonnent comme des au revoir, tant je suis pressé d'être ailleurs. D'être avec elle, tout simplement.

Dans l'ascenseur, je regarde mon visage. Est-ce que ça se voit quand on est amoureux ? Je ne sais pas, mais je crois que cela se sent. Il me semble que l'on dégage un fluide attractif pour l'autre sexe. Je ne rêve pas : jamais je n'ai rencontré autant de succès avec les femmes de l'antenne. Qu'est-ce qu'elles me trouvent de plus qu'avant ? Peut-être ce petit air dans les nuages, irrésistiblement inaccessible, ma propension à répondre à côté de la question qu'on me pose, la case cochée invisible qui indique que je ne suis plus libre, donc diablement plus excitant ? Depuis Meredith, ma peau dégage un tout autre parfum et mon corps des effluves aphrodisiaques.

Je m'amuse du manège de ces nouvelles tentatrices. Je les vois rôder pendant que j'essaie de travailler. Elles m'effleurent, rient plus fort, restent plus tard pour boucler des dossiers à l'urgence moins certaine que leur envie d'ébats. Entre elles, je surprends des regards de chasse gardée. Malgré moi, leur parade ne me laisse pas indifférent et l'attrait charnel de mes rôdeuses vient me chatouiller yeux et sens. Lesquels, depuis plusieurs semaines, sont soumis à rude épreuve. Comme il aurait été facile de ramener l'une de ces tentations chez moi, d'oublier un instant dans les bras d'une autre l'infernal compte à rebours imposé par Meredith, de me laisser aller, dans un tourbillon enivrant et sans lendemain ! Mais non. Je reste un homme à usage unique. Réservé à une seule femme. Pour elle, j'explore le sens du mot stoïque.

Je gomme mes fantasmes d'un geste brusque et me remets aussitôt sous scellés, investissant Meredith d'une autorité huissière sur mon cœur.

Scène 27

Meredith

Compte à rebours : J – 115

Comme chaque dimanche depuis plusieurs semaines, je me rends au théâtre de l'Acrostiche. Mais cette fois-ci, c'est la dernière ligne droite. Il reste juste trois jours à jouer. Après, Rose et moi repasserons brièvement par Paris avant de repartir vers Lille pour la suite de la tournée des *Greluches.* J'avoue que je ne suis pas mécontente que les représentations marseillaises se terminent. Dans toute expérience il y a du positif mais, malheureusement, ici, les résultats sont loin d'être satisfaisants : on ne peut pas dire que le théâtre ait réussi à nous ramener des foules. Pourtant, nous ne déméritons pas, Rose et moi. À chaque séance, nous donnons nos tripes. Hélas, le budget communication étant quasi nul et notre notoriété proche du niveau zéro, d'entrée de jeu, c'est double peine.

Henri Bosc, le patron, vient en coulisses.

— Y a encore pas grand monde ce soir, va falloir

donner encore plus de jus pour mettre l'ambiance, hein, les filles ? Je compte sur vous !

Il en a de bonnes. Nous sommes comédiennes. Pas magiciennes.

Face au miroir cerné de leds, je me concentre sur mon maquillage de scène pour oublier l'agacement de jouer dans cette salle miteuse. Au fur et à mesure que je me grime, je change de peau. Je m'applique à poser un trait d'eye-liner noir au-dessus de mes cils, geste qui implicitement me ramène au calme. Derrière moi, Rose échauffe sa voix en faisant de drôles de gargarismes, ce qui me fait sourire. Autant j'ai besoin de me poser et d'accomplir mon rituel de gestes apaisants pour me recentrer, autant Rose, elle, a besoin de mouvement pour entrer dans le jeu. Alors elle arpente de long en large la loge, fait du hula-hoop avec son bassin ou des étirements rocambolesques.

— Les filles, ça va être à vous. Prêtes ?

C'est à ce moment qu'en général je sens le plus gros pincement au cœur. Le trac et moi avançons dans la pénombre du backstage. Je tends le cou pour apercevoir le nombre de personnes assises dans la salle. Ce n'est pas encore ce soir que nous allons changer le cours de l'histoire ! Rose et moi échangeons un regard complice et un discret petit check avec les mains. C'est parti.

Les Greluches vont casser la baraque, même s'il n'y a que quinze spectateurs ! À un moment, nous interpellons quelqu'un dans le public. On choisit une personne au hasard et le faisons monter sur scène le temps d'un sketch. Les gens aiment bien ce type d'interaction.

Quand le spot éclaire les visages et que je suis censée descendre en choisir un dans la salle, mon regard balaie l'assistance : et j'ai, pour la deuxième fois en moins d'une heure, un coup au cœur : je reconnais, au troisième rang… Antoine !

Un flot d'émotions multiples m'assaille. Et je perds contenance un instant. Rose a dû sentir mon flottement et vient à ma rescousse. Elle reconnaît Antoine, se fige aussi puis enchaîne. *The show must go on*. Nous prenons un grand monsieur qui ressemble à un bûcheron canadien et se tord de rire une fois sur scène, visiblement content et excité d'être ainsi pris à partie. C'est déjà ça. Je tente d'oublier le regard d'Antoine posé sur moi, de rester dans mon rôle coûte que coûte, professionnelle jusqu'au bout. Mais c'est extrêmement difficile et perturbant. Quand enfin arrive la dernière réplique du spectacle, je ressens un soulagement immense et salue avec un sentiment de délivrance.

Je m'enfuis presque en coulisses, fermant en hâte la porte de la loge pour exploser auprès de Rose.

— Putain, mais t'as vu ?! Antoine ! Qu'est-ce qu'il fout là ? Tu savais ?

Elle me jure que non. Elle semble aussi déroutée que moi.

— Ben alors, t'es contente, non ? C'est une belle surprise ?

Son sourire se fige quand elle voit ma tête renfrognée.

— Je ne te comprends pas, Meredith. Voilà des semaines que tu me rebats les oreilles de ton Antoine, combien il te manque, et maintenant qu'il est là, tu réagis comme s'il s'agissait d'un pestiféré !

— C'est pas ça, mais…

On frappe à la porte. Mon cœur se décroche. Je suis sûre que c'est lui. Rose me fait des signes muets pour savoir si elle peut ouvrir. Antoine apparaît dans l'embrasure. Avec dans les mains un petit bouquet de roses noires et blanches. Il s'est souvenu que je détestais les rouges. Mes yeux se baladent sur son corps. Il est beau. Très chic sans en faire trop. Un jean bien ajusté, une veste noire aux très fines rayures anthracite, presque invisibles, gilet de costume sur sobre chemise blanche. Et pour couronner le tout, de splendides chaussures noires cirées avec soin. Il est à tomber. Il me regarde sans ciller, un regard qui en dit long sur les dernières heures, le regard intense et cerné des hommes qui ont trop pensé et trop attendu.

Pourtant, je n'avance pas vers lui. Je ne souris pas. Je suis reprise par mon vertige de colère, comme dans la salle. Rose doit sentir monter l'orage.

— Bon, je vous laisse, hein ? À plus tard…

Je lui sais gré de cette délicatesse. Elle partie, je pivote pour tourner le dos à Antoine.

— Quel accueil !

Le son sarcastique et peiné de sa voix me glace. Mais c'est plus fort que moi : je lui en veux.

Je sens qu'il s'approche d'un pas.

— Meredith ? Qu'est-ce qu'il se passe ?

— …

— Mais parle, bon sang ! Tu n'es pas contente de me voir ?

Je perçois une certaine détresse dans son intonation. Je m'en veux de lui faire ça, mais je ne peux pas agir autrement.

Je reste figée dans mon mutisme jusqu'à ce qu'il me retourne de force pour l'obliger à le regarder. J'ai les larmes aux yeux. J'essaie de ne pas penser à la douceur de ses mains chaudes sur mes épaules et détourne le visage, n'offrant à sa vue qu'un pan de chevelure désordonnée. Alors je le repousse et me réfugie dans un coin de la pièce pour me confier.

— Pourquoi tu es venu, Antoine ? (Il y a du trémolo dans ma voix.) Je ne voulais pas que tu apparaisses comme ça sans prévenir, pour me surprendre un soir comme ça…

— Un soir comme quoi, Meredith ? s'énerve-t-il enfin.

Je sors de mes gonds.

— Un soir *minable*, Antoine ! Un soir où il y a trois pelés dans la salle ! Un soir où tu me vois une fois de plus comme une comédienne de troisième zone ! Tu peux comprendre ça ?

Il accuse le coup et laisse un silence s'installer entre nous.

— Mais qu'est-ce que je m'en fiche, Meredith ? Tu crois que ça compte pour moi ? On en est encore là ?

— Eh bien, oui ! craché-je, hors de moi. Tu n'as toujours pas compris. J'ai besoin que tu sois fier de moi, j'ai besoin de réussir, de prouver ce dont je suis capable !

Il s'approche pour tenter de me calmer. Je recule d'un pas. Il fronce les sourcils devant ce nouveau signe de rejet.

— Je suis déjà fier de toi, Meredith. Tu es la seule à ne pas le voir.

— Oui, merci, je sais ! réponds-je sèchement.

Pas besoin de lui pour me rappeler mon manque d'estime de moi.

— Alors c'est tout ce que ça te fait que je traverse la France pour t'applaudir et te voir ?

— …

— Très bien… Je comprends que l'envie n'est pas la même des deux côtés…

J'éructe.

— Parlons-en, de ton envie ! Tu es venu parce que tu es en manque, c'est ça ? J'ai bien compris avec tes derniers messages. Mais, la vérité, c'est que tu n'es pas en manque de moi, Antoine, tu es juste en manque de sexe, voilà tout !

Je pleure à moitié en repensant à ses récents textos riches de sous-entendus érotiques.

Il applaudit cyniquement.

— Alors là, bravo. On ne me l'avait jamais faite celle-là. Ben oui, Meredith. Voilà. Tu découvres que je suis humain. Et, oui, bordel, je te désire. J'ai envie de toi et, oui, j'en crève, de notre éloignement, si tu veux savoir ! Et, non, je n'en veux pas qu'à ton cul ! Et j'en ai marre que tu doutes sans cesse de mon amour.

Il s'agite de plus en plus et explose.

— Oh, et puis merde… Je ne sais pas pourquoi j'essaie de me justifier !

Il ouvre la porte de la loge et part en la claquant bruyamment.

Je me retrouve seule avec ma connerie. L'une de nous deux est de trop. Le silence m'écrase. Je décide de lui courir après, avec mon maquillage de Greluche, son boa rose, son jupon bouffant et ses collants multicolores.

Scène 28

Antoine

Je sors en trombe du théâtre, bouscule un gars et fais gicler sa bière sur le sol. Des protestations me poursuivent tandis que je me précipite dans la rue, furieux. J'enfonce mes poings si profondément dans mes poches que je m'étonne qu'elles ne se percent pas. Une saleté de crachin vient me glacer le visage, et l'humidité s'engouffre par la moindre micro-ouverture. Je remonte mon col pour avoir moins froid. À terre, un paquet de clopes vide écrasé est jeté là négligemment. Je shoote dedans pour calmer mes nerfs et continue ma course à travers les rues en m'enivrant de ma propre rage. Non, mais quel con ! Pourquoi ai-je eu cette idée stupide de venir la voir à l'improviste ? J'aurais dû deviner qu'elle allait détester ça. Côté douche froide, j'ai été servi. Je m'en veux, je lui en veux. Pourquoi ne voit-elle pas qu'elle est en train de tout gâcher avec ses foutus complexes ? Dire que cet instant de retrouvailles aurait pu être magique… Et elle en a fait quoi, hein ? Meredith a lacéré ma joie. Chacun de ses reproches est venu me cribler d'impacts douloureux.

Mon téléphone vibre dans ma poche. C'est elle. M'en fous. Pas envie de lui répondre. Je laisse sonner dans le vide. Ce qu'elle m'a fait tout à l'heure ? Un gros trou au niveau du cœur, avec une espèce d'appel d'air qui a aspiré tous mes bons sentiments.

Quel temps de merde ! Il y a des jours comme ça. Cyniquement, je prie la personne qui est en train de s'amuser, quelque part sur la planète, à planter des aiguilles dans ma poupée vaudou, de bien vouloir cesser !

Le téléphone sonne de nouveau. Je ne décroche pas. Elle insiste. Je ne décroche toujours pas. Une boule de rage s'est formée dans ma gorge. Je l'imagine, le visage défait, cherchant à me rattraper. J'ai des fourmis dans le bout des doigts, et je me fais violence pour ne pas répondre. Mais j'enfonce un peu plus profondément le téléphone dans la poche intérieure de mon manteau. Là, il est enterré. J'adresse un RIP muet à mon histoire d'amour et n'ai plus qu'une obsession : fuir. Loin. Vite, regagner l'hôtel, boucler ma valise et prendre le premier train. Avec un peu de chance, je peux attraper le dernier du jour.

Scène 29

Meredith

Je cours dans les rues à la recherche d'Antoine. J'ai demandé au patron s'il a vu de quel côté il est parti. « À gauche, m'a-t-il répondu. Et vous lui direz qu'il pourra s'excuser pour le raffut ! » C'est bien le moment de penser à ça, songé-je. La bruine fine brouille ma vue. À moins que ce ne soient mes larmes de mascara. Il n'y a pas que les yeux qui piquent… Un brouillard assez inhabituel pour la région flotte dans l'air et transforme les passants en silhouettes fantomatiques. Qui me jettent des regards bizarres et s'écartent sur mon passage. Il est vrai que j'ai de quoi faire peur avec mes yeux hagards et affolés, et mon costume farfelu de Greluche. Je tourne et retourne dans les rues du quartier, en vain. Pas d'Antoine en vue. Bien sûr, je tente de le joindre sur son portable. Il ne décroche pas. Mes appels sonnent désespérément dans le vide. Mon cœur est en miettes. Il ne veut plus me parler. J'ai tout gâché. Son silence raconte à quel point j'ai dû le blesser. Je me laisse choir sur un bord de trottoir et pleure à chaudes larmes.

Mon téléphone sonne. Je fais un bond de trois pieds de haut. Mais ce n'est pas lui. Juste Rose. Je décroche.

— T'es où ? crie-t-elle dans le combiné. Je me fais un sang d'encre, moi !

— Il est parti ! me mouché-je dans le téléphone, effondrée.

— Évidemment qu'il est parti, répond-elle, calme et implacable. Avec l'accueil que tu lui as réservé, rien d'étonnant !

— C'est… c'était plus fort que moi ! chouiné-je, désespérée.

— Je le sais, ma Dith, je le sais. Allez, dis-moi où tu es, je te rejoins…

Quelques instants plus tard, Rose apparaît. Elle a eu la bonne idée de prendre un parapluie et un manteau pour me couvrir. Bénie soit-elle ! Je tombe dans ses bras.

— Qu'est-ce que je vais faire maintenant ??

— Laisse-moi réfléchir… Moi, après une dispute de ce genre, je commencerais déjà par rentrer à mon hôtel, t'es d'accord ?

J'acquiesce.

— … et dans ma colère, je ferais *illico* ma valise. Toujours d'accord ?

Je vois où elle veut en venir et j'ai un éclair de lucidité :

— La gare ! Il doit être à la gare !

Rose dégaine son smartphone pour regarder les horaires de trains.

— Le dernier est à 19 h 04… Ça nous laisse…

On s'exclame en chœur :

— … vingt minutes !

Vent de panique chez les Greluches. On court comme des dératées, repérons un taxi, nous jetons sur lui et le prenons en otage avec notre histoire de retrouvailles qui ne peuvent souffrir autre chose qu'un *happy end*. Il nous prend pour deux dingues et recouvre ses esprits quand Rose lui tend un billet de cinquante euros.

— Nous devons être à la gare avant 19 heures. Monsieur.

Il comprend l'idée générale et appuie sur le champignon, projetant nos corps violemment contre la banquette arrière.

Il nous éjecte plus qu'il ne nous dépose pile devant l'entrée des départs. On sprinte jusqu'aux panneaux d'affichage. Voie 4 ! Je me tourne vers Rose et lis dans son regard un *Vas-y, fonce, je t'aime idiote !* pour le moins explicite. Mon cœur déborde d'amour pour elle. Je lui envoie un baiser avec la main et cours vers le quai. Je stoppe net au niveau des bornes de compostage. Il est là. Je l'aperçois à cinquante mètres. Je crie son prénom de toutes mes forces, mais il n'y a que dans les films qu'on s'entend à cette distance au milieu d'un tel vacarme. Alors je me mets dans la peau d'un Usain Bolt pour le rattraper. Je lui saute au cou par-derrière. Je crois que je lui ai franchement fait peur. Quand il se retourne et me voit, il a un mouvement de recul. Ses mains restent mortes ; Antoine ne m'enlace pas. À mon tour d'avoir peur. Puis, après un moment qui me semble interminable, il fait un pas en avant et tend une main pour prendre ma taille. Nous nous soutenons du regard une seconde, nous demandant s'il faut d'abord se parler, mettre des mots pour entériner la fin de la dispute. L'élan mutuel clôt le débat, tandis que nous nous embrassons à pleine bouche. Seuls au monde, nous nous enflammons sur place, dans une merveilleuse scène qui mérite bien un PEGI 16 – l'icône de classification des films autorisés en fonction de l'âge. Un laisser-aller qui n'est pas du goût de tout le monde. Une vieille bigote râle en nous croisant.

— Y a des hôtels pour ça !

Magique bulle des gens heureux : l'aigreur du propos glisse sur nous.

— Vous avez raison, madame, excusez-nous !

J'étouffe mon rire dans le cou d'Antoine. La dame paraît surprise et presque déçue qu'on ne donne pas prise à son agressivité.

Ma grand-mère Didine me racontait souvent : « Passe près de deux personnes qui s'embrassent. Peu de chance de récolter un bisou. Passe près de deux personnes qui se battent. De grandes chances de récolter un coup. »

Implacable réalité. Comment en vouloir à cette dame ? Peut-être ne l'a-t-elle pas eue, la chance de sentir, comme moi en cet instant, son cœur regorger de la joie de se savoir aimée ?

Mais bien vite mes pensées pour elle s'évanouissent, tandis qu'Antoine m'entraîne loin de l'agitation de la gare, vers des contrées autrement plus intimes…

Scène 30

Antoine

Meredith. Elle va me rendre dingue… Mais comment lui résister ? Après l'orage de la dispute, les retrouvailles du soir ont pris une saveur inédite, et une intensité jusque-là inégalée. Je la revois, devant le concierge auquel je demandais le pass de ma chambre, sa main chaude serrée dans la mienne, rosissant du trouble d'avant l'amour, comme moi, fébrile, presque fiévreuse. Je la revois, dans l'ascenseur, impatiente de l'interminable montée jusqu'au sixième étage, nos deux corps séparés par un couple de touristes anglais, enivrés par leur flot de paroles chantantes mais tellement moins parlantes que notre silence. Je la revois, encore, plaquée contre le mur tapissé d'une toile de Jouy, le bassin cambré, une épaule nonchalamment dénudée par une bretelle rêveuse, tout son corps dans l'attente de moi.

Je tangue et me cogne contre une cloison. Le train, dans sa course folle pour rattraper son retard, chahute beaucoup, mais toujours moins que mon esprit. Hier soir aussi, je tanguais. Un bateau ivre de plaisir. Une croisière des sens. Je lui ai donné ce qu'elle voulait, ce qu'elle a toujours attendu de moi : l'amour, dans une subtile alternance de force et de douceur. L'amour qui commence par des mots bleus et s'enflamme par des mots fauves. Ce moment où elle aime s'offrir, où le rapport de force capitule, où, dans l'intime, elle baisse la garde jusqu'à oser une tendre soumission au plaisir.

J'aime chez elle ces instants d'abandon où elle me laisse enfin l'aimer. Je repense à notre dispute et frémis à nouveau. Pourquoi compliquer ce qui pourrait être si simple ? *Meredith, mon amour, tu as tout de même le chic pour te faire des nœuds au cerveau !* Elle avait failli gâcher nos retrouvailles avec les idées qu'elle se met dans le crâne autour de sa réussite en attente, son avenir en devenir, et tout le blabla pour dire qu'elle ne se sent pas suffisamment à la hauteur de notre histoire d'amour. Foutaises ! Comme si j'avais besoin qu'elle soit tête d'affiche pour l'aimer davantage ! Peut-elle seulement comprendre que je souhaite demeurer à ses côtés pour chaque étape de son existence, sans attendre, dès maintenant ? Être là, justement parce qu'elle n'a pas encore réussi à se hisser dans sa carrière à l'endroit où elle devrait être. Être là, justement dans les difficultés qu'elle ne manquera pas de rencontrer dans cette impitoyable sphère artistique. Mais il n'y a pas plus têtue que Meredith…

Malgré tout, je dois arrêter d'essayer de lire la situation de mon point de vue si je veux avoir une chance de comprendre le sien. C'est un fait : elle ne se sent pas fière d'elle. Et j'aurais beau lui répéter à l'envi qu'elle a toutes les raisons de l'être, elle seule peut et doit en être convaincue… Impossible de faire le chemin à sa place. Meredith, comme une funambule sur le fil incertain de la vie, cherche son équilibre, et je ne peux rien faire d'autre que me tenir sur le côté, prêt à tendre la main si elle a besoin, si elle trébuche…

Un bruit strident me fait sursauter. Nous venons de croiser un autre train à grande vitesse. Les vitres en tremblent. C'est l'effet que fait Meredith dans ma vie. Elle me souffle.

Une femme sort des toilettes. Elle vient de se remettre du rouge à lèvres. Un rouge framboise écrasée. Elle me jette un regard appuyé. En d'autres temps, j'aurais peut-être donné prise… Mais aujourd'hui Meredith a pris toute la place. C'est ainsi.

Je continue ma percée vers le wagon-restaurant. J'ai besoin d'un en-cas reconstituant. Je me sens harassé. Plein et vidé à la fois. C'est possible, ça ? Je rumine malgré moi. *Meredith, pourquoi tu ne me laisses pas t'aimer, tout simplement ?* Je sens en elle tellement de résistances à entrer de plain-pied dans notre histoire ! Elle fait pousser des ronces pour empêcher quiconque de pénétrer son moi intime. Cette espèce de conflit intérieur ne la quitte pas, responsable du va-et-vient incessant entre son désir de couple et son envie farouche de fuir pour rester libre.

Mais l'aimerais-je autant si elle était plus facile à apprivoiser ? Je ne me pose plus la question. Je l'aime, c'est tout.

J'arrive au wagon-restaurant. Il y a déjà la queue. Je ne suis pas le seul à vouloir tromper l'ennui en cassant la graine.

Je commande un sandwich et un double café allongé. Il reste un tabouret libre à côté d'une mère et son bambin. Les petits cris stridents de l'enfant ne perturbent pas ma rêverie. Sitôt les premières gorgées de café avalées, je suis déjà de retour dans la chambre de la veille, avec Meredith. Nous avions préféré ne pas sortir. Si peu de temps devant nous. J'avais fait appel au room service, bien que ni l'un ni l'autre n'ayons très faim.

Après le déjeuner, tout à l'heure, nous avons refait l'amour une dernière fois. Avec une saveur aigre-douce. Le souffle court et les corps chavirés. Je cherchais un mot à mettre sur cette sensation : volupté ! Meredith m'amenait vers des sommets de volupté et de sensualité. Et que dire de son émotion dans ce moment intense où nous semblions nous appartenir enfin, lorsque sa bouche a pris un goût de larmes, lorsque j'ai senti son visage mouillé contre le mien sans qu'elle ait cherché à cacher sa tristesse de notre nouvelle imminente séparation ? Elle m'a bouleversé. J'avais envie de boire ses larmes jusqu'à la lie, ces larmes qui racontaient peut-être à elles seules l'attachement qu'elle pouvait avoir pour moi mais qu'elle ne parvenait à exprimer en mots…

Ah ! Le jour où ils pourront sortir, ces mots… Mais je serai patient. J'attendrai. Le temps qu'il faudra.

Je suis encore tellement *plein d'elle* après ces quelques heures volées, magiques, étourdissantes… que je ne résiste pas à l'envie de lui envoyer un texto tout en faisant la queue au wagon-restaurant.

Niveau 1 : heureux. Niveau 2 : comblé. Niveau 3 : extatique. Niveau 4 : Meredithisé.

J'espère qu'elle finira par comprendre à quel point elle peut me rendre heureux. À condition qu'elle laisse une chance à notre histoire !

De ce voyage, j'ai aussi compris une chose cruciale : Meredith n'arrivera pas à se sentir bien tant qu'elle ne se sentira pas rassurée sur son devenir professionnel. Elle a besoin de se réaliser, d'avancer dans sa carrière pour se sentir fière à mes yeux. Venir la voir dans un moment de fragilité, alors qu'elle se produisait devant un public aussi clairsemé que la flore dans la mer des Dunes de Tatooine, quelle erreur ! Il faut à tout prix qu'elle ait confiance en son talent, qu'elle entrevoie plus sereinement son avenir artistique. Il me vient comme une évidence : elle ne doit plus revivre ce genre de déconvenue ! Je dois y veiller.

Je sais qu'elle part prochainement pour jouer au théâtre des Guillemets, à Lille. Sa première date de représentation est dans deux semaines. J'ai donc quinze jours pour obtenir qu'elle fasse salle comble. À moi de lui prouver que le verbe aimer est non seulement un verbe d'état, mais surtout un verbe d'action… Même s'il va de soi qu'elle ne devra jamais l'apprendre.

Lille

Scène 31

Meredith

Compte à rebours : J – 106

Dans le train qui m'emmène vers Lille, la région de mon enfance, je n'arrête pas d'écrire. Depuis nos (trop brèves) retrouvailles avec Antoine, je me sens fébrile d'inspiration. La nuit d'amour, que j'avais fantasmée pendant des semaines, s'est merveilleusement bien passée. Comme dans un rêve. Cela m'a fait penser à la récente conversation avec Rose sur l'art de faire l'amour et inspiré un sketch comique pour mon one-woman show. J'ai trouvé amusant de décrire le décalage qui peut exister entre fantasme et réalité dans les jeux de l'amour. Je noircis quelques pages pour donner forme au sketch.

[Spotlights sur Mamzelle Juju, notre Juliette des temps modernes, grande Exploratrice de l'Amour]

Le grand soir, c'est pour ce soir ! Vous avez LE rencard. Celui qui promet le grand huit de la cabriole, avec tête à l'envers, époustouflant manège de sensations, souffle coupé et grand frisson garanti… Ça fait déjà huit jours que vous fantasmez. Vous y pensez matin, midi et soir. C'est répétition générale trente-six fois par jour… Comme si vous y étiez…

[Mamzelle Juju joue la scène fantasmée avec l'Élu de son cœur]

Bien sûr, vous avez tout prévu pour que le moment soit *magik*.

[Mamzelle Juju fait de grands gestes avec ses bras comme un prestidigitateur pour mimer le mot]

Vous vous voyez déjà, dans cette pénombre idéale, le corps magnifié par la présence d'une bougie au parfum « révélateur de sensualité » – si, si ! Le vendeur vous l'a assuré. Vous avez prévu LA musique pour sublimer l'instant. Et quand vous tendez un doigt manucuré vers votre smartphone, le titre parfait s'enclenche, un air à tomber par terre, la pure « musique à strip-tease » : la voix de Etta James, rauque et provocante, balance *« I just want to make love to you »*.

[Les techniciens envoient le son, tandis que Mamzelle Juju esquisse sur scène le début d'un strip-tease torride. Puis, elle gèle son mouvement lascif et son corps reprend une pose tristement ordinaire]

[Elle clique alors sur le bouton géant virtuel du mode réalité projeté en vidéo sur l'écran derrière elle]

Dans la réalité, ce n'est déjà plus le même tableau ! Vous avez remarqué ? Vous allumez la bougie du charlatan… euh, du vendeur de sensualité, la mèche s'allume mal et vous devez vous y reprendre à trois fois. Elle dégage une fumée âcre, pendant que votre chéri poireaute les bras ballants, dans un silence soudain embarrassant. Pour vous faire plaisir, il se croit obligé de dire : magnifique ! En réalité, avouons-le, le truc pue. Vous oubliez ce détail et amorcez votre séquence effeuillage…

[Mamzelle Juju commence une caricature de strip-tease raté en mode « vraie vie »]

Vous tentez sensuellement de faire glisser vos bas, mais vous vous prenez les pieds dedans et titubez. C'est au moment où vous ôtez votre collant façon Kim Basinger que vous vous souvenez de votre taux de cellulite. Et là…

[Mamzelle Juju mime une contorsion comique de femme essayant de trouver la posture la plus avantageuse]

[S'ensuit une alternance de séquences « entre Réalité et Fantasme », utilisant le gimmick du bouton virtuel actionné : dans les séquences « Fantasme », elle adopte une voix emphatique et lyrique. Dans les séquences « Réalité », une voix plus grave et désabusée.

[Bouton Fantasme activé]

Vous faites l'amour comme des dieux, vous êtes une déesse fabuleuse et vous aimez vous perdre dans les yeux enamourés de votre cher et tendre où luit une lueur d'admiration éblouie, tandis que vous le rendez fou de désir avec vos mouvements savamment chaloupés.

[Bouton Réalité activé]

Monsieur manque vous faire un claquage. Il semble avoir oublié que cela fait trois ans que vous avez renoncé à la salle de sport. Et alors que vous guettez langoureusement un flot de mots bleus, il vous léchouille dans l'oreille des expressions pour dame de petite vertu qui se perdent dans un filet de baaaaaaaaaaave…

[Mamzelle Juju n'hésite pas à exagérer les effets de langue pour faire réagir le public]

[Bouton Fantasme activé]

Vous atteignez ensemble le paroxysme dans un élan sublime, et la volupté transcende la beauté de vos deux corps enlacés…

[Mamzelle Juju fait vivre au public la perfection du moment fantasmé à travers une danse de gestes et mouvements magnifiés]

[Bouton Réalité activé]

[Mamzelle Juju marque la rupture en changeant radicalement d'attitude corporelle]

Là, Monsieur termine son affaire en deux secondes douze dans un râle de bête humaine. Vous vient à l'esprit une vision de documentaire animalier, tout à fait inopportune. Les yeux collés au plafond, vous vous demandez si votre jour G viendra…

[Bouton Fantasme activé]

Vous partez en riant sous la douche, éclairés par la seule flamme dansante d'une bougie parfumée, et, sous le jet brûlant, vous continuez à vous aimer follement.

[Bouton Réalité activé]

Clairement, l'un de vous deux est de trop dans la douche. Vous vous sentez plus sardine que sirène. Vous essayez de vous passer le pommeau à tour de rôle, et souriez en grimaçant : comment avouer que… vous gelez franchement !? Vous maudissez les inventeurs du mono-jet. Pourquoi n'ont-ils pas pensé au pommeau bi-douche permettant à chacun de profiter du filet d'eau chaude ? Jet qui, bien sûr, finit inévitablement par atterrir dans votre œil. Votre mascara coule piteusement. Vous avez maintenant une tête de victime dans un mauvais thriller. Ou de cocker mouillé, au choix. Tout en vous séchant, vous sentez déjà poindre un léger mal de gorge. Combo : en plus, vous avez chopé la crève ! « Alors, heureuse ? »

Le train entre en gare. Déjà ? Je n'ai pas vu passer le trajet ! Vite, je range mon attirail et me prépare à sortir. Lille. Le berceau de mon enfance. Bienvenue dans *Retour vers le passé*.

Scène 32

Meredith

Compte à rebours : J – 95

Quand j'ai dit à mes parents que je venais m'installer dans la région pour deux mois, ils ont manifesté leur joie… plutôt mollement. J'ai perçu, l'espace d'un instant, un soupçon d'inquiétude quand ils ont demandé où j'allais habiter.

— N'ayez crainte, ai-je répondu avec une note de cynisme à peine voilée. On s'est trouvé une petite location avec Rose. Je ne vous dérangerai pas !

Leur soulagement visible m'a à peine fait un pincement au cœur : j'ai tellement l'habitude. Ils vivent à deux pas du théâtre où nous allons jouer et cela aurait été plus pratique et économique d'aller nous installer chez eux, mais partager une telle promiscuité m'aurait été insupportable.

Mes parents occupent un appartement rue Jean-Sans-Peur, cela ne s'invente pas. Jean Ier de Bourgogne, duc de Bourgogne et de Brabant, comte de Flandre, d'Artois, de Hainaut et de Charolais, seigneur de Mâcon, Chalon et autres lieux… en toute simplicité. Autres temps, autres mœurs, ce monsieur fit assassiner le duc Louis Ier d'Orléans en 1407, avant d'être assassiné à son tour en 1419. La violence de l'époque.

N'avons-nous pas la nôtre aussi, même si elle est moins flagrante ?

C'est en tout cas dans cette rue que ma candeur fut assassinée. Du moins est-ce là que j'ai perdu l'innocence du cœur et mon âme d'enfant.

C'était un jour de novembre. Une conversation houleuse surprise lors d'une dispute entre mes parents qui se croyaient seuls à la maison. Des propos malheureux et explicites de mon père, m'apprenant – malgré moi – que j'étais une enfant non désirée. Un « accident ».

Commerçants surinvestis dans leur affaire avec déjà deux enfants, mes parents avaient vu arriver ma naissance comme une charge supplémentaire, dont ils se seraient volontiers passés. « L'argent ne pousse pas sur les arbres », répétait souvent mon père avec un ton de reproche, comme si j'étais responsable à moi seule des difficultés économiques familiales dues à la très mauvaise conjoncture nationale. Pour s'en sortir, ils devaient faire des heures à rallonge. Un troisième rejeton compliquait leur logistique et freinait leurs ambitions.

J'eus ensuite le malheur de mettre plus d'un an à faire mes nuits. Une autre impardonnable erreur qui me valut d'emblée une étiquette collée à la peau : l'enfant difficile et contrariante. L'enfant de trop. J'ai donc vite su que mieux valait me faire oublier : et je réalise aujourd'hui que, très tôt, ce comportement parental a semé en moi un affreux doute : suis-je digne d'être aimée ?

Ma confiance en moi en a été irrémédiablement ébranlée.

Gens pressés constamment sous stress à cause des exigences de leur profession, mes parents n'avaient pas vraiment de surplus de tendresse à donner. Ma situation ne s'est pas arrangée quand, très vite, je me suis montrée scolairement décevante.

J'essayais pourtant de faire de mon mieux ! Mais mon mieux ne suffisait jamais. Mythe de Sisyphe, perpétuel recommencement de labeur pour esssayer de faire mes preuves, tentative éternellement soldée par l'échec. L'école ne m'intéressait pas. Je m'y ennuyais ferme. Avais-je le cerveau recouvert de Teflon pour que les connaissances ne s'y accrochent pas ? J'avais en tout cas l'impression d'être une oie qu'on essayait de gaver. En vain. Comment se départir d'une étiquette aussi collante que celle de la médiocrité ?

Chaque fois que je reviens dans la région, je suis immanquablement harcelée par ces pensées nocives et me sens dardée par ces multiples blessures et humiliations de l'enfance. J'ai alors une seule envie : me retrouver auprès de la seule personne qui ait jamais été de mon côté, ma grand-mère, Didine comme je l'ai toujours appelée, maintenant enterrée au cimetière de Lille-Sud.

J'achète au passage un petit bouquet de fleurs sauvages – les seules qu'elle appréciait, elle qui ne goûtait guère la sophistication des fleurs plus snobs – et franchis la grande arche du portail principal, réprimant un frisson désagréable.

J'avance dans l'une des nombreuses allées circulaires à la recherche de sa tombe. Dire que le créateur du lieu a poussé le vice architectural jusqu'à reproduire une forme de toile d'araignée avec les chemins ! Ambiance Halloween tous les jours. Les cimetières m'ont toujours fait froid dans le dos, mais celui-ci est un comble. Ici, même le printemps a du mal à se faire une raison. Pourtant le végétal tente de réchauffer de ses bras verts ces amas froids de pierre et de marbre.

Je croise une réplique de l'ange pleureur de la cathédrale d'Amiens, accoudé à une tête de mort. Je sais que ma grand-mère n'est plus très loin.

J'arrive devant sa stèle et suis soudain submergée par l'émotion.

— Didine ! Tu me manques tellement !

Je dépose mon bouquet et remarque quelques mauvaises herbes prises dans la dalle. Je les arrache et observe un instant leurs racines noires. Les racines… Je pense aux miennes. À mes parents. À leur comportement à mon égard. Les racines de mon insécurité, de ma mauvaise estime de moi. À toutes ces années où j'ai essayé de me faire aimer d'eux, maladroitement sans doute. Chacune de mes approches pour quêter un geste d'affection était repoussée par ma mère. Comme si ma tendresse était, pour elle, urticante. Oh, c'était subtil : elle prétextait gentiment n'avoir pas le temps, trouvait toujours une raison d'être dans l'évitement. Mais les enfants captent tout.

Mon père s'était en outre mis en tête que j'avais *un poil dans la main.* Il considérait donc comme son devoir d'être dur avec moi, pour corriger ce qu'il croyait être un penchant naturel à la paresse et tenter de me sortir de ma propre médiocrité. Très vite, il s'était transformé en moulin à messages négatifs, qui blessaient mon amour-propre sans arrêt. Soi-disant pour mon bien, il avait pris le pli de la dévalorisation, cortège de petits mots assassins, sobriquets moqueurs, main de fer sans gant de velours. Des violences discrètes, sans bleus ni bosses sauf à l'âme, qui ont inéluctablement éclaboussé mon amour-propre.

Rapidement, la petite fille que j'étais en est arrivée à la conclusion que s'approcher trop près d'eux, affectivement parlant, se révélait douloureux. J'ai donc soigneusement évité de m'attacher. Mon cœur a pris ses distances, est devenu méfiant. L'amour a pris des airs de casserole d'eau bouillante et a créé un réflexe de repli : *dangereux, peut faire mal.*

De quoi faire naître en moi un surprenant conflit intérieur, surtout en matière de relations amoureuses : au fond, j'avais diablement envie et besoin d'être aimée, rassurée, choyée, tout en ressentant encore trop souvent l'envie de prendre la poudre d'escampette lorsque c'était enfin sur le point d'arriver. Le cas Antoine, typiquement : à cause de ce passé mal digéré, j'allais peut-être ruiner toutes mes chances d'être heureuse dans le présent.

Le passé… Je me rappelle encore comment, pour m'évader de l'« ambiance maison », je m'allongeais des heures durant sur mon lit à écouter de la musique et à rêver. Que de films tournés dans ma tête ! Des histoires d'amour ou des histoires drôles, déjà.

Je regarde la croix surplombant la tombe de mamie. Ma pauvre Didine. Je t'imagine enfermée là-dessous et voilà ma gorge qui se resserre. Le froid, le noir, le confinement. Tu aurais détesté ça !

Mamie Didine. Tu as été mon grand oxygène à toi seule, tellement vivante, tellement solaire. Si un jour j'arrive à faire un pied de nez à toutes ces vieilles blessures, ce sera pour toi. Le jour où j'y parviens, je fais péter un jéroboam de grenadine en ton honneur ! Ça coulera à flots, je te le garantis.

Je m'assois un instant sur la tombe et sors mon Love Organizer. Je vais à l'onglet « Entre moi & moi » retrouver Madame Croyance. Je pense à mon *héritage émotionnel*. La conviction de n'avoir pas assez de valeur, de ne pas vraiment valoir le coup… Il pleut ou quoi ?

J'essuie mon visage d'un revers de manche rageur. Qu'est-ce qu'on chiale dans un cimetière. On devrait aménager des fentes dans les croix pour créer des distributeurs de Kleenex.

Ah, tous les moments de désapprobation parentale que je lisais sur leurs visages ! Et la honte qui m'ensevelissait alors !

Comme j'aurais eu besoin qu'ils me montrent leur confiance, leurs encouragements, comme ces signes de bienveillance auraient su me sécuriser et non fragiliser mon système affectif !

Je pense à Antoine. Au compte à rebours que je lui impose. J'ai encore du mal à y croire, mais je pense bien qu'il m'aime. Cette fois, c'est pour de vrai. Alors je laisserais ces vieilles histoires tout foutre en l'air ? Une rage sourde refait surface.

C'est Madame Croyance qui a érigé ces murs de peur, les barricades derrière lesquelles je me retranche. La croyance qu'aimer est dangereux, que cela ne peut marcher pour moi et que toute tentative se soldera par l'échec, je la lui dois. Une sorte de fatalité incontournable ?

Mes yeux sont fixés sur la petite photo de mamie Didine, qui soudain a l'air de me parler.

— C'est ça que tu veux ? Continuer à tout saboter ? Passer à côté de ta chance ?

— J'ai trop d'insécurité en moi, mamie Didine…

Elle fronce les sourcils en signe de désapprobation.

— Trop facile. Je ne veux pas entendre ça. L'insécurité, ça se répare !

— Je ne vois pas comment faire, et puis, je pars de trop loin…

— Et si tu commençais par arrêter de t'auto-apitoyer ? Sèche tes larmes. Je vais te proposer une idée pour que le passé cesse de saboter ton présent… Tu vas te créer un *Cimetière des souvenirs douloureux.*

— Quoi ? !

— Oui, dans un coin de ta tête, tu vas créer ce lieu symbolique où tu viendras enterrer ces blessures du passé.

— Je ne comprends pas…

— Eh bien, vois-tu, la grande affaire, c'est d'arriver à être en paix avec le passé, à panser tes blessures d'autrefois. Or, pour « qu'elles reposent en paix », et non qu'elles ressurgissent comme des zombies dans ta vie actuelle, il faudra veiller à leur rendre visite et leur dédier des moments choisis.

— Pourquoi ?

— Parce que, ce qui les guérira, ce sont ces temps que tu prendras pour leur apporter une *sincère et authentique considération.* Ainsi, tu rendras visite à la petite fille blessée que tu as été et tu lui diras enfin les mots qui consolent et rassurent.

— Parler, mais pour lui dire quoi, mamie Didine ?

— Que ce n'est pas sa faute, et qu'elle mérite pleinement d'être aimée. En imagination, tu peux même la prendre dans tes bras et la couvrir des baisers dont elle a manqué. Dis-lui qu'elle a le droit de ne pas être parfaite – d'autant que personne ne l'est –, et que la beauté de tout être humain est d'être un mélange de forces et de fragilités…

— Tout ça ?

Ma grand-mère acquiesce en m'adressant un sourire complice.

— … Fais-lui confiance, finit-elle par dire en évoquant Antoine. Je sens que cet homme a vraiment ton bonheur à cœur.

Ses paroles me touchent. Un petit vent frais s'est levé et s'infiltre dans mon cou. Il va être temps de partir.

— Merci, mamie Didine. Tu me manques tellement…

— Je suis toujours près de toi, tu le sais bien.

— Oui…

Je pose un baiser sur mes doigts et vais le coller sur la photo de ma grand-mère. J'aurais pu jurer qu'elle me suivait du regard tandis que je m'éloignais.

Je croise le gardien et le salue. Plus apaisée, je compte tout mettre en œuvre pour en finir avec la rage sourde qui sommeille en moi depuis l'enfance à cause de ce vécu familial. Je ferai tout pour qu'elle ne vienne pas gâcher mon présent, et surtout pas mon histoire avec Antoine. Pour rien au monde je ne souhaite que celle-ci finisse au Cimetière des amours mortes !

Mes peurs et mes doutes sont comme du plomb. Je dois inventer ma pierre philosophale, celle qui les transformera en or, celle qui révélera les qualités de mes défauts et les forces de mes faiblesses…

Scène 33

Rose

Au moment où Meredith rentre, je suis en train d'apprendre un nouveau tour à Roméo. Il est maintenant capable de reconnaître des formes, des couleurs d'objets et de les placer au bon endroit. J'applaudis à quatre mains mon oiseau prodige. Je repense à la lettre de l'Institut Peterson gardée soigneusement et rangée quelque part dans mes dossiers sans y donner suite, qui me suppliait de leur laisser Roméo en pension pour étudier ses incroyables capacités. J'avais refusé d'en entendre parler. Car je savais que cela impliquait de me séparer de lui au moins plusieurs mois et n'en avais ni l'envie ni le courage. Je regarde mon cacatoès exécuter avec une désarmante célérité l'exercice, et une pointe de culpabilité m'assaille : ai-je vraiment le droit de le garder pour moi toute seule, égoïstement, alors qu'il pourrait contribuer à faire progresser la recherche ? Et qu'un environnement comme l'Institut Peterson lui permettrait sans doute de faire des progrès encore plus frappants en étant entouré de vrais experts ?

Je me promets d'y réfléchir encore…

Meredith a l'air mieux à son retour du cimetière.

— Ça a été ? Pas trop difficile comme pèlerinage ?

— Ça va, ça va… Ça m'a fait du bien et, en même temps, elle me manque tellement…

— Je comprends.

— Je vais descendre faire les courses. Tu as envie de manger quoi, ce soir ?

Meredith ouvre le frigo, inspecte le peu de choses qui y restent, puis furète près de la petite table à manger et s'arrête sur la feuille A4 fraîchement imprimée.

— On dirait que Croquou a encore frappé ! Il s'accroche sacrément à toi ! Adorable, son e-mail.

— Oui, c'est vrai. Mais tu connais le problème : je n'aime pas les hommes trop gentils.

— N'empêche, c'est toujours bon pour le moral, quelqu'un qui est amoureux de toi, non ?

— Sans doute, enfin, je ne sais pas trop. Bizarrement : ça m'agace plus qu'autre chose…

— Bizarre, en effet ! rigole-t-elle en ouvrant le dernier paquet de chips.

Je me lève pour aller récupérer l'e-mail de l'amoureux.

— Oui, ça m'agace, parce que c'est comme du gâchis. Quelque part, je lui en veux de n'être pas quelqu'un d'autre. De n'être pas le bon.

— Ah, parce que tu sais à quoi il ressemble, toi, le bon ? Tu en as de la chance !

Je jette un coussin en direction de Meredith pour faire taire ses railleries.

— Tout ce que je peux dire, c'est que ce n'est pas Croquou, un point c'est tout ! Ça ne s'explique pas… Je m'en fiche de lui !

— Mmm, bien sûr. D'où l'impression de son e-mail. Logique.

Mon Dieu qu'elle m'énerve, Meredith, quand elle joue la Sherlock Holmes du sentiment, à tout vouloir deviner, à se croire plus maligne que les autres ! Heureusement, son téléphone sonne pour couper court à cette conversation irritante. Je comprends à demi-mot qu'il s'agit d'un appel de sa mère. Instantanément, je vois son visage changer et ses traits se crisper d'une pointe de dureté. J'en profite pour ranger le papier de Croquou dans mon carnet Moleskine. Je ne reçois pas assez de lettres d'amour pour ne pas les conserver.

— Oui, maman, euh, je ne sais pas… C'est très gentil mais je ne suis pas encore sûre… Attends, ne quitte pas, je lui demande…

Meredith met la main sur le micro du portable et m'appelle en chuchotis désespérés.

— Rose !

— Quoi ? Qu'est-ce qui se passe ?

— Mes parents veulent nous inviter dimanche à déjeuner avec toute la famille. Je t'en prie, dis, tu viens ? Tu ne me laisses pas tomber, hein ?

Voilà autre chose… Un déjeuner familial en guise de récréation dominicale. J'aurais préféré aller au cinéma. Meredith multiplie les mimiques de supplication. Franchement, après ce qu'elle m'a raconté des siens, je n'ai pas vraiment envie de faire leur connaissance. Elle joint les mains en supplique. Qu'est-ce que je peux lui refuser ? J'acquiesce mollement. B.A. de bonne copine.

Meredith m'envoie des baisers muets, tandis qu'elle donne la réponse positive à sa mère.

— Merci, ma Rose ! Je te revaudrai ça !

— J'y compte bien ! Ça vaut trois tours de vaisselle, ça !

— … Deux ?

— T'es gonflée de vouloir marchander ! Trois, et c'est à prendre ou à laisser.

— Bon, d'accord…

Scène 34

Antoine

J'ai tourné et retourné les idées dans ma tête jusqu'à l'implosion. Jusqu'à en perdre le sommeil. Toujours cette même certitude : Meredith ne pourra pas me revenir tant qu'elle ne se sentira pas davantage sûre d'elle, assurance qui passera uniquement par la rencontre du succès. Jamais je n'avais tant marché dans Paris : cela libère ma créativité, semble-t-il. C'est en prenant un café près de la fontaine Stravinsky, à deux pas de Beaubourg, que j'ai arrêté mon plan. Je sais que la prochaine destination de Meredith pour sa tournée est Lille, la cité de son enfance… J'ai décidé de faire en sorte que le spectacle fasse salle comble. Plan très ambitieux. Je ne peux m'empêcher de voir les choses en grand. À moins que cela ne soit Meredith qui me donne la folie des grandeurs ? Cinq représentations par semaine sur six semaines. Soit trente séances, que multiplient soixante personnes. Voilà qui commence à chiffrer. Pourtant, je suis gagné par la folie douce de ma stratégie. Une déraison indélogeable. L'homme rationnel que je suis tente tout de même de justifier ses actes : après tout, à ce stade de notre relation, n'étais-je pas à deux doigts de lui offrir une somptueuse bague de fiançailles en gage d'amour ? Le geste de remplir la salle, dont elle ne saurait rien, n'est-il pas infiniment plus fort ? J'ai senti grandir la certitude de faire le bon choix. Meredith n'a nul besoin d'une bague en ce moment mais de la reconnaissance du public pour avancer dans sa carrière. Une mauvaise petite voix intérieure joue l'avocat du diable.

Oui, mais que vaut une réussite factice, fabriquée de toutes pièces par tes soins ? Si jamais elle l'apprend, elle ne te le pardonnera pas !

Mon plexus se noue de nouveau. Le risque est de taille en effet. Je joue gros. Mais, si je ne tente rien, j'ai la conviction que je peux tout perdre. Et ça, je ne m'en remettrais pas…

Je laisse un pourboire et me hâte vers le métro, pressé de me mettre à l'œuvre. Tandis que les stations défilent, je peaufine mon plan. Il va falloir être subtil. Que jamais, au grand jamais, elle ne puisse se douter que ce soudain engouement du public vient de moi…

Scène 35

Meredith

Depuis le début du repas, j'ai collé un sourire figé sur mon visage. Le sourire de circonstance qui me tient lieu de rempart chaque fois que je remets les pieds chez moi. Enfin, chez mes parents. En apparence tout va bien. Je réponds poliment, je dis merci, j'aide à mettre le couvert. À l'extérieur, tout est joli comme cette table dressée, avec son bouquet rond acheté trente-deux euros quatre-vingt-six chez Gisèle, la fleuriste du quartier qui fournit ma mère depuis vingt ans, avec la vaisselle du dimanche, les porte-couteaux en argent et les ronds de serviette qui vont de pair avec la conversation ronds de jambe… la panoplie de l'harmonie factice pour sauver la face du lien familial. Mais, à l'intérieur de moi, c'est déjà beaucoup moins coquet. J'ai les tripes compressées, le plexus en forme de pamplemousse. Chaque fois c'est le même scénario. Avant d'y aller, je rationalise. Je me dis que je suis une grande fille maintenant, que tout se passera bien, que je peux désormais prendre de la distance et vivre ce déjeuner en adulte bien dans ses baskets, que les souvenirs ne parviendront plus à m'atteindre. Mais dès que je me retrouve en présence de ma famille, et plus spécialement de mes parents, le même malaise sourd me gagne. Je réagis en automate. Plus aucun de mes gestes n'est naturel. Je me demande souvent s'ils se rendent compte de mon tourment.

La famille est réunie au grand complet.

Ma sœur Bénédicte, et monsieur-gendre-idéal, Édouard, leurs trois enfants, Zoé, Tom et Valentine. Une véritable gravure de famille bien comme il faut. Je meurs d'envie d'aller gratter le vernis.

Mon frère est là aussi : Jean-Philippe, sa femme, Abigél, et leurs deux enfants, Manon et Jules.

— C'est délicieux, madame !

C'est délichiant, pensé-je surtout. Rose ! Chère Rose. Je goûte à leur juste valeur les efforts qu'elle fait pour s'intégrer et redoubler d'amabilité. Je vois bien qu'elle s'étouffe à moitié avec le rôti éternellement trop cuit de ma mère, accompagné des sempiternelles pommes de terre en robe des champs, que ça ne leur ferait pas de mal d'être déshabillées un peu plus souvent… Je divague. C'est le lieu.

Tous ces enfants trop bien élevés quittent la table pour aller jouer, et mettent le boxon autour de nous au grand dam de ma mère. Je suis pour ma part soulagée de retrouver enfin des êtres « vivants » et non des poupées de cire.

— Vous avez des enfants, Rose ? demande mon frère.

— Oui. Une fille. Elle s'appelle Késia.

— Comme c'est charmant.

J'hallucine. Ne me dites pas que mon propre frère fait les yeux doux à ma meilleure amie au nez et à la barbe de sa femme ? Et les regards appuyés ? Et le jeu de marivaudage à peine voilé ? Je jette un coup d'œil à ma belle-sœur et me sens mal à l'aise pour elle. Apparemment, il y a un peu trop de grabuge dans la chambre du fond : les enfants ont muté soit en vélociraptors, soit en zombies mangeurs de chair humaine… En bonne âme, c'est elle qui s'y colle et se lève pour aller y mettre bon ordre. Ma mère entreprend de débarrasser. Mon père s'excuse pour aller fumer sur le balcon et je vois mon frère se glisser tout près de Rose dans le canapé afin de faire plus tranquillement connaissance. Je la guette du coin de l'œil. Je connais sa manière spécifique de papillonner des yeux. Visiblement, le petit manège n'est pas pour lui déplaire. Mon frère redouble d'avances. Dois-je intervenir ? Ma mère m'appelle pour que je vienne l'aider à préparer le dessert. Je n'ai d'autre choix que de les laisser poursuivre leur petite danse de séduction. Après tout, Rose est une grande fille…

Scène 36

Rose

J'aurais dû écouter Meredith. Je tente de cacher mes yeux bouffis par les larmes en enfonçant ma casquette en laine, que délibérément je n'ôte pas, même à l'intérieur de ce pub surchauffé. Je voudrais une fois de plus m'enfoncer dans un trou de souris, tellement j'ai honte de ma naïveté. Bien sûr que, en douce, j'ai revu Jean-Philippe. Un peu trop vite devenu JP. JP comme *Joli Parleur*... Quelle habileté à balayer en quelques mots choisis les obstacles inhérents à sa situation personnelle, à me couvrir d'éloges comme on couvre une femme de bijoux, à faire sortir de sa bouche des promesses, comme dans certains contes pour enfants crédules il en sort des diamants. C'est rigolo, quand on cherche désespérément l'amour, comme on peut facilement tomber dans les pièges de Cupidon, même les plus grossiers. J'ai tellement faim d'attention, tellement faim d'y croire, que je me prends les pattes sur le papier collant de toutes les tentations qui se présentent, telle une mouche affolée. Or, toutes les femmes le savent, s'aventurer avec un homme marié, c'est se donner moins de 1 % de chance d'aboutir à une histoire sérieuse. Je me suis donc vautrée au milieu des 99 %. Le plus amusant, c'est d'observer, avec le recul, l'attitude de monsieur dans les jours avant passage à l'acte, puis de comparer son comportement dans les jours d'après. Avant : gratiné de messages farcis de douceurs, farandole de petites attentions sucrées, cocktail de prévenance et de sirupeux égards. Après : blanc-manger de silence radio, garniture d'excuses bidons, fondue de dérobade… Un festin de désillusions.

Je sors un quinzième mouchoir en papier quand la porte du bar s'ouvre sur un visage connu : Meredith. Comment a-t-elle fait pour me retrouver là ? Elle fronce les sourcils en m'apercevant affalée devant ma bière, qu'elle devine ne pas être la première.

— Ma Rose ! Qu'est-ce que tu fais ? Je déteste te voir dans cet état…

— Comment m'as-tu retrouvée ?

— Ce n'était pas très difficile…

— J'ai pas envie d'en parler.

— On n'est pas obligées. Tu sais, ça a beau être mon frère, j'ai quand même envie d'aller lui casser la figure…

Je lui souris piteusement, touchée par ses efforts pour me remonter le moral. Je tâche de faire bonne figure deux minutes et puis je craque. Mon sac est trop plein.

— J'en ai marre, Meredith ! Tous ces râteaux qui s'accumulent ! J'ai l'impression que c'est l'histoire de ma vie…

— Ne fais pas des généralités.

— Mais si ! Tu ne vois pas ? Je suis abonnée aux culs-de-sac amoureux…

— Belle image ! Tu devrais songer au copyright.

Je souris à travers mes larmes.

— Arrête ! T'es bête…

— Oui, mais ça, on savait déjà.

— Je ne tombe JAMAIS sur les bons…

— « Jamais », « toujours », il faut que tu sortes de ça. Et sois juste : il y a des mecs très bien, amoureux de toi, auxquels tu ne daignes même pas donner une chance.

— Ah oui ? Et qui ?

— Eh bien, ton gars, là, ton Croquou, celui qui t'a envoyé le bouquet de croissants… À mon avis, c'est une perle.

— Ce n'est quand même pas ma faute s'il ne me plaît pas !

— OK, ça ne s'explique pas, l'attirance… Mais au moins, reconnais que tu as plus de succès que ce que tu veux bien dire.

— Ça me fait une belle jambe de plaire à ceux qui ne m'intéressent pas…

Je prends une grosse rasade de bière et affiche un air buté désespéré. Elle mène où cette conversation, de toute façon ?

— Et à ton avis, qu'est-ce qui fait que les choses ne marchent pas comme tu veux en amour ?

— Je l'ignore… C'est comme si les hommes ne me prenaient jamais au sérieux. Comme s'ils voyaient toujours en moi une « fille pour passer du bon temps ». Un « divertissement », voilà ce que je suis pour eux !

Ça y est. Je sens une nouvelle salve de larmes monter.

— Ma Rose !

Elle tente de me consoler comme elle peut.

— Tu es une femme magnifique, une amie adorable, une artiste talentueuse, une mère formidable ! Peut-être ne regardes-tu pas au bon endroit ?

— Comment ça ?

— Tu aurais trop fantasmé l'image de l'homme idéal, trop projeté ses qualités, trop figé tes critères de sélection… Il serait à côté de toi, tu ne le verrais même pas.

— Arrête !

Je hausse les épaules mais ses paroles font leur chemin dans ma tête.

— Et si tu le permets, je vais même rajouter autre chose…

Au point où j'en suis, Meredith peut y aller. Ma déconfiture est telle que je suis prête à écouter tous les conseils, quels qu'ils soient.

— Je crois que tu devrais aussi revoir un peu ta posture par rapport aux hommes…

— C'est-à-dire ?

Le serveur nous apporte des chips maison et jette un coup d'œil en biais sur le visage ravagé que je tente de cacher derrière l'une de mes mains.

— Tu connais le dicton : « Fuis-moi, je te suis, suis-moi, je te fuis » ?

— Oui, et alors ?

— Eh bien, il y a un peu de ça dans les lois de l'attraction entre homme et femme. Si tu donnes tout trop vite, tu perds de ton attrait. Et je te connais : tu as tendance à vouloir brûler les étapes. Alors que tout se passe dans les prémices… et je ne parle pas de « l'avant-sexe », mais de « la qualité de l'avant qui permet aux sentiments amoureux de se déployer ». Construire un jeu de séduction, ne pas se dévoiler trop vite, créer des blancs, comme les silences précieux au théâtre ou à l'opéra… Un homme a besoin de temps de respiration, de ne pas se sentir « assailli » d'entrée de jeu par une femme qui aurait l'air sans arrêt en manque de lui.

— Tu es drôle ! Quand on est amoureuse, on en crève de ne pas voir l'autre ! On a tout le temps envie de sa présence…

— Je n'ai pas dit que ce n'était pas compliqué. Ça l'est pour moi aussi, tu sais ? Je constate juste qu'accorder à ces messieurs des temps de repli se révèle assez efficace, pour leur laisser faire le point sur leurs sentiments. Si tu veux *un homme amoureux*, il te faut devenir *la Dame de ses pensées*.

— Tu veux dire : « feindre de n'en avoir rien à faire » ? Je n'y crois pas trop à ta stratégie…

— Il ne s'agit pas de « feindre », mais oui : de contenir un minimum les fameux élans compulsifs qui les font fuir.

— Dis donc, on sent que tu as bossé sur ton Love Organizer, toi !

Meredith prend une grosse poignée de chips. La façon dont elle descend le bol me donne tout de même envie de la taquiner.

— Parce que, toi, tu t'y connais en gestion des élans compulsifs ?

— Parfaitement ! s'exclame-t-elle en postillonnant des bouts de patate.

Sur ce, elle m'agite son index plein de graisse sous le nez pour continuer son cours magistral.

— … Et je vais te dire, ma Rose, il suffit juste de déplacer ton centre d'attention.

— Mouais.

— L'idée, c'est de t'occuper l'esprit en cultivant des passions annexes, tu vois ? Peut-être même en t'inventant des rituels salvateurs…

— Tu veux dire, comme se gaver de chips en buvant des bières ?

Meredith me jette un regard faussement courroucé.

— Je te parle de rituels *vertueux* !

— Dans deux minutes, tu vas me parler running, méditation et peinture sur soie…

Elle prend une moue consternée : je suis visiblement un cas désespéré. Mes yeux sont attirés par un homme accoudé au bar, en pleine conversation avec un ami.

— Et si la thérapie, c'était de traiter le mal par le mal ? ironisé-je.

— Ah non ! Pas question. Diète d'hommes obligatoire ! Cure détox d'au moins trois semaines… Au menu, un peu de saine solitude et une indispensable prise de hauteur.

— Septième ciel, tu veux dire ?

— Tu es insupportable, dit mon amie en se levant.

Avant de partir, je jette, non sans une once de regret, un dernier regard à l'homme du comptoir. Diète ! me murmuré-je à moi-même. Mais, me connaissant, Meredith a peut-être oublié un truc : en matière de régime, il faut toujours se méfier des effets yoyo…

Scène 37

Meredith

Quelques jours plus tard, je rentre des courses et trouve Rose en train de remplir un sac d'affaires, comme si elle partait en voyage.

— Qu'est-ce que tu fais ?

Elle sursaute vaguement, comme si elle ne m'avait pas entendue venir.

— Euh, je vais m'absenter trois jours, ma chérie…

— Quoi ? Et les répètes ? On commence les représentations dans cinq jours, je te rappelle !

— Je sais bien, Dith, je sais bien… Promis, il n'y aura pas de blèmes. Tu sais qu'on est largement prêtes. Avec tout ce qu'on a joué à Marseille, nous sommes rodées, pas vrai ?

Je m'approche de mon amie pour flairer ce qu'elle mijote.

Je lui attrape le bras.

— Rose, qu'est-ce que tu manigances ?

Elle tente de se dégager de l'emprise de ma main, en vain. Elle pousse un gros soupir.

— Il ne se passe rien, Meredith. Je te jure. Juste, j'ai…

— Quoi ?

Mes yeux essaient de la mettre en confiance pour l'amener à la confidence. Elle finit par cracher le morceau.

— J'ai besoin d'argent, voilà tout. Je n'en peux plus de voir trop rarement ma Timoun et en plus j'ai promis que la prochaine fois que j'irai la voir, je l'emmènerai à Disneyland ! Or mon compte est à sec, Meredith… Et je ne peux pas attendre le prochain cachet dans un mois !

— Rose… Qu'est-ce que tu as encore trouvé comme plan… ?

Rose est la spécialiste des plans de système D abracadabrants.

— Ne t'inquiète pas pour moi. C'est un truc très bien, très sûr…

— Ouh là ! Tu m'inquiètes vraiment, maintenant !

Elle ne répond rien et continue à faire son sac avec encore plus de détermination. J'arrache le bagage pour capter son attention.

— Rose, tu m'écoutes ?

Elle s'efforce de le récupérer mais je bondis comme un cabri dans la pièce pour le tenir hors de portée jusqu'à ce qu'elle ait parlé.

— Rends-moi mes affaires !

— Pas avant que tu m'aies révélé ton plan foireux !

— Il n'est pas foireux du tout ! Il est même très bien payé, si tu veux savoir !

— C'est bien ce qui m'inquiète ! Allez ! Balance !

Lassée de la course-poursuite, elle finit par craquer et se jette de tout son poids sur le lit, qui rebondit en quelques secousses. Elle croise les bras derrière sa tête et laisse son regard errer au plafond pour éviter le mien.

— … J'ai accepté des essais cliniques.

L'info fait son chemin jusqu'à mon cerveau.

— Oh, Rose, non ! Tu ne vas pas faire ça ?

— Si. J'en ai bien l'intention.

— Tu as pensé aux éventuels effets secondaires ?

Elle balaie l'hypothèse d'un geste.

— Mais non, penses-tu. Tout ça est très au point maintenant.

Je vois bien qu'elle minimise.

— Pourquoi tu ne me demandes pas ? Peut-être qu'en mettant en commun nos derniers deniers, on pourrait te l'offrir, ce voyage à Paris et à Disney pour ta fille ?

Elle me regarde, touchée mais têtue.

— Ah non ! Tu as déjà assez de mal à joindre les deux bouts pour que je te demande de l'aide. Je vais gérer, je te dis. Trois jours à l'hôpital, quelques prises de sang et à moi les deux jours de rêve avec ma fille !

Je la connais, ma Rose, je vois bien que rien ne la fera changer d'avis. Et elle mesure à quel point je suis affectée. Elle se lève et vient me prendre dans ses bras.

— Ne t'en fais pas ! Tout va bien se passer, je te dis !

J'ai peur pour elle, comme pour une grande sœur. Elle s'en aperçoit.

— Tsss… C'que tu es sensible, ma Dith ! T'es bête ou quoi ? Profite plutôt des trois jours où je ne serai pas là. À mon retour, tu te diras : « Mince, pourquoi je n'ai pas plus profité de la place ! »

— Ça m'étonnerait ! ronchonné-je… À quelle heure tu dois y être ?

— Là… Dans une heure.

Je l'aide à boucler ses affaires, le cœur lourd de devoir me résoudre à la laisser vivre une expérience que j'aurais préféré pouvoir lui épargner. Elle me regarde à peine quand elle part. Pour éviter les atermoiements.

— Allez, salut ! À plus. N'en profite pas pour boulotter toute la réserve de Schoko-Bons. J'ai zieuté combien il en restait avant de partir.

Elle se marre et me plante là. Mais je sais, à son petit regard par en dessous, à l'éclat particulier de sa prunelle, qu'elle n'en mène pas large.

Je m'avachis sur la chaise de la cuisine et repousse les croissants que j'ai achetés. Plus faim. Roméo semble avoir besoin de réconfort, et s'approche.

— Salut mon pote. Toi aussi, tu te sens abandonné ?

Je ne serai pas longue à broyer du noir si je ne sors pas d'ici. Alors je ramasse mes affaires et décide de filer à la bibliothèque municipale de la rue Édouard-Delesalle. Je fourre dans un sac à dos le Love Organizer ainsi que l'autre précieux carnet Moleskine dans lequel je note au fur et à mesure mes idées pour mon prochain spectacle. Je pense à Rose : jusqu'où est-elle prête à aller pour gagner quelques kopecks, tout ça parce qu'on n'arrive pas à percer, parce que notre spectacle ne décolle pas ? Je serre les poings et sens grandir en moi une détermination inconnue. Elle monte le long de mes veines, court jusqu'à mes poings où le sang bat plus fort, de toute la force de ma volonté inébranlable à changer les choses. La rage de me battre pour y arriver. Il le faut, c'est tout. Et pour ça, pas de secret, une seule solution : se retrousser les manches.

1 % d'inspiration, 99 % de transpiration, merci, monsieur Edison, nous sommes au courant ! J'attrape mon sac, y fourre un croissant pour plus tard, une bouteille d'eau ainsi que mon paquet de clopes, et dévale les six étages.

Une fois dans la rue, l'air encore frais d'avril me fait du bien. Marcher ne tonifie pas que mes muscles, cela rend aussi mes pensées plus claires. Je songe à Rose. À ce boulot de cobaye d'essais cliniques pour aider la recherche. Je suis mitigée. Dans un sens, cela contribue sans doute à faire avancer la science. Mais de l'autre, je suis inquiète des risques potentiels pour mon amie. Je repense du coup à un article intéressant lu récemment sur les avancées en matière de nanotechnologies et biotechnologies. Et n'en reviens toujours pas du champ des possibles qui s'ouvre pour l'avenir : des pilules intelligentes ! Des systèmes miniaturisés implantables, capables de diffuser lentement leurs précieux produits au cours du temps. Des capsules programmées à distance par de très faibles courants électriques. Des doses contrôlées, par exemple d'insuline pour les diabétiques… et bien d'autres applications précieuses pour la délivrance des traitements chroniques !

Je reçois à ce moment-là un texto d'Antoine. Il me fait sourire. Depuis notre scène au théâtre de l'Acrostiche, je crois qu'il a bien saisi ma crainte de n'être aimée que pour mon corps. D'un extrême à l'autre, il n'ose plus faire la moindre allusion érotique…

Hier, ta voix, au téléphone... Ta bouche a les mains vertes : les mots doux que tu sèmes créent en moi un jardin d'une incroyable luxuriance. Mignonne, allons voir si la rose de notre amour fleure bon le printemps... A.

Cher Antoine… Comme j'ai dû le blesser la dernière fois avec mes reproches sur ses messages trop orientés ! Et comme je suis touchée de constater qu'il bascule, pour m'être agréable, dans un registre poético-lyrique, presque d'un autre âge. Cette volonté de me séduire… Oui, mais… Pour combien de temps ? Je frissonne et le vent d'avril n'y est pour rien : les vieilles peurs soufflent et s'engouffrent dans mon cou comme de mauvais courants d'air.

Madame Peur se grille une clope au coin de la rue et ricane en me voyant. Et si un jour, je n'attirais plus Antoine ? Arrivera-t-il, ce jour, où il aura la détestable impression d'avoir « fait le tour de moi » ? Serai-je alors comme ces jouets trop usés que l'on délaisse ?

Je songe qu'il faudrait d'urgence inventer, en nanotechnologie, des capsules de PBA : des Pilules contre la Baisse de l'Attraction. Hop ! Elles maintiendraient chez l'amoureux un taux constant d'hormones du désir et de l'attachement ! Juste ce qu'il faut, graduellement, pour éviter le long travail de sape du temps qui passe, de la monotonie, de l'habitude.

Pas mal, mes pilules PBA. Il faudra que j'en fasse un sketch pour Mamzelle Juju. Ça peut être amusant…

Quand même, je me fustige un instant : j'engueule Antoine parce qu'il m'écrit des messages qui laissent transparaître un désir trop évident, et après je me fais un mauvais film sur le jour où il cessera de me désirer… Je suis plus que lucide sur mes propres paradoxes.

Me voici à la bibliothèque. J'adore ces atmosphères studieuses et recueillies. Les salles sont lumineuses, grâce aux verrières qui donnent sur un joli jardin arboré. Je contemple un instant le saule pleureur et ses longs feuillages qui ondulent gracieusement, et je repense à mes pilules de PBA. Intéressant. Malheureusement, il va falloir trouver une idée plus réaliste pour faire durer mon histoire d'amour dans le temps ! Au travail… Je traverse les allées remplies de livres alignés sur des étagères en aluminium gris et m'installe dans un coin tranquille du premier étage.

Je sors mon Love Organizer. Cette question du désir et, par extension, la peur que mon autre se détourne de moi à un moment m'amènent à visiter le deuxième onglet : « Entre moi & l'autre ».

Qu'est-ce que « la rencontre avec l'autre » ? D'abord, le trouble, délicieux. L'incertitude. La quête de réciprocité. La naissance du désir. L'improbable coïncidence entre deux êtres. L'alchimie secrète que tant de savants auraient aimé percer à jour, que tant de beaux esprits ont voulu décortiquer pour en connaître l'essence. Tel le Jean-Baptiste Grenouille de Patrick Süskind dans *Le Parfum*, sommes-nous capables de percevoir chez l'autre sa fragrance unique, non en termes de senteur, mais d'essence de l'âme, de marqueur d'identité ? Qu'est-ce que la peau *sécrète secrètement*, au-delà des bien connues phéromones ? Y a-t-il une plastique de l'âme ? Les invisibles vibrations qu'elle envoie trouvent-elles chez l'autre une caisse de résonance, ou sonnent-elles irrémédiablement creux ?

Le sentiment amoureux joue le mystère et ne compte pas s'arrêter en si bon chemin.

Ce n'est pas pour rien qu'on parle d'ailleurs du

trouble des débuts. Dans quels transports nous mettent les sentiments naissants ! Combien le cœur est alors tourmenté, frénétique, habité par un feu qui est bien plus qu'un feu : une lave, un magma de sensations, de questions, de peurs mêlées aux envies irrépressibles, aux désirs volcaniques.

La passion des débuts emporte tout sur son passage, avec elle, la raison. La réalité ainsi fantasmée voit ses paysages transformés. Le cœur épris ne veut plus explorer qu'un seul monde : celui de l'autre. Pourtant, il se sent encore en terres étrangères. Il ne sait pas bien où il met les pieds. D'où l'inconfort. Mais le sentiment rend gaillard, et le cœur se lance dans sa conquête, plus comme un chercheur d'or plein des espoirs les plus fous que comme un mercenaire blasé et affranchi. Le cœur amoureux est empli d'une candeur et d'une douce naïveté. Il veut croire.

Si l'amour est aveugle, c'est principalement sur une pure chimère : celle de l'impossible fusion. Malheur à qui croit chercher sa moitié. La pire utopie et la plus dévastatrice. Le 1 + 1 = 1 n'existe pas. La fusion ne conduit qu'à l'impasse de la dépendance. La maison des amours heureuses n'a presque pas de murs et des fenêtres toujours ouvertes.

Je feuillette les quelque cinq pages noircies de mes réflexions dans mon Love Organizer et étouffe un bâillement. Je me relis. Tout ceci m'aide-t-il à faire progresser mon *amourability* ? Je décide que oui, que ce préambule pour clarifier les étapes de vie du sentiment amoureux est nécessaire afin d'y voir plus clair. Néanmoins, j'ai besoin d'un bon café pour poursuivre ce travail.

Il y a un distributeur sur le palier. Arrivée devant la machine, je m'aperçois que je n'ai pas les bonnes pièces. J'avais tellement envie d'une boisson chaude. Un homme attend derrière moi. Il doit sentir mon embarras.

— Vous avez besoin de monnaie ? demande-t-il aimablement.

— Oh, c'est très gentil ! Ce n'est pas de refus… Tenez, je n'ai qu'une pièce de deux euros et la machine ne la prend pas.

— Non, laissez, je vous en prie.

— Merci beaucoup, vraiment, je…

— De rien. Ce n'est pas grand-chose.

Je repars avec mon café brûlant. Ça fait du bien. Je me rassois et remarque celui qui m'a offert ma boisson, assis à quelques tablées de là. Je n'avais pas fait attention à lui jusqu'alors. Il lève les yeux vers moi et je lui envoie un petit sourire de remerciement. Il hoche la tête pour l'accepter, puis replonge dans son travail.

Et moi dans le mien.

Je reprends le fil de ma réflexion. Entre moi & moi, nous sommes d'accord : le vrai problème ne vient pas de la période bénie des débuts où l'autre apparaît parfait, auréolé de toutes les vertus, où le cœur enivré gomme les défauts et fait ses petits arrangements avec la réalité. Je crois que la véritable aventure commence après. L'amour sincère doit faire ses armes. Comme le nouveau-né développe son système immunitaire en se frottant aux petites maladies infantiles, le jeune amour doit lui aussi s'exposer graduellement *aux choses qui piquent*, pour se renforcer.

Le véritable amour débute après l'étape de la déception.

On s'est cherché. On s'est plu. On s'est porté aux nues. Et puis, enfin, on s'est déçu… Et c'est tant mieux.

Car, quelle plus grande pression que de devoir se montrer éternellement sous son jour le plus flatteur ?

La déception est l'épreuve du feu. Ça passe ou ça casse. Le jeune amour y résistera-t-il ?

Pourtant, n'y a-t-il pas une sorte de soulagement quand, enfin, on peut révéler une partie de ses travers inavouables, créer ce lieu où l'on peut enfin tomber le masque et poser son sac, et comme un guerrier de la vie fourbu, prétendre au doux repos d'être soi-même, sans autre artifice ?

Encore engourdi des sentiments aveuglants des prémices, alors que l'esprit s'éveille et sort d'une longue anesthésie, chacun s'étonne de l'étrange fourmillement des sentiments véritables, ceux qui résistent au dur de la réalité. Or la réalité vieillit mal. Mois après mois, année après année, elle risque de s'enfoncer dans le prosaïque. La réalité prend les rides de la monotonie, de l'habitude, des rancœurs gangrénantes et des frustrations insidieuses.

Et c'est là que la vraie partie se joue. C'est celle-là, que, par anticipation, je ne veux pas louper. Car elle viendra, inévitablement. La lente démission. Le sournois éloignement.

Je dois avoir un air affligé car le monsieur de tout à l'heure me jette des regards obliques depuis l'autre bout de la pièce. Je lui souris discrètement et il replonge dans ses bouquins. Je me demande sur quoi il travaille…

L'air de rien, je détaille sa physionomie. L'homme n'a pas quarante ans. Des cheveux très bruns encadrent son visage ovale, et ses traits fins contrastent avec sa barbe dure et dense. J'arrête net mon examen sitôt que ses yeux se relèvent dans ma direction.

Où en étais-je ? *Meredith, cesse de te disperser !*

Je reprends mon feutre noir et le laisse courir sur la page. Je souligne quatre fois la dernière phrase : accepter les règles du jeu.

Marivaux eut beau écrire une merveilleuse pièce sur « le jeu de l'amour et du hasard », il me semble néanmoins que la réussite dans le jeu de l'amour tient de tout sauf du hasard. Il me semble même que l'amour est histoire d'acceptation des règles du jeu, d'une part, et volonté de perdurer, d'autre part.

RÈGLE DU JEU DE L'AMOUR : ACCEPTER QUE L'AUTRE EST UN AUTRE.

La plupart des désaccords et des naufrages sentimentaux ne viennent-ils pas de là ? De l'oubli trop rapide que l'autre n'est pas construit pareil, n'a pas toujours les mêmes besoins, les mêmes attentes, les mêmes modes de fonctionnement ?

De ces différences non acceptées naissent la plupart des différends. Et trop de différends mènent à une inévitable fracture…

Quel est donc le secret pour s'en sortir ?

La communication, d'abord. La souplesse, ensuite. Cerner les besoins de l'autre, les laisser s'exprimer, même en dehors de la relation s'il le faut. Laisser à l'autre son espace de liberté, la possibilité de s'appartenir.

Ensuite, il s'agit de décider. Je souligne en jaune fluo le mot. Car oui : faire vivre l'amour dans le temps devient une décision. Celle d'œuvrer sans relâche pour faire vivre la flamme. Elle demande autant d'efforts et de courage que d'aller faire son jogging sous une pluie battante. La pluie, ce sont toutes les tracasseries de la vie. La pluie qui met l'amour à l'épreuve. Le bonsaï des sentiments a besoin de bien des soins et d'attentions quotidiennes pour ne pas mourir.

Arrivée à ce stade de mes réflexions, je suis assez satisfaite. Néanmoins, une question me tarabuste : comment parvenir à l'équilibre stable et heureux dans la relation, éviter les éternels hauts et bas, atteindre un bonheur plus profond et pérenne ? Je me lève pour aller chercher des éléments de réponse du côté du rayon des philosophes.

Je feuillette quelques ouvrages et laisse danser sous mes yeux les mots des anciens maîtres-penseurs. Hédonisme, eudémonisme, ataraxie…

Ah si ! L'ataraxie m'intéresse. *A.– PHILOS. Tranquillité, impassibilité d'une âme devenue maîtresse d'elle-même au prix de la sagesse acquise soit par la modération dans la recherche des plaisirs (épicurisme), soit par l'appréciation exacte de la valeur des choses (stoïcisme), soit par la suspension du jugement (pyrrhonisme et scepticisme)* […]

Je m'imprègne de la définition et tente de l'analyser.

Ce bonheur qui semble nous échapper constamment, c'est intolérable ! Le concept génial développé par ces philosophes, c'est de trouver une forme de bonheur plus constant au lieu de tomber dans le piège d'une course-poursuite aux plaisirs éphémères entraînant un enchaînement de phases d'euphorie suivies de phases de morosité profonde. Le juste milieu, pas d'excès, des attentes raisonnables. Peut-être même favoriser la valorisation de l'autre pour ce qu'il est et fait plutôt que se focaliser sur ce qui ne va pas et sombrer dans le reproche systématique ?

— Je vois que vous vous intéressez à la philosophie ?

L'homme se tient à mes côtés et fait mine de compulser un ouvrage. Pourvu que ce ne soit pas un baratineur.

— Je fais quelques recherches, en effet…

— Sur la pensée antique ?

Je lui souris poliment.

— Pas vraiment, mais, oui, quand elle peut éclairer nos questionnements contemporains. Et vous, que cherchez-vous ?

— Cette bibliothèque est ma deuxième maison. Je suis professeur de lettres modernes à la faculté de Lille.

— Oh, je vois… Donc, ici, vous êtes vraiment dans votre élément !

— On peut le dire. Si vous m'indiquez votre sujet, je peux peut-être vous renseigner sur les ouvrages utiles ?

J'hésite. Il a un regard franc et quelques conseils me seraient sûrement précieux.

— Dans le cadre d'un travail personnel, je m'intéresse au thème de l'amour et de la recherche du bonheur en général.

— Intéressant, dit l'homme, sans ironie aucune. Figurez-vous que j'ai écrit une thèse là-dessus.

— Ah oui ?

Est-il en train de vouloir m'impressionner pour me draguer ?

— Absolument. J'ai même un parti pris assez personnel sur la question…

— Vraiment ?

— Je pourrais le partager avec vous si vous le souhaitez.

Il doit lire dans mes yeux la suspicion familière de toute femme abordée par un inconnu dans un lieu public et semble ne pas s'en offusquer. Il me sourit d'une manière aussi désarmante que charmante.

— Je ne sais pas trop…

— Mais je suis un rustre, je ne me suis même pas présenté ! Laurent, heureux de vous rencontrer.

Il tend une main que j'hésite à serrer. Après tout, qu'ai-je à craindre ?

— Meredith.

— Quel joli prénom ! C'est un prénom de muse…

— Ah bon ?

Le beau parleur. Je reviens sur ma réserve. Il s'en aperçoit et reprend avec toute la sincérité dont il est capable.

— Écoutez, il n'y a pas d'obligation. Mais en toute simplicité, cela me ferait plaisir de partager avec vous le fruit de mes recherches, puisque vous semblez travailler sur le même thème. Peut-être autour d'un café ?

— Peut-être. Je ne sais pas encore.

— Réfléchissez, d'accord ? Je vous laisse ma carte.

Je la saisis et la glisse dans la poche de mon jean. Je balbutie un au revoir sans grande conviction, certaine que je ne rappellerai jamais.

Scène 38

Meredith

Compte à rebours : J – 83

Pourquoi l'ai-je rappelé ? Je ne sais pas vraiment… Un élan de curiosité, sans doute. L'envie de connaître sa thèse sur l'amour. Et puis, un café, ça n'engage pas à grand chose…

Au téléphone, Laurent n'a pas caché son enthousiasme à l'idée de cette discussion qui promettait d'être *palpitante,* s'est-il plu à dire. Moi, j'attends de voir. J'aperçois bientôt la devanture couleur grain torréfié du Magnum Café. Il est assis à une table un peu à l'écart, visiblement plongé dans des abîmes de réflexion, le stylo suspendu à ses pensées au-dessus de ses notes.

Je toussote pour signaler ma présence. Il se lève d'un bond, comme réanimé, et me serre chaleureusement la main.

— Meredith ! Quel plaisir de vous revoir. Je vous en prie, installez-vous.

Je défais lentement les boutons de mon manteau et l'enlève sans hâte, comme pour gagner du temps avant d'affronter l'inconfort d'un tête-à-tête avec un inconnu. Je commande un allongé. Lui reprend un crème avec un verre d'eau.

— Alors, comme ça, vous aussi vous travaillez sur le thème de l'amour ? C'est un sujet inépuisable. De mon côté, j'ai mis des années à mettre au point ma propre théorie…

Il m'intrigue.

— Ah ? Et quelle est-elle ?

— Je vais vous raconter.

J'observe ses yeux brillants.

— Connaissez-vous la légende du cœur de verre, Meredith ?

— Euh, non, pas du tout…

— C'est l'histoire d'un dieu méconnu de l'Olympe, Glyptós, que Zeus avait chargé de fabriquer le plus solide des cœurs au moment de la création des hommes. Aussi Glyptós chercha-t-il la matière la plus résistante et trouva dans la pierre de diamant la réponse la plus parfaite. Alors il façonna le cœur des hommes dans cette sublime, pure et incassable matière…

Je me laisse embarquer par sa voix grave.

— … Et après ?

— Un jour, Zeus tomba amoureux fou d'une humble mortelle, Acacia, littéralement, *celle qui est innocente*… Malgré une cour acharnée des années durant, la belle tint à rester pure et ne voulut jamais céder à ses avances.

Laurent s'interrompt tandis que le serveur apporte nos cafés, obligeant mon conteur à pousser les innombrables papiers qui envahissent la table.

Il guette mon regard pour voir si je l'invite à poursuivre. Il peut.

— La colère de Zeus commençait à monter. Il vivait ce refus comme une intolérable rebuffade et perdait de vue les louables et chastes motivations de la belle. Il finit par se convaincre que la jeune mortelle, en se refusant à lui, utilisait là un subterfuge pour obtenir encore plus de faveurs. L'esprit embrumé par ces pensées toxiques, Zeus, dans sa rage, s'apprêtait à commettre l'irréparable : prendre la jeune fille de force. Alors qu'il était sur le point de s'exécuter, Acacia, désespérée et terrorisée, tenta de fuir et glissa du haut d'une falaise. Zeus côtoya alors de près ce que les humains pouvaient ressentir lorsqu'ils disaient mourir de chagrin. Acacia lui avait brisé le cœur…

— Sombre histoire que vous me racontez là, Laurent.

— Et ce n'est pas fini : pour ne jamais oublier la terrible douleur infligée par cette simple mortelle et que les hommes se souviennent combien un cœur peut être fragile, il ordonna à Glyptós de fabriquer désormais pour les humains des cœurs de verre…

J'éclate de rire.

— Laurent ! Vous inventez cette légende de toutes pièces !

Il me sourit d'un air malicieux.

— Pas du tout ! De là vient la vérité sur la fragilité de nos cœurs de verre, que tant d'histoires d'amour peuvent briser en mille morceaux…

Je ris à nouveau. Joli conte.

— À votre tour de me raconter un peu ce qui vous amène à explorer le thème de l'amour. Vous voulez bien ?

Décidément, il a un sourire très persuasif.

Je lui parle dans les grandes lignes de ma quête, comment je me suis transformée en une sorte de Candide de l'Amour, partie explorer la question dans un Love Tour initiatique, loin des bras de mon cher et tendre. Il semble captivé.

— Autant vous dire que je suis loin d'avoir trouvé les réponses qui me permettraient de me sentir enfin prête à vivre le grand amour et à en être à la hauteur.

— Grands dieux ! Une idéaliste !

— Ne vous moquez pas ! ris-je.

— Oh, je ne me moque pas, croyez-moi ! Dans un genre très différent, moi aussi je suis un grand idéaliste…

— Ah oui ? C'est-à-dire ?

Il hésite.

— Allez ! Maintenant que vous m'avez raconté la légende d'Acacia, vous pouvez tout me confier, le taquiné-je.

Il oscille encore quelques instants ; mon insistance l'emporte. Et il se livre à mi-voix.

— Mmm… J'ai résolu la question de l'amour en devenant un *collectionneur de béguins.*

— Un quoi ?

Il se racle la gorge, vaguement mal à l'aise.

— Vous promettez de ne pas juger ?

— Promis.

— Laissez-moi vous expliquer mieux. J'ai cherché de longues années quelle pouvait être la posture la plus juste à adopter par rapport à l'amour. Et je me suis résolu à m'en tenir aux béguins, pour ne plus être exposé à la possibilité de souffrir par amour… Parce que, un béguin, c'est un amour passager mais non moins vif. Par définition, il ne peut faire de mal, puisqu'il n'est pas voué à durer. Grâce à lui, j'évite de dépasser le stade de l'intimité dangereuse et de son plus grand mensonge : le mythe de l'appartenance. « Mon mari », « ma femme ». Ridicules chimères ! Rien ne nous appartient ici-bas ! Ainsi, je m'éprends de personnes de passage, je me laisse porter par les grands sentiments qu'elles m'inspirent, je me gorge de l'énergie extraordinaire que génèrent ces amours qui ne laisseront pas de traces mais pas de cicatrices non plus. Je prends l'amour pour ce qu'il porte en lui de meilleur, c'est-à-dire, comme disait feu Malebranche, « du mouvement pour aller plus loin ». Ce sont d'ailleurs la plupart du temps des béguins platoniques...

— La plupart du temps ?

Il rit.

— Oui... Je reste humain malgré tout ! Quand corps et esprit peuvent se rencontrer, je ne suis pas contre, non plus.

— Et vous êtes heureux alors ?

— À mon sens, plus que la plupart des gens, dès lors que je ne cherche rien à *posséder*. Je goûte l'exaltation fugace de la beauté que je perçois dans chacune de ces jolies rencontres. Je ne suis pas triste ni frustré car je sais que la source des beautés, physiques, intellectuelles et spirituelles, est intarissable et que le monde en est rempli, pour peu qu'on ne commette pas l'erreur de s'arrêter sur un unique objet de désir... Je bois à toutes les sources, ne me prive d'aucune, j'élargis ainsi mes perspectives toujours davantage.

Je suis soufflée.

— Intéressant, me contenté-je de balbutier.

Je le regarde plus intensément, avec une lueur taquine au fond des yeux.

— … Et dois-je comprendre que je fais partie de vos béguins du moment ?

Il se penche vers l'arrière pour appuyer son dos contre le dossier de la chaise. Et peut-être aussi pour prendre du recul.

— C'est possible.

J'essaie de sonder ses pensées en le scrutant sans vergogne. Le regard, fenêtre de l'âme. Une seconde de plus serait devenue gênante.

— Et qu'attendez-vous plus spécifiquement de vos béguins, Laurent ?

Il sourit d'une manière énigmatique, inventant une version masculine de Mona Lisa.

Scène 39

Rose

Je ne suis rentrée de l'hôpital que depuis deux heures. À mon arrivée, Meredith m'a fait un accueil incroyable. Son affection a réchauffé mon cœur, après ces trois jours passés dans un univers froid et désincarné. Elle m'a submergée de questions, que j'ai soigneusement esquivées, pour ne pas lui faire peur avec mon expérience de tests cliniques. Devant elle, j'ai fait bonne figure. Je suis contente. Ça a bien pris.

Puis, discrètement, je me suis carapatée dans ma chambre pour m'allonger, en essayant d'ignorer le vertige qui me saisit dès que je fais un mouvement trop brusque. Je me dis que si je m'accorde une bonne sieste, tout ira bien pour notre première représentation, ce soir, au théâtre des Guillemets. Je n'ai pas le choix : il faut assurer. D'autant que je connais l'implication secrète d'Antoine pour que la salle soit comble. Il n'a pu s'empêcher de me mettre dans la confidence. Je l'ai mis en garde contre les dangers de ses élans d'ange gardien : cela déplairait souverainement à Meredith si elle l'apprenait ! Tout de même, tant d'actes d'amour, et en plus dans l'ombre, j'envie mon amie et espère qu'elle fera les bons choix quant à son avenir sentimental avec lui…

Je pousse un soupir incontrôlable : ce secret est tout de même très dur à porter. Par moments, il me brûle les lèvres et je meurs d'envie de révéler à Meredith tout ce qu'Antoine imagine pour elle, en catimini, afin d'améliorer son ordinaire, de l'aider à prendre confiance, qu'elle se sente au mieux dans sa vie… Mais j'ai promis de ne rien dévoiler. Et je n'ai qu'une parole.

Antoine m'a raconté comment, en très peu de temps, et grâce à ses réseaux, il avait pu trouver deux comités d'entreprises lilloises intéressés par l'événement, d'accord pour faire en sorte que quarante employés puissent profiter de billets offerts par Antoine.

Quatre-vingts personnes sont donc attendues ce soir. Je déglutis péniblement sans savoir si c'est le trac ou le mal de gorge qui rend le geste douloureux.

Meredith frappe à la porte et passe la tête.

— Ça va, ma chérie ? Tu ne veux rien ?

Je fais preuve de toute la conviction dont je suis capable pour lui donner le change avec un grand sourire et un pouce levé rassurant comme il faut.

Sitôt qu'elle referme la porte, je laisse tomber ma tête lourde sur l'oreiller et me demande sincèrement comment je vais y arriver.

Scène 40

Meredith

Compte à rebours : J – 79

Quel bonheur de retrouver Rose. Non seulement elle m'a manqué, mais en plus je me suis fait un sang d'encre pour elle. Heureusement, tout a l'air de s'être bien passé, même si je l'ai trouvée un peu pâle.

Quant à moi, je commence à avoir tous les symptômes prépremière et, en bonne hypocondriaque, suis persuadée que ma voix m'aura quittée d'ici ce soir. Le cou saucissonné dans le foulard en soie des grands jours de trac, j'ai filé tout droit à la supérette pour rapporter le nécessaire des SOS voix fugitives.

J'ai bien sûr, auparavant, surfé sur cent sept sites pour lire les meilleures recettes miraculeuses, que je connais pourtant par cœur à la longue, mais l'hypocondriaque n'est jamais *assez* rassurée.

J'ai tout de même renoncé à la méthode de la gousse d'ail râpée avalée dans une cuillerée de miel, ayant eu pitié de ma partenaire de jeu et sœur d'âme, Rose.

Me voici donc dans la kitchenette, attendant sagement l'ébullition de l'eau pour préparer un gargarisme qui n'a jamais démérité, à base de jus de citron et de gros sel.

Je suçoterai dans la journée des cuillerées de miel avec deux gouttes d'huile essentielle d'arbre à thé. La bonne nouvelle, c'est que, si je ne perce jamais dans le théâtre, je pourrai au moins me reconvertir en herboriste clandestine : même sans diplômes, je m'y connais si bien que j'arriverai, c'est sûr, à rencontrer un certain succès !

L'heure H approchant, je débute mon petit cérémonial. Une série de gestes mille fois répétés et rassurants m'aident à faire baisser la pression : douche très chaude, mise en beauté du corps énergisante, maquillage bon pour la mise en confiance, trousse de parade contre tous les petits maux (huile essentielle antinausées, granules antistress, pastilles au miel, grigri rigolo anti-mauvaises ondes…). Je suis fin prête.

On part bras dessus, bras dessous avec Rose, la tête pleine d'espoirs, rêvant que ce théâtre des Guillemets en ouvre d'autres sur une carrière artistique plus florissante.

Une ou deux fois, Rose trébuche et maudit ses talons. Combien de fois lui ai-je conseillé de mettre des chaussures plus plates, surtout au vu de sa grande taille ?

Quand nous arrivons, le directeur du théâtre attend. Aujourd'hui, il a l'air content. Ça change de la première impression qu'il m'avait faite : quelqu'un de très pince-sans-rire, tout en nerfs et avec aussi peu d'empathie que d'eau dans le Sahel.

— Comment allez-vous, mesdemoiselles ? demande-t-il d'un ton légèrement obséquieux.

Je réponds à la place de Rose, inhabituellement éteinte, que nous avons une forme pétaradante. Il lève un sourcil satisfait et remonte ses lunettes sur son nez.

— Tant mieux tant mieux car, bonne nouvelle, ce soir, nous allons faire le plein !

Je ne cache pas mon excitation et pousse Rose du coude, histoire de partager l'euphorie qui me gagne. Peut-être le début de la reconnaissance du public ?

— Je compte sur vous pour mettre le paquet.

Il peut. Je suis remontée à bloc. Et sens l'adrénaline électriser toutes les parties de mon corps. À l'intérieur, la sensation est étrange : comme une boule de feu plongée dans un lac givré. C'est l'effet du trac, mêlé à la hâte joyeuse de se produire.

Rose semble dans une concentration intense : elle ferme les yeux, bien calée dans sa chaise, comme plongée dans une séance de méditation. Je la laisse se concentrer.

Enfin, c'est à nous. Mon cœur bat à tout rompre tandis que, depuis les coulisses, j'entrevois la salle comble et perçois une chaude ambiance s'élever du public. Le moment de s'élancer est assez semblable à celui d'un saut à l'élastique. On n'est jamais sûr d'oser à nouveau revivre des sensations aussi intenses quand on les a déjà connues. Je prends une profonde inspiration et me voilà, enfin, devant les gens. Mon public. Ma raison de vivre.

Je suis en feu. Pourtant, au bout de quelques instants, j'ai la désagréable impression que quelque chose ne va pas. Rose n'est pas dedans. Son jeu est mou.

Qu'est-ce qui se passe ? Nous enchaînons les gags. Je mets de l'énergie compte-double pour compenser et lui jette des petits regards inquiets. Nous entamons le troisième sketch. Alors qu'elle est censée me donner la réplique, le public tout entier et moi retenons notre souffle. Le blanc laissé passe d'abord pour un effet de scène. Rose avance vers moi en titubant. Et soudain elle s'effondre de tout son long, et gît, inanimée.

✦

Un mouvement d'effroi saisit l'assistance. Immédiatement, je me précipite pour assister mon amie. On appelle un médecin. Rapidement, Rose est évacuée vers l'hôpital. Autant dire que c'est le chaos dans ma tête. Le service des essais cliniques, prévenu, banalise l'incident. « Il arrive que des effets indésirables surviennent dans les heures qui suivent le programme. En général, sans gravité. » Je goûte l'ironie du « sans gravité ». J'ai envie de leur tordre le cou. En attendant, ma Rose est dans les limbes.

Après plusieurs heures d'attente, on m'informe qu'il y aura plus de peur que de mal. Ils vont simplement garder Rose en observation. Je ressens un profond soulagement et une vraie joie. D'assez courte durée, hélas. Le lendemain midi, me voici de retour à l'hôpital pour accompagner Rose dans sa sortie. Elle va pouvoir rentrer avec moi à l'appartement. À ce moment-là, mon portable sonne. M. Bocquet, le directeur du théâtre, avec sa voix des mauvais jours. C'est à peine s'il demande des nouvelles de Rose.

— Je ne vous cache pas que le fiasco d'hier se révèle catastrophique…

— Ah…

— Pour un coup de théâtre, c'est un coup de théâtre ! ironise-t-il.

— Bien improvisé, celui-là, tenté-je.

Il me coupe d'un ton cassant.

— Surtout très malheureux, pour vous comme pour moi, tacle-t-il, glacial.

Il laisse un blanc aussi flippant que celui d'un médecin sur le point de vous révéler une maladie grave. Et articule avec une solennité amère :

— … J'ai dû *rem-bour-ser* quatre-vingts personnes ! Vous vous rendez compte de ce que cela fait ?

Debout à mes côtés, Rose tente de savoir ce qu'il se passe. Elle doit voir ma mine s'assombrir au fil des secondes, jusqu'à se décomposer complètement quand je raccroche.

— Alors ?? demande-t-elle, anxieuse.

— … On est virées.

Et j'éclate en sanglots.

Scène 41

Antoine

Il y a toujours quelque chose de particulièrement déroutant à entendre la femme que l'on aime pleurer, même au téléphone. Je ne saurais dire à quel endroit ça vient me chercher, mais cela touche une partie de moi très intime et profondément enfouie. Ce flot de larmes, si inhabituel chez Meredith, m'a totalement bouleversé, et j'en ai encore des tremblements dans tout le corps. Qui aurait pu prévoir un tel scénario catastrophe pour sa première au théâtre des Guillemets ? Ce mal que je m'étais donné pour que la salle soit comble, ces quelque quatre-vingts personnes qu'il avait fallu aller chercher… tout ça pour rien ! Mais ce qui me rendait le plus malade restait la détresse sincère de Meredith. Je la sentais à deux doigts de la rupture, sur le point de lâcher le métier. Cela m'avait glacé le sang. Tandis que j'écoutais ses paroles désolées, j'avais ressenti un incontrôlable désarroi, cette impression très masculine face aux épanchements de l'autre sexe : la gêne, le sentiment d'impuissance. Je me savais efficace dans les prises de décision, les actions sur le terrain, mais, confronté à la gestion d'une crise émotionnelle, je me retrouvais comme un ado maladroit qui ne sait pas comment s'y prendre. Allais-je trouver les mots ? Allais-je me montrer à la hauteur de la confiance qu'elle me témoignait en se livrant, enfin, dans un moment de fragilité ? Venant d'elle, si réservée à l'idée de me demander de l'aide, je considérais cet appel à la rescousse tel un cadeau. La détresse d'une femme est délicate à gérer pour un homme. Face à celle dont j'étais fou amoureux, je me sentais perdu comme devant un casse-tête chinois. Vite, j'ai tâché de me souvenir d'un des bons conseils de ma meilleure amie Annabelle : « Le défaut de beaucoup d'hommes, c'est qu'ils ont tendance à s'écouter parler. Crois-moi, un homme qui sait offrir une vraie qualité d'écoute à sa compagne, sans l'interrompre ni lui asséner immédiatement des conseils ou plans d'action, marque sacrément des points ! » Alors, pendant un long moment, tandis que Meredith s'épanchait et noircissait le ciel de ses perspectives, je me suis plusieurs fois mordu la langue et cousu les lèvres pour m'empêcher d'intervenir. Écouter. Rien de plus. En donnant juste ce qu'il faut de petits signes réconfortants et d'intonations encourageantes. La méthode a eu l'air de marcher.

— Ça m'a vraiment… fait du bien de te parler… a-t-elle lâché en fin de conversation.

— J'en suis très heureux. N'abandonne pas, Meredith. Les jours se suivent et ne se ressemblent pas, tu sais. Je suis sûr que les choses vont s'arranger.

— … J'aimerais pouvoir te croire.

— Aujourd'hui, tu vois tout en noir. Je vais t'appeler mon Black Swan ! lui ai-je lancé pour la dérider.

— Black Swan ? a-t-elle bafouillé dans l'appareil.

— … Mon cygne noir, ai-je répondu avec tendresse.

— Tu es déjà gentil de voir en moi un cygne, même noir !

Je l'ai engueulée un peu, pour la forme, pour qu'elle arrête l'auto-apitoiement. J'ai l'impression de connaître ses ressources mieux qu'elle. Et je sais qu'elle saura s'en servir pour rebondir quoi qu'il arrive. J'aimerais qu'elle en soit aussi persuadée que moi.

— Promets-moi, joli cygne, de redorer un peu le blason de tes plumes blanches ?

Elle a rigolé, enfin, et a promis de faire un effort.

— Tu sais quoi ? Je vais l'appeler, moi, ton directeur de théâtre !

— Non, ne fais pas ça, je t'en prie ! Il va t'envoyer balader.

— Qu'est-ce que tu en sais ?

— Je sais, c'est tout. Le type est un bouledogue, je te dis.

— Meredith. Passe-moi son numéro. Je vais juste tenter de lui parler…

— Tu perds ton temps.

Mais quelque chose dans sa voix me disait merci.

Nous nous sommes serrés virtuellement très fort au téléphone. Ma mémoire sensorielle tentait de faire revivre sous mes doigts sa peau de velours. Nous avons raccroché.

Je suis resté de longues minutes les yeux dans le vague, puis j'ai arpenté mon salon de long en large afin de trouver une idée pour la sortir de cette situation. J'ai décroché le téléphone.

M. Bocquet a répondu immédiatement. À la simple évocation de Rose et Meredith sa voix s'est teintée de ressentiment. J'ai appliqué pour la seconde fois de la journée la théorie de *l'oreille amie*, ce qui a assoupli rapidement les bonnes dispositions du directeur à mon égard. Malheureusement, bien qu'appréciant mon amabilité, il rabâchait qu'il n'y avait rien à faire. Que *Les Greluches* avaient eu leur chance mais que leur fiasco lui avait couté trop cher. Alors, j'ai abattu ma carte maîtresse. Et même si cela me déplaît de le dire, l'argent ne fait peut-être pas le bonheur, mais, avouons-le, il permet de se sortir de bien des situations.

— Monsieur Bocquet. Je vous propose un arrangement à l'amiable. Je suis prêt à vous rembourser l'in-té-gra-li-té des quatre-vingts places…

Je détache distinctement chaque syllabe pour en imprégner ses tympans. Il semble soudain particulièrement réceptif.

— Et avec quelle contrepartie ?

— Vous les reprenez pour qu'elles puissent finir les dates de spectacle initialement prévues.

Il n'est pas trop long à faire tam-tam.

— Je vous demande néanmoins une petite faveur…

— Oui ?

— Ne leur dites en aucun cas que j'ai payé pour arranger les choses… De plus, pour qu'il semble « plus crédible » que vous leur accordiez une seconde chance, dites-leur que vous acceptez de les reprendre à condition de proposer une nouvelle date de remplacement pour le spectacle qui a dû être annulé. Êtes-vous d'accord ?

— Cela doit pouvoir se faire…

— Merci, monsieur Bocquet.

Je raccroche, un début de soulagement au cœur.

Je m'installe à ma table de salon avec une calculatrice et un bloc de papier blanc. Toute cette histoire va commencer à me coûter très cher, mais je m'en fous. Il n'y a rien que je ne ferais pour ramener un joli sourire sur le visage de Meredith.

Déterminé, je m'empare à nouveau du téléphone et compose le numéro de ma banque.

— Oui, bonjour. Antoine Delacour à l'appareil. Pouvez-vous me passer Sandra Magnieri, s'il vous plaît ? Oui, je patiente… Sandra ? Vous allez bien ? J'aurais besoin de faire un virement de mon compte sur livret vers mon compte courant, s'il vous plaît. Merci beaucoup.

Tout en attendant, je trace des petits dessins spontanés sur mon bloc de papier. Beaucoup de volutes, d'arabesques, de pétales… Quoi que je fasse pour contribuer au bonheur de Meredith, j'ai l'impression que cela mettra toujours quelque chose de doux et rond dans mes humeurs.

Scène 42

Meredith

Compte à rebours : J – 77

Quand je raccroche, un tas de Kleenex usagés gît à mes pieds. Je suis soudain un peu honteuse du déversement larmoyant que j'ai infligé à Antoine. À vrai dire, je ne m'attendais pas à ce que cela me procure autant de réconfort. Plus légère, je ressens pour Antoine une bouffée de gratitude. Et repense à ses mots. Au Black Swan que je lui inspire, un cygne aux plumes noircies. Il n'aura pas mis longtemps à remarquer ma tendance naturelle à me décourager trop vite, à m'auto-apitoyer, à dramatiser les situations… Il faut croire que j'aime zoomer en grosse focale sur mes défauts et inscrire mes qualités en microscopique sur un grain de riz.

Impossible, pour l'heure, de m'imaginer digne d'être, comme dans le conte d'Andersen, perçue en joli cygne blanc. Je garde encore trop profondément ancrées les stigmates du vilain petit canard. Machinalement, je sors mon Love Organizer et je note, dans la partie « Entre moi & l'autre » une résolution : veiller à ne pas le surpolluer avec mes soucis sous peine de risquer de le contaminer avec mes humeurs noires ! Je me fais la promesse d'essayer de discerner jusqu'où il convient de me confier pour partager mes tracas et à quel moment poser une saine cloison d'étanchéité.

Je ramasse tous les Kleenex pour aller les jeter quand Roméo s'approche de moi avec une mine déconfite.

— T'es trissste ? T'esss trissssste ? répète-t-il.

Je reste interloquée un instant. Comment fait-il pour percevoir les émotions ? Je caresse l'oiseau et vais voir Rose dans la chambre tout en finissant d'essuyer mes yeux bouffis par les larmes.

— Hey ! Ça va ?

Elle est allongée sur le lit, les yeux fixés au plafond et entame un deuxième paquet de chips. Question idiote du *ça va.*

— Dis donc… Roméo… N'est-ce pas un peu dingue qu'il me demande si je suis triste ?

— Ah ? Il te l'a fait ?

— Oui…

Rose a l'air songeur.

— Oui, j'avais remarqué… C'est un truc de fou. On dirait qu'il sait reconnaître et nommer les émotions de base.

— C'est normal pour un perroquet ?

— Je ne crois pas, non… Ça fait un moment que l'Institut Peterson veut que je leur envoie Roméo quelque temps pour étudier ses capacités, mais je n'ai pas encore eu le courage de me séparer de lui…

— Mmm… Je comprends… Dis-moi, j'ai eu Antoine au téléphone.

— Et alors ?

— Il va essayer de parler à Bocquet. Mais vu le profil du gars, si tu veux mon avis, c'est perdu d'avance !

— J'en sais rien. On verra bien… Bilan, on n'a plus qu'à se gaver de chips en attendant !

Elle rigole mollement, sans trop y croire.

— Non merci. J'ai une autre idée en tête pour m'occuper… D'ailleurs, je sors. Tu veux que je te rapporte quelque chose ?

— Non. J'ai déjà tout ce qu'il me faut en réserve de chips.

Je l'abandonne à son petit plaisir de régression salée. Direction : le rayon beaux-arts du magasin de bricolage repéré quelques rues plus loin.

J'achète une toile en coton A3, un tube de peinture acrylique noire, un feutre Posca noir, un sachet de plumes blanches déco, une agrafeuse murale, du papier-calque, un crayon à papier 2B et un HB. Je repars avec mon butin, contente.

Les dernières heures m'ont tellement éprouvée que je ressens le besoin urgent de m'évader.

En rentrant à l'appartement, mon idée s'est affinée et je fonce directement sur l'ordinateur portable pour trouver l'image désirée. Je tape dans le moteur de recherche : « dessin cygne contour ». J'ai immédiatement ce que je désire. Je choisis le cygne qui m'inspire le plus, fait un copié-collé de l'image dans un document et l'étire pour qu'elle occupe tout l'espace A4. J'imprime. Ne me reste plus qu'à décalquer les tracés de mon cygne sur la toile. Crayon 2B plus tendre pour griffonner derrière le calque, crayon HB plus dur pour décalquer les traits du cygne.

J'ai fait l'esquisse du projet dans mon Love Organizer : je vais peindre le fond extérieur au cygne en noir pour faire ressortir le cygne blanc, en réserve, comme disent les graphistes.

Avec le feutre noir, je vais dessiner des « territoires aléatoires », des « zones » à l'intérieur du corps de l'animal, délimitées par des lignes noires. Certaines d'entre elles seront remplies par des motifs et graphismes simples au gré de l'imagination et de la fantaisie. Les autres par des mots symboliques de mes actions et engagements pour, enfin, devenir le beau cygne que j'espère. La ligne de conduite est claire et je la note en rouge dans le Love Organizer : *Qu'est-ce qui me donne des raisons d'être fière ?*

Je dresse une liste d'idées dans ma partie « Entre moi & moi ».

Des plus petites choses aux plus engageantes. Cela m'apparaît soudain comme le moyen le plus évident pour booster mon estime personnelle.

Entre deux, je peins le fond noir qui fait ressortir la forme stylisée du cygne, et le temps que ça sèche, je décide d'aller fumer une cigarette sur le minuscule rebord qui tient lieu de balcon. Elle m'irrite un peu plus la gorge et son goût âcre me donne affreusement soif. Je me regarde tirer sur cette tige au bout grisâtre et peine à trouver une place pour l'écraser dans le cendrier déjà plein à ras bord de mégots accumulés au fil des jours. Rien de très ragoûtant. Un petit tilt résonne soudain en moi : ne serait-ce pas une première bonne raison d'être fière de moi que d'arrêter ?

Quand je reviens vers mon activité plastique, je suis excitée et challengée à la fois. J'ai peur, mais j'ai envie aussi. D'oser. De voir ce dont je suis capable. Et surtout de cesser de remettre à plus tard ces résolutions qui n'ont l'air de rien mais qui marquent un engagement fort pour enclencher la roue du changement positif. Alors, d'une main quelque peu fébrile, j'écris artistiquement dans l'une des zones intérieures du cygne : « Arrêter de fumer. » Je prends un peu de recul pour juger de l'effet. C'est fou comme l'exercice est encourageant ! Je m'amuse à remplir d'autres zones de jolis graphismes contrastés : une case avec d'épaisses rayures blanches, une autre avec des petits ronds, une autre avec des sortes de pétales… Ça prend joliment forme.

Rose se pointe à ce moment-là.

— Waouh. Ça a l'air sympa ce que tu nous fais là. Ça y est ? Tu as décidé de changer de métier ? rigole-t-elle. T'as pas tort ! Comédienne, c'est pourri…

— Meuh non, je m'amuse, c'est tout.

— Bah, tu as bien raison…

Elle s'étire, l'air las, les yeux cernés et la mine terne.

— Tu veux que je te prépare une tasse de thé ?

— Je veux bien ! Merci, ma chérie.

J'entends au loin la bouilloire. J'agrafe les premières plumes tout autour du châssis pour improviser un cadre. Je suis plutôt contente de l'effet produit.

— C'est servi ! prévient Rose.

— J'arrive !

Je griffonne en hâte les idées qui me viennent dans mon Love Organizer.

Une autre grande raison d'être fière de moi serait d'aller au bout de mon projet de one-woman show.

Je note dans une zone du cygne : Aller au bout… Je me comprends !

Cela nécessite aussi de clarifier cette ambition dans la partie « Entre moi & le monde ».

Pour donner vie à ce projet, il faut que je sois vraiment concrète. On ne « rêve » pas un objectif, on le visualise. Il convient de détailler le plus possible toutes les étapes de réalisation.

Décider d'un plan de travail précis selon une question simple : combien d'heures par jour vais-je pouvoir m'y consacrer ?

Me donner une date butoir. Pour quand dois-je avoir fini d'écrire ce spectacle ?

Savoir à qui présenter le projet. Il me faut donc identifier les producteurs et metteurs en scène potentiels. Comment rentrer en contact avec eux ? Qui, dans mon réseau, peut m'aider ? (Faire la carte mentale de mes connaissances.)

Les sous-objectifs s'enchaînent dans mon esprit. Tout un plan d'action s'échafaude sous ma plume enthousiaste.

Rose m'appelle pour prendre le thé.

Euh… Finalement, je ne vais pas avoir le temps !

Scène 43

Rose

M. Bocquet nous a finalement reprises et nous avons pu finir de jouer le nombre de représentations initialement prévues. Meredith ne connaît pas les dessous de l'affaire. Mieux vaut d'ailleurs qu'elle ne l'apprenne jamais. Moi qui suis dans le secret des dieux, je sais qu'Antoine est allé encore plus loin cette fois, en payant à nouveau pour rembourser toutes les places. Je sais aussi qu'il a fait en sorte qu'à chacune de nos représentations un public conséquent soit dans la salle. Je trouve ce geste insensé. Depuis que nous nous connaissons, je ne l'ai jamais vu ainsi. Aussi mordu d'une femme. Meredith a de la chance. Mais s'en rend-elle seulement compte ? Évidemment, Antoine ne veut même pas qu'elle sache quoi que ce soit de cet incroyable coup de pouce, qui doit passer pour une heureuse aubaine. Oh, j'ai bien compris son argument : il désire à tout prix que Meredith retrouve pleinement confiance en elle. En cela, je ne peux pas lui donner tort : notre succès, même factice, lui fait un bien fou et je la vois travailler activement à un prochain projet secret, dont elle ne veut pas parler pour l'instant, pas même à moi. Elle semble habitée par ce feu intérieur, cette passion dévorante pour la scène. Aucun doute : elle a ça dans le sang. À certains moments, je n'en suis personnellement plus aussi sûre. Toutes ces années de galère, à tenter de joindre les deux bouts, ces maigres cachets, ces auditions ratées… Par moments, je me demande à quoi une vie plus rangée pourrait ressembler, sans avoir à courir à droite à gauche, à sauter sur n'importe quelle opportunité, pour tenter de garder la tête hors de l'eau.

J'adore les planches, mais je cherche enfin celle du salut. J'en ai ma claque du mode survie sur un radeau de la Méduse.

J'en suis là de ces cogitations quand mon train arrive à Paris. Je guette parmi la foule des visages familiers et soudain, je la vois : ma fille ! On court l'une vers l'autre et elle se jette dans mes bras. Ma Timoun ! Je la couvre de baisers, plonge mon nez dans ses cheveux, la hume comme une maman chat avec ses petits. Elle est chatouilleuse et j'écoute avec ravissement son rire qui tinte comme des grelots à mes oreilles. Un peu à l'écart, ma mère me regarde avec la lueur joyeuse des bons jours. Je m'approche. On s'embrasse avec retenue mais cela n'enlève rien à la joie de les retrouver. Maman tient absolument à m'aider à porter un sac, elle est ainsi, ma mère : elle aime faire. Il est inutile de résister.

Je respire à pleins poumons l'air pollué de la capitale. Cette foutue ville m'a tant manqué ! Maman est venue avec sa voiture vieille comme Mathusalem.

Tout au long du trajet, je ne peux m'empêcher de me retourner pour contempler ma fille, assise à l'arrière. Regarder comme elle est belle. Parcourir de mes yeux chaque détail de son petit minois d'amour. Son nez parfait. Si fin. Sa bouche ourlée comme un pétale de rose. Ses adorables dents de lait. Ses yeux qui me fascinent comme l'eau claire d'un lac jailli de nulle part au cœur de montagnes sacrées…

— Dis, maman, quand est-ce qu'on va à Disneyland, alors ?

Je souris. Elle ne perd pas le nord. *T'as raison, va, la vie n'attend pas.* Si on l'écoutait, on irait *immédiatement tout de suite.*

— Dans deux dodos, ma chérie. Dimanche. D'accord ?

Elle semble un brin déçue que ce ne soit pas dès aujourd'hui. Puis elle réfléchit et doit se dire que, après tout, ce n'est pas si loin.

— Génial, maman !

Tout à coup, la voiture fait un bruit bizarre. Je sursaute. Ma mère lâche un juron. De la fumée sort du capot.

— On va devoir s'arrêter, marmonne-t-elle, les dents serrées d'agacement.

Elle met son clignotant et stoppe sur le bas-côté. Puis sort en trombe pour aller voir ce qu'il se passe sous le capot. J'ouvre la fenêtre à la hâte.

— Maman ! Ne sors pas comme ça sur le périph', tu n'as même pas mis ton gilet jaune !

Elle a toujours été imprudente et impulsive. Je savais bien que rien ne pourrait se passer normalement. Intérieurement, je bous. Je lui en veux de gâcher ce moment par négligence. Parce que, une fois de plus, elle n'a pas fait ce qu'il fallait pour faire contrôler la voiture avant. Mais ma mère a la fâcheuse tendance à délaisser les *vulgaires* choses matérielles pour s'intéresser à des préoccupations plus « élevées »... Le spirituel, les âmes, les corps astraux et tout ce qui concerne de près ou de loin son métier de voyante cartomancienne. Alors, un moteur de voiture, pensez, c'est vraiment le cadet de ses soucis.

En attendant, on est mal. J'ouvre la boîte à gants pour attraper deux gilets jaunes. J'en enfile un et me tourne vers Késia.

— Toi, tu ne bouges pas ! OK, ma chérie ?

Elle acquiesce sans broncher et reste sage. Jamais on ne pourrait croire qu'il s'agit de ma fille.

— Maman ! Je t'ordonne d'enfiler ça !

— Mais non ! Ça ne sert à rien ! Tu m'embêtes...

Je lui mets de force et passe outre ses protestations. J'ouvre le coffre.

— Qu'est-ce que tu fais encore ? s'agace-t-elle.

— Je cherche le triangle de signalisation, tiens ! Tu as vu à quelle vitesse les voitures passent à côté de nous ?

— Roh... Tu dramatises toujours tout. On dirait ton père...

— Euh, s'il te plaît, ne me parle pas de lui ! Mais qu'est-ce que tu fais, là, maman ?

Je la vois mettre les mains dans le moteur.

— Arrête !

Elle s'obstine. Je suis obligée d'insister.

— Maman ! Arrête ! On va appeler une dépanneuse, d'accord ?

— Mais non, je...

— Non ! Tu ne vas rien du tout ! J'appelle maintenant !

Le ton catégorique de ma voix clôt le débat. Je l'oblige à aller se rasseoir dans le véhicule et contacte la compagnie d'assurances. Ils ne pourront pas être là avant une heure. Le week-end commence bien. Et moi qui voulais emmener Késia en voiture au parc Disney…

Scène 44

Meredith

Compte à rebours : J – 66

M. Bocquet avait accepté de nous laisser une deuxième chance. Nous avions quand même dû offrir en échange une représentation supplémentaire gratuite, pour remplacer celle interrompue par le malaise de Rose. Mais qu'importe : la catastrophe d'une annulation pure et simple de ces dates de tournée avait été évitée, chose que notre agent aurait très mal vécue. Se faire virer par elle n'aurait pas arrangé nos affaires d'artistes, déjà pas mirobolantes.

J'ai plusieurs fois revu mon Collectionneur de Béguins. Quand je lui ai demandé ce qu'il attendait de moi, j'ai été très surprise, presque ébranlée par sa réponse : rien.

Justement. Ce rien, c'était beaucoup. Cela m'a fait sacrément réfléchir. Jusqu'à présent, je n'ai rencontré que des personnes qui attendaient quelque chose de moi. Les hommes qui projetaient sur moi leur désir sensuel et voulaient me posséder, mettre une croix sur leur tableau de chasse, d'autres qui souhaitaient sortir avec moi comme « faire-valoir », parce que je présentais bien physiquement, d'autres qui, me sachant serviable et débrouillarde, avaient toujours « un service à me demander ». Bref, jamais, au grand jamais, je n'ai rencontré quelqu'un de sincèrement désintéressé.

C'est donc le cœur léger que j'ai accepté de passer de longues heures auprès de Laurent, le Collectionneur de Béguins, intriguée par son personnage étrange, atypique et si plein de poésie.

Je crois aussi que je voulais percer un peu du secret de sa sérénité.

Comment fait-il pour rester aussi calme face aux questions de l'amour, de la vie, qui, moi, me secouent immanquablement comme une feuille au vent ?

Je me fais cette réflexion en cette journée de fin mai, où le temps est presque beau. Laurent m'a entraînée au LaM, musée d'art moderne près de Villeneuve-d'Ascq. Nous nous baladons dans les jardins, délassés par cette bucolique errance, lorsque nous tombons nez à nez avec une sculpture de Calder, *Croix du Sud*, un imposant mobile solidement ancré dans le sol, qui se déploie dans les airs, avec ses bras de fer animés qui bougent au gré du vent.

Cette sculpture est exactement à l'image de ce que je ressens en ce moment, de mon rapport à l'existence : un constant paradoxe entre l'envie de stabilité et le besoin de mouvement. La stabilité qui rassure, mais aussi la stabilité qui fige, qui me fait peur dans ce qu'elle peut avoir d'ankylosant. Le mouvement, lui, qui entraîne une dynamique, parfois positive quand elle me pousse à sortir de ma zone de confort, encourage l'audace qui sème les germes du succès et pousse au dépassement de soi, parfois négative lorsqu'elle empêche de se poser et nous maintient dans l'agitation, la dispersion.

J'observe ce ballet de formes géométriques ballottées par les assauts du vent et je songe que je ne veux pas, moi, me laisser porter par la vie au petit bonheur la chance, livrer mon destin à des mains invisibles, des forces aléatoires.

Je comprends, en cet instant, qu'une vie qui m'appartient est une vie où je fais mes choix. Où je ne m'en remets ni à la chance ni au hasard pour obtenir ce que je souhaite.

Je regarde encore une fois l'œuvre de Calder. Ce grand maître semble livrer à travers ses sculptures un message secret sur l'équilibre absolu. L'harmonie que nous cherchons tous, ne serait-elle pas ce mélange entre stabilité et mouvement ?

— Vous permettez que je fasse un rapide croquis ? demandé-je à Laurent, tandis que je sors mon Love Organizer.

Bien sûr, il n'y voit pas d'inconvénient. Je croque la sculpture dans la partie « Entre moi & le monde ». Et je rajoute quelques légendes symboliques. Le solide socle noir incarnerait tous les éléments à mettre en place pour poser une vraie stabilité dans mon existence. Stabilité affective et émotionnelle. Œuvrer pour être en paix avec moi-même et être équilibrée de l'intérieur. Faire de mon âme un lieu cosy et confortable où il fait bon être. L'idée me plaît ! Je souris en envisageant des manières d'embellir jour après jour mon havre intérieur… Les jolies fleurs fraîches seraient la collection de petits riens qui créent la joie au quotidien, les tableaux seraient chacun des moments de vie précieux où je me suis sentie heureuse ou fière. Je placerais aussi, dans cet intérieur, du mobilier raffiné, essentiel. Chaque « meuble » serait l'une de mes valeurs piliers. Ces valeurs qui font que je me sens droite dans mes bottes. Les mêmes reviennent toujours en boucle : la liberté, d'abord, puis la créativité, l'humour et le plaisir, la générosité, l'ouverture aux autres, le courage… Une fois « mon intérieur » bien meublé de belles et bonnes choses, je peux sortir de moi. Là, il faut trouver un bon port d'attache dans le monde extérieur. Choisir quelques personnes de qualité sur lesquelles compter. Posséder un moyen de subsistance suffisant pour me sentir en sécurité. Savoir où j'habite.

Voilà pour la « stabilité ». Mais une vie où il n'y aurait que cette partie-là conduirait inévitablement à la sclérose de l'âme. À l'ennui, à la frustration. D'où l'importance cruciale de la partie mobile, légère, fantaisie, en mouvement ! La part d'imprévu, de spontanéité, d'intuition, voire d'instinct, d'irrationnel… Petit grain de folie, petit grain de génie. Révéler et exploiter ses talents cachés, parfois des trésors enfouis à déterrer. L'accomplissement personnel n'est pas une option subsidiaire. Cela doit être le fil rouge de chacune de nos existences.

Laurent me regarde noter dans mon Love Organizer, sans interrompre mon impulsion d'inspiration. C'est ce que j'aime chez lui. Ce respect. Cette attention permanente pour avoir le geste juste.

Une fois encore, je réalise à quel point je goûte notre flânerie dénuée de pression. Laurent a beau avoir avoué son béguin pour moi, il ne fait peser aucune tension, aucune insistance pour obtenir quoi que ce soit. Cette délicatesse, je m'en rends compte, me touche.

Nous dissertons pour tenter de cerner ce que pourrait être la bonne posture pour vivre l'amour de la manière la plus sereine et épanouissante possible. Il continue de m'expliquer la sienne. Il s'arrête près d'un tapis de jonquilles fraîchement sorties de terre et baignées par les timides rayons de soleil du printemps. Il me tient le bras pour m'obliger à m'arrêter aussi et tourne son visage vers le soleil, les yeux clos, le visage calme et totalement lisse. Sa main glisse le long de mon bras et vient prendre ma main. Le geste semble si naturel que je ne m'en offusque pas. Et l'instant est si gracieux que je ne veux pas rompre le charme. Un instant, nous nous taisons, totalement immobiles, les sens en éveil. Nous écoutons le piaillement léger de quelques moineaux cachés. Nous sentons la brise caresser nos joues, le soleil réchauffer notre peau. La tiédeur de nos mains enlacées, qui ne veulent rien d'autre que se donner un instant de paix et de douceur. Quand nous rouvrons les yeux, nos paupières papillonnent sous l'effet de la luminosité. Quand nos regards se croisent, nos sourires s'effleurent.

Nous continuons la balade, silencieux. Je l'observe fugacement et constate qu'il semble heureux.

— Vous voyez, Meredith, la vie des gens serait tellement plus épanouie s'ils apprenaient à cueillir les moments d'amour avec autant de simplicité qu'un rayon de soleil quand il se présente. Un rayon de soleil, vous le prenez, sans vous poser de questions, comme il vient. Ce qui tue l'amour, ce sont toutes ces attentes, ces pressions que l'on met autour. Vouloir.

Posséder. Guetter. Se frustrer. Tant d'attentes qui tendent les relations. Toujours pour la même et unique raison.

Je l'écoute avec attention.

— Ah oui ? Et laquelle ? demandé-je, curieuse.

— Vouloir posséder un unique objet de désir, tout miser sur lui. Quelle pression vous mettez alors sur ses épaules ! Vous courez inévitablement au-devant de toutes les frustrations et faites fuir la possibilité d'un bonheur plus paisible et autrement plus épanouissant.

— Que faut-il faire alors ?

— Regardez-moi : je goûte ces jours-ci le bonheur du merveilleux béguin que j'ai pour vous… Mais comprenez : vous n'êtes pas mon seul béguin. J'ai de *multiples* béguins en même temps, pour qu'aucun ne m'emporte. Je n'ai pas *un* amour. J'ai *de* l'amour, pour beaucoup de choses, qui me remplissent, me font vibrer et me rendent heureux. Mes béguins ne sont pas exclusivement humains. J'ai des sujets béguins. Des lieux béguins. Des formes d'art béguins. Je suis amoureux de l'Amour et du Beau. Je ne suis pas polygame mais polyesthète. Ce qui gâche tout, c'est de s'attacher à une seule forme d'amour, à un seul être. La probabilité que, à un moment ou à un autre, l'amour s'enraie est alors immense ! Et la désillusion inévitable…

Il prend soudain un air plus sombre.

— J'ai connu cela un jour. Et je ne veux plus jamais revivre une telle douleur…

C'est la première fois qu'il se laisse aller à une confidence plus personnelle. Je me demande à quoi ressemblait cette femme qui a l'air de lui avoir infligé un tel chagrin…

Je ne peux m'empêcher de mettre une main sur son épaule en signe de consolation.

— Laurent, je suis vraiment désolée…

— Il ne faut pas l'être. C'est loin, maintenant…

Il s'est tourné vers moi et son buste me fait face. Est-ce la douceur de l'instant, la promiscuité venue de la confession plus intime ? Il caresse ma joue avec son pouce et se penche pour cueillir un baiser sur mes lèvres immobiles. Je me fige, comme si j'attendais quelque chose. Un déclic pour le repousser ? Ses lèvres chaudes enveloppent les miennes. Elles me surprennent. Elles n'ont pas le droit d'être aussi agréables. Je les déteste d'être aussi agréables. Pourtant, ce baiser et son suave goût d'interdit déclenchent en moi un insondable malaise. Je dois m'éloigner, fuir !

Je le repousse presque violemment. Surpris par la force de mon geste, il bascule en arrière.

Je lui lance un « désolée » aux accents paniqués et m'enfuis sans avoir le courage de croiser une dernière fois son regard.

Je dévale les allées jusqu'à la sortie. Ébranlée, le prénom d'Antoine me martèle les tempes comme autant de petites décharges électriques de culpabilité.

Scène 45

Rose

A-t-il senti que j'étais à Paris ? Ce garçon aurait-il des antennes ? Quoi qu'il en soit, par le plus extraordinaire des hasards, je reçois un appel de Croquou. Encore lui, toujours lui. Après tous ces mois écoulés depuis notre aventure éclair à Paris, pour moi sans lendemain, il s'accroche, envers et contre tout, malgré ma tournée et mon attitude de « porte fermée ». Là, il m'appelle pour prendre des nouvelles, l'air de rien. N'étant pas en position de jouer les bêcheuses, je lui explique ma piteuse situation. Son sang ne fait qu'un tour et, en irréductible chevalier servant, il propose immédiatement de venir nous chercher.

— La dépanneuse va arriver, tu sais ?

— Qu'importe ! Ce sera plus agréable si c'est moi qui vous ramène…

Je proteste mollement. Mais entre me faire raccompagner par l'inconfortable dépanneuse tape-cul ou la spacieuse voiture aux sièges moelleux de Croquou, je n'ai pas hésité longtemps.

Késia, ma mère et moi l'accueillons en sauveur. Il a même pensé à amener une Thermos de café pour nous et des biscuits pour la petite, qui se jette dessus comme si elle n'avait pas mangé depuis des jours. Décompensation du stress. La dépanneuse finit par arriver et, entre les pénibles papiers à remplir et le remorquage, il se passe encore une demi-heure avant que les techniciens emportent l'épave.

Croquou nous raccompagne chez ma mère et, bien sûr, nous l'invitons à dîner. Il écarquille les yeux au détour de chaque pièce devant l'attirail ésotérique impressionnant présent dans la maison. J'ai tellement l'habitude, moi, que je ne me rends plus compte, mais il est vrai que cela peut surprendre. Des bougies de toutes sortes, de l'encens, une lampe en cristal de sel, une collection de tarots, une petite boule de cristal, un pendule de guérisseur, quelques fioles de lotions aux influences mystérieuses…

Il toussote afin de masquer son léger embarras. Je trouve ça mignon. Pour le rassurer, je lui dis qu'on ne va pas lui servir un bouillon d'yeux au jus de cervelle. Il bloque une fraction de seconde comme en arrêt sur image et émet un rire timide. Le pauvre ! Je m'admoneste en silence de mon peu de charité à le taquiner ainsi.

Késia n'est pas plus tendre et profite d'avoir un invité surprise sous la main pour le transformer en cobaye de jeu. Tandis que nous préparons le repas avec ma mère, je regarde Croquou se prêter de bonne grâce aux injonctions tyranniques de ma Timoun. Je dois dire que je me régale. En fin de soirée, il est définitivement dans les petits papiers de Késia. Installés tous les deux côte à côte dans le canapé, elle lui parle maintenant comme elle le ferait à son doudou. Elle confie alors son petit drame : *Sans la voiture de mamie, et avec la grève des transports, est-ce qu'elle pourra quand même aller à Disney ?* Les larmes menacent. Croquou s'avance.

— Et si je vous emmenais, moi ?

Le regard de ma Timoun recommence à briller d'un éclat dangereux. Du haut de ses cinq ans, elle ne peut pas comprendre ce qu'il y a d'engageant à le laisser nous y conduire. Et qu'il ne le fait pas que pour ses beaux yeux ! Je n'ai pas envie d'être redevable de quoi que ce soit envers un prétendant que, jusqu'à preuve du contraire, j'ai clairement éconduit. Croquou doit sentir mon malaise car il se débrouille pour qu'on se retrouve seuls dans la cuisine afin de me rassurer.

— Tu sais, si je propose, c'est que ça me fait plaisir, d'accord ? Ça n'engage à rien.

Il est tellement gentil ! Et ma fille serait si contente… Comment refuser ?

Scène 46

Meredith

Compte à rebours : J – 54

Rose est rentrée de son week-end à Paris enchantée. Quand j'ai voulu en savoir plus, elle s'est montrée assez évasive. Elle a fini par cracher le morceau au sujet de son Croquou et lorsque j'ai fait mine de la taquiner à ce propos, elle s'est presque fâchée. Elle s'est défendue bec et ongles de ressentir quoi que ce soit pour ce garçon, mais convient volontiers qu'il est fort gentil, et lui est reconnaissante d'avoir rendu possible la journée à Disney pour sa fille. Un point c'est tout.

— C'est un a-m-i, je te dis !

Je n'ai pas insisté davantage.

— Et toi, c'était comment, ce week-end sans moi ?

Je me suis sentie assez lâche de ne pas oser évoquer ce qu'il s'est passé avec Laurent. Depuis, il a essayé de me joindre au moins une dizaine de fois. J'ai honte. Vraiment. Moi qui déteste qu'on m'impose le mur blanc du silence radio et qui trouve ça insupportable.

Mais là, je n'assume pas les faits. Car ce serait hypocrite de dire que je n'ai pas répondu à son baiser. Je ne me sens pas le courage de lui parler en direct. De toute façon, nous partons dans cinq jours. Alice, notre agent, m'a contactée et nous propose un tournage à Londres.

Je mets Rose au parfum. Un projet de série et, pour une fois, des seconds rôles avec une certaine visibilité. Deux femmes d'affaires frenchies en mission pour une firme multinationale. Enthousiaste de prime abord, son visage se rembrunit aussitôt.

— Tu penses à Késia, c'est ça ?

— Évidemment… Ça m'embête de la laisser encore.

— Mais tu avais l'air de dire qu'elle s'entendait plutôt bien avec ta mère ?

— Oui, mais… Ces déplacements à répétition, ce n'est sûrement pas très bon pour elle !

J'essaie de chasser ses inquiétudes en lui disant que de toute façon Londres marque la fin de notre tournée et qu'après elle pourra se poser tranquillement avec sa fille.

— Et imagine comme Késia va être fière que sa maman passe à la télé !

Rose sourit et commence à se dérider.

— Oui, tu n'as pas tort…

— Et six semaines tous frais payés, plus un cachet honorable pour jouer, ça ne se refuse pas !

Elle acquiesce, vaincue et convaincue. Nous débouchons une bouteille et nous égayons autour de quelques bulles et de nos rêves de gloire.

Les derniers jours à Lille filent comme une flèche. Je ne vais même pas revoir mes parents et me contente de leur téléphoner, ce qui a le don de faire râler ma mère, pour la forme pensé-je. Mes écoutilles filtrent, depuis le temps. La veille du départ, je prends conscience que ce n'est vraiment pas correct de partir ainsi, sans me manifester auprès de Laurent.

Lui envoyer un petit mot ? Mais pour dire quoi ? Que je regrette de l'avoir embrassé ? Ce ne serait même pas vrai. Que notre histoire s'arrête là ? À mon avis, il le sait déjà. Alors quoi ? Je finis par tomber, dans une authentique librairie à l'ancienne, sur une adorable collection de livres miniatures, de cinq centimètres de hauteur. Dont un sur les expressions françaises imagées autour de l'Amour. Entre mes doigts, le livre paraît minuscule, et je peine à tourner les pages. À côté de chaque expression, une illustration avec enluminures. *Coup de foudre, conter fleurette, avoir le béguin, battre la chamade, courir le guilledou*… Je reste sur la page « en pincer pour quelqu'un ». Je crois tenir l'idée du petit mot que je vais écrire en accompagnement.

Je demande au libraire de me faire un paquet-cadeau. Et je repars avec ma surprise de Lilliputien.

« Cher Laurent,

« C'est joli, cette expression, "en pincer pour quelqu'un". Cette référence à l'instrument de musique à cordes que l'on pince pour qu'il émette un son unique, une vibration semblable à celle que l'on ressent quand on est amoureux. Ma façon d'en "pincer pour vous" n'est peut-être pas de l'amour au sens où on l'entend. Mais je sais, en tout cas, que ce que vous dégagez trouve une résonance en moi. "Nous nous résonnons bien", est-ce que cela se dit ? J'espère que, quelque part, dans votre jolie collection de béguins, vous garderez, en souvenir, une petite place pour moi… Je vous embrasse fort, Meredith. »

Je ne connais pas son adresse. Je décide de déposer le paquet à la bibliothécaire qui le voit tous les jours.

— Vous lui donnerez, n'est-ce pas ?

Je sors de l'imposant édifice le cœur plus léger, avec l'impression d'avoir fait ce qu'il faut. Laurent, mon Collectionneur de Béguins, m'aura permis d'écrire un joli chapitre du Love Tour. Il est temps de tourner la page de Lille. Londres, me voilà !

Scène 47

Antoine

J'ai donné le contact de mon ami Nick Gentry à Meredith. Nick est un artiste anglais qui, depuis que je l'ai rencontré, il y a quinze ans, a fait un sacré bout de chemin, et sa renommée est aujourd'hui internationale. Dans le cadre de mes études, j'ai passé presque un an à Londres. Le fameux programme Erasmus. Nous étions cinq étudiants à nous partager un appartement de fortune, mais qui, à l'époque, nous semblait déjà Byzance, le sentiment de liberté et l'exaltation de la jeunesse embellissant tout. Trois garçons, deux filles, et pas un dans les mêmes études. Nick suivait alors son enseignement au Royal College of Art, l'équivalent de nos Beaux-Arts à Paris. La sympathie avait été d'emblée réciproque et je dois avouer que, en partie grâce à lui, cette année à Londres reste un souvenir inoubliable. Étant le seul natif de la bande, Nick nous avait montré tous les endroits branchés, les lieux et plans insolites, le Londres underground, bohème, arty, inspirant, parfois sulfureux et décadent. Car quand ils sortent de leur réserve, les Anglais ont un extraordinaire sens de la fête.

Aussi, lorsque Meredith m'a parlé de ce tournage à Londres, relayé par son agent, j'ai tout de suite pensé à lui. Je ne me sentais pas très rassuré de la savoir seule là-bas avec Rose. Je les imaginais, s'aventurant dans d'improbables coins de la ville, et j'angoissais sur les mille dangers possibles.

J'ai donc demandé à mon vieux pote, en souvenir du bon vieux temps – mais aussi en lui faisant une belle commande d'œuvre pour le bureau –, de veiller sur ma belle et sur son amie Rose. La mission est simple : passer un peu de temps avec elles, leur montrer les alentours, leur conseiller les bons endroits… Savoir que, l'air de rien, un ami garde un œil sur elles me tranquillise. Bien sûr, j'ai dit à Nick d'agir en toute discrétion. Si Meredith savait, cela ne manquerait pas de l'agacer prodigieusement.

Au téléphone, il était très excité à l'idée de rencontrer « ma fiancée ». Évidemment, je me suis fait chambrer : ma demande, qui trahissait mon côté surprotecteur, me classait d'emblée dans les « amoureux transis ».

— *You have a goddamn crush on her*[1] *!* s'est-il moqué.

Ça le faisait marrer, bien sûr. À l'époque, il m'a connu plutôt tombeur et, c'est vrai, je faisais pas mal de ravages, sans doute à cause de « ce quelque chose d'inatteignable » qui rendait folles les filles. Je ne le faisais même pas exprès : à cette période de ma vie, peu m'importait de garder ou non une femme. Ma jeunesse

1. « Tu es sacrément amoureux d'elle ! »

et mon physique me donnaient l'arrogance de croire qu'il y en aurait toujours une pour remplacer l'autre. Il n'y avait donc ni pression ni enjeu, juste le jeu, l'excitation de la chasse – car c'en était une, chasse qui perdait très vite de son attrait sitôt la conquête achevée. Je n'étais pas un cœur à prendre. Mon cœur se réduisait à sa simple fonction organique. Oui, j'avoue, j'étais téléguidé par mon sexe, l'Éros m'occupait tout entier. Certaines femmes avaient d'ailleurs piqué des colères noires face à ce qu'elles prenaient pour une insensibilité crasse. « Une bite à la place du cœur » restera la réplique la plus cinglante. Sans parler du verre de vin jeté au visage. J'aimais toutes les femmes et n'en aimais aucune. C'était aussi simple que ça. Mon ambition, ma volonté de réussir dans ma carrière prenaient alors toute la place.

Dois-je sourire ou avoir peur de ce que Meredith est en train de faire de moi ? Je ne sais. Là encore, je ne contrôle pas tout. C'est peut-être le plus troublant pour quelqu'un comme moi : ne plus pouvoir me planquer derrière des choses rationnelles, rassurantes, tangibles. Avec Meredith, j'ai plongé dans le grand bain des émotions et des sentiments. Elle m'a fait entrer dans l'ère du sensible. Or, comme tout ce qu'on maîtrise mal, cela me flanque une trouille bleue. Je suis un débutant du grand sentiment. Et pour la première fois de ma vie, je tremble de ne pas être à la hauteur. Mais ai-je le choix ? Je me sens tout entier entre les mains de Meredith. « Pris », mais heureux de ce piège délicieux et victime consentante…

Londres

Scène 48

Meredith

Compte à rebours : J – 47

Je termine ma conversation téléphonique avec Antoine et regarde sur le bout de papier que j'ai sous les yeux le numéro griffonné de Nick Gentry, son ami londonien, qui pourra nous mettre un peu au parfum de la Big City. Je jurerais avoir senti Antoine inquiet, et cette résurgence de paternalisme m'irrite. Comme si je ne pouvais pas me débrouiller seule. Je déteste quand les hommes nous prennent pour des petites choses fragiles. Ça me fait bondir !

Néanmoins, j'essaie de me raisonner. Le geste d'Antoine part d'une bonne intention. Et le fait d'avoir une connaissance ici, à Londres, peut se révéler précieux.

— Alors, quoi de neuf ? demande Rose qui sort de la salle de bains, ses cheveux mouillés serrés dans une serviette, enturbannée comme une sultane.

— Oh, rien. C'était Antoine. Il m'a donné le téléphone d'un ancien copain à lui qui habite ici et qui pourrait nous montrer les parages.

— Un ancien pote ? Mmm… Intéressant !

Je lève les yeux au ciel.

— Roh, tout de suite ! Tu es intenable ! Je n'en sais rien, je ne l'ai jamais vu, moi. Et puis, le côté chaperon, d'emblée, je trouve ça moyennement excitant… Franchement, j'hésite à appeler…

Rose balaie d'un geste mes réserves et suit son idée.

— Comment il s'appelle ?

Son ton est catégorique.

— Nick. Nick Gentry.

— Ça sonne bien ! Voyons ça…

Elle se jette sur son ordi portable pour chercher des infos. Je la laisse suivre son délire et en profite pour me préparer une tasse de thé. Un instant plus tard, ce n'est pas la bouilloire qui émet le sifflement le plus strident.

— Hey, mais attends ! Il est canon, le gars !

Rose a les yeux scotchés sur l'écran et je vois son cerveau déjà en train de s'emballer en mode *grosfilmdanslatête.*

Je suis tout de même intriguée par l'excitation qu'elle met à scroller avec la souris pour faire défiler toutes les images du fameux Nick. Je m'approche de l'écran et elle m'affiche sa photo en grand. Je découvre son visage. Bon. OK. J'avoue. *Full screen* de *bogossitude*.

Wikipédia est le meilleur allié de toutes les indiscrétions. En quelques clics, on en apprend beaucoup sur cet artiste d'art contemporain à la renommée internationale. Nick Gentry, né le 29 mai 1980, trente-huit ans, donc. Rose se pâme devant sa photo. Il faut dire, le cachet du noir et blanc n'a pas son égal. Les contrastes sont splendides. L'équilibre des ombres et lumières, parfait. La lumière éclaire son profil gauche laissant le droit dans la pénombre. Un beau brun aux yeux profonds couleur loch Ness, un regard énigmatique enveloppant, des traits fins et réguliers, une barbe rase naissante au design étudié qui sculpte les contours harmonieux de son visage.

— *Is that for real*[1] *?* s'exclame Rose, bouche bée devant ce portrait à tomber par terre.

Je hausse les épaules et fais celle qui n'est atteinte ni de près ni de loin par ce physique avantageux.

— Ne me dis pas que c'est Antoine qui t'envoie cette bombe atomique comme chaperon ??

— … Si.

— Il est fou ou quoi ?

Ça y est. J'ai perdu Rose ! Elle est *on fire*[2]. Je ne vais plus la tenir… Je braque mes yeux dans les siens pour mettre les choses au clair.

— Rose : j'aime Antoine. Il n'y a pas de soucis, donc, OK ? C'est vrai, il est beau gosse. Mais ça ne fait pas tout, une belle gueule…

— Parle pour toi ! Bon, alors, tu l'appelles ou quoi ?

Je sens que ce n'est même plus la peine de discuter. Rose me mettra la pression jusqu'à ce que Nick Gentry devienne notre garde du corps officiel. Et, si possible, un garde très rapproché, s'il ne tenait qu'à elle.

Je compose le numéro. Après quelques sonneries pendant lesquelles je tente d'ignorer le léger trouble

1. « Il est vraiment réel ? »
2. « Elle est vraiment au taquet. »

qui raccourcit ma respiration, une voix répond au bout du fil.

— *Hello ?*

Je me lance dans le grand bain de mon premier *chat* en anglais. Rose me donne des coups dans les côtes pour que je mette le haut-parleur.

— *I was expecting your call*[1] *!*

Ah. Eh bien, s'il s'attendait à mon appel, tout est pour le mieux, non ? Je comprends dans les grandes lignes combien il apprécie Antoine et combien il est heureux de pouvoir lui rendre ce petit service. Vu le niveau sonore de sa jauge d'enthousiasme, j'évalue le nombre de belles conneries et délires inoubliables qu'ils ont dû faire pendant cette année d'expérience Erasmus. À mon avis, même avec les quatre cents coups, on est très loin du compte. J'ai un bref pincement de jalousie que je balaie aussitôt. Nick Gentry nous donne rendez-vous l'après-midi même à sa galerie.

— *So that we'll get to know each other better*[2] *!*

— *Deal !* m'exclamé-je, résignée devant le regard insistant de Rose.

Quand je raccroche, elle laisse exploser son excitation tandis que je reste de marbre, étonnant contraste entre nos deux humeurs.

— Non, mais tu as entendu cette voix ? Rauque, profonde…

— Oh ! On se calme, là !

Comme une gamine surexcitée, elle n'entend plus rien.

---

1. « J'attendais votre appel ! »
2. « Ainsi nous pourrons faire plus ample connaissance ! »

— Et cet accent british, *so* sexy ! Ça me fait complètement craquer !

— Dis donc, miss Groupie, au lieu de penser à mister Charm, si on bossait un peu nos textes pour la série ? Je te rappelle qu'on est loin d'être au point…

Le soufflé retombe enfin. Je crois que Rose vient de se souvenir du nombre de lignes à apprendre par cœur, en anglais en plus. Ça jette un froid. On met chacune des boules Quies et un étrange ballet s'installe dans la pièce où nous déambulons de long en large, textes à la main, en marmonnant nos lignes comme de drôles d'automates, tandis que, en fond d'écran toujours présent, Nick Gentry nous toise de sa présence hypnotique.

Scène 49

Meredith

Direction : le quartier de Mayfair. Rose a mis sa tenue *killthegame* – jupe courte et cuissardes à talons hauts, tandis que j'ai enfilé un jean et un pull bleu. Dans le métro, elle ne cesse de babiller et je reconnais bien là les symptômes d'excitation caractéristique des humeurs de préconquête. Ce qui me fait le plus sourire, c'est à quelle vitesse elle a oublié mon frère, reléguant cette brève aventure aux oubliettes des liaisons ratées. Je dois dire que cette relation avortée me soulage : j'entrevoyais déjà mille et une complications, persuadée qu'il n'était pas du tout l'homme qu'il fallait à mon amie.

Nous descendons à Bond Street Station. Comme à Paris, le métro grouille de monde à toute heure du jour. Dans la rue, quelques messieurs se retournent sur Rose qui ne passe pas inaperçue, avec sa haute taille, son long manteau fourré, ses énormes créoles, ses grandes foulées, ses beaux yeux brillants, sa large bouche. Généreux, voilà ce qui qualifie tous ses attributs.

Nous arrivons devant l'Opera Gallery. Des lettres d'or, inscrites dans une jolie typographie classique – certainement, dans la classification Thibaudeau, un type Elzévir aux jolis empattements triangulaires, très apprécié dans la pure tradition des gens de l'imprimerie et du monde des arts graphiques.

J'hésite un instant à pousser les portes vitrées cernées de larges bordures noires design, un peu intimidée par l'atmosphère luxueuse de ce genre de lieu. L'immense toile exposée en vitrine donne le ton, et son impact visuel m'impressionne. Il s'agit d'un portrait de deux mètres sur trois, tellement spectaculaire que j'ai du mal à en détacher les yeux. Un portrait de femme qui, étrangement, me ressemble. Au-delà de la facture lisse et précise, de la perfection réaliste de l'exécution, l'œuvre présente une originalité saisissante par le choix de son support : un savant agencement de floppy disks, anciennes disquettes d'ordinateur, ici recyclées pour transplanter le classique châssis toile, et devenir support artistique avant-gardiste. Avec quelle magie Nick Gentry a-t-il agencé ces disquettes, brillamment réparties sur la surface selon leurs nuances, pour former sur le visage les zones d'ombre et de lumière adéquates !

Je suis soufflée.

Rose me tire par la manche : elle est pressée de rentrer.

— Qu'est-ce que tu fais ? Tu viens ?

Je m'extirpe de ma contemplation et pousse les portes de l'Opera Gallery en retenant mon souffle.

Je foule les dalles foncées d'une matière noble, peut-être du béton ciré, très tendance, et mes pas résonnent d'une façon particulière dans le silence quasi religieux de ce genre de temple de l'art. Les œuvres claquent sur les murs blancs et je goûte la scénographie sobre et efficace.

Sur l'un des pans de mur, lui, totalement noir, une œuvre particulièrement troublante se détache. Un portrait d'homme sur floppy disks aussi. Il s'avance, l'autoportrait vivant. Mes yeux passent de l'un à l'autre. Nick Gentry se tient devant moi et me tend la main. Je la serre chaleureusement.

— *Hey, Nick. Glad to meet you*[1] *!*

So handsome[2], lis-je aussitôt dans les yeux de Rose. Comment lui donner tort ?

Il nous fait faire un petit tour du propriétaire, s'excusant de ne pas parler français, et nous présente la directrice de la galerie. Il est ici comme chez lui, cela se sent tout de suite. Nous admirons son travail.

— *Really ? You like it*[3] *?*

— Bien sûr qu'on aime ! Il faudrait être difficiles…

Rose reste subjuguée devant une lightbox : un portrait de femme intégralement construit à partir de négatifs de films photo recyclés et installé dans une boîte lumineuse rétroéclairée. Effet saisissant.

Je suis pour ma part sous le charme de tous ces portraits sur disquettes, qui semblent vouloir percer les mystères de la personnalité.

Chaque disquette qui compose le visage paraît incarner une facette. Facette claire ou facette sombre,

1. « Hey, Nick ! Ravie de te rencontrer ! »
2. « Si beau. »
3. « Vraiment ? Vous aimez ? »

comme les parties de ce que nous sommes, nos zones de lumière et nos zones d'ombre.

Je réalise la complexité de chaque être. Qu'est-ce qui construit une personnalité ? Être le fruit de l'histoire personnelle qui nous a façonnés ? Comme toutes ces disquettes ou bouts de pellicules photo qu'utilise Nick Gentry pour créer ces portraits, chacun de nous s'est bâti sur un agglomérat de souvenirs enregistrés, sur cette mémoire vivante de notre passé, et c'est sans doute ce vécu qui a, petit à petit, dessiné les contours de notre moi…

Quels secrets renferment ces floppy disks ? On ne le saura jamais. Ils sont ensevelis pour toujours dans l'œuvre de Nick Gentry. De la même façon, chaque personnalité garde en elle une part de mystère. Difficile de hacker la vérité de l'autre dans sa part la plus intime. Jusqu'à quel point avons-nous accès à l'authentique cœur de l'autre, sans voile, sans masque ? Combien de couches d'intimité doit-on franchir avant de toucher du doigt l'essence de sa vraie personnalité ?

L'altérité. L'art de comprendre l'autre dans toutes ses différences… Voilà ce à quoi je pense tandis que Nick s'approche, curieux de recueillir mon avis sur son travail.

— J'adore ce que vous faites. Ça fait écho à mes propres recherches…

— Ah oui ? Sur quoi travaillez-vous ?

— … Sur l'amour.

Je lis sur son visage qu'il cherche le rapport entre mon thème et ses œuvres. Je l'éclaire.

— Qui dit amour dit altérité : l'Autre est un autre. Qu'est-ce qui fait que deux personnalités peuvent « matcher » dans le temps ? Quelles facettes vont coller ?

Quelles facettes vont dysfonctionner ? Votre travail me fait penser à tout ça…

— *Interesting…*

Une lueur de curiosité s'est allumée dans son regard. Je m'enhardis à développer ma théorie.

— Dans un couple, au départ, la personnalité nous apparaît, éclairée par une lumière flatteuse, faisant miroiter les parties les plus attractives.

— Les points forts ?

— Exactement ! Voyez-vous, chaque structure de personnalité est pareille à un tableau. Comme en peinture, il existe des « dominantes de personnalité », de la même manière qu'un tableau comprend une couleur dominante. Chaque personnalité est unique mais on peut reconnaître quelques grands « types » avec des caractéristiques spécifiques facilement identifiables.

Il me regarde avec un air pénétrant.

— *What are yours*[1] ?

S'il croit que je vais lui révéler comme ça les grands traits de mon être, il se trompe !

Je me dérobe et m'enfuis en me glissant sous une étonnante installation de sa création : « *Spire. Vintage film negatives, trailers and microfilm reels suspended from hanging fixture. 650 cm × 120 cm.* »

Il s'agit d'un immense et étrange rayon constitué de bandes de films vintage qui descendent du plafond, rétroéclairé par un grand rond de lumière. J'entre dans le cercle au sol et lève les yeux, fascinée par la subtile ondulation des bandes de films, vibrantes des histoires qu'elles racontent. Nick me rejoint à l'intérieur de

1. « Quelles sont les tiennes ? »

l'installation. Visiblement, il attend la suite de ma démonstration sur ma théorie des personnalités.

— *So what*[1] ?

Je suis quelque peu troublée par cette promiscuité fortuite.

Je le repousse gentiment pour redonner du champ à mon espace vital.

— Eh bien, mes grands traits de personnalité, c'est d'être spontanée, créative, ludique… Un peu sauvage aussi… Par exemple, je déteste être collée.

Je sors de l'installation et le plante là. Il marche sur mes talons.

— Et quel rapport avec la relation amoureuse ? Imaginez une personne qui a un grand besoin de liberté et d'oxygène… Elle ne pourrait pas sortir avec quelqu'un de trop fusionnel, dégoulinant d'empathie.

— *Of course*[2]…

— De la même façon, une personnalité très sociable aurait du mal à être en couple avec quelqu'un de très introverti, qui ne laisserait que peu transparaître ses émotions. Vous savez, ces visages comme des miroirs sans tain ?

Rose nous rejoint. La directrice de la galerie lui a tenu la jambe et je la sens légèrement agacée.

— *Shall we go for a drink*[3] ?

Je crois qu'elle aimerait bien aussi croquer un peu du morceau de conversation avec Nick.

Lui paraît frustré de devoir interrompre cet échange

---

1. « Et alors ? »
2. « Bien sûr… »
3. « On va prendre un verre ? »

qui semble l'intéresser. Mais il est suffisamment gentleman et conciliant pour accéder à la requête de Rose. Ce verre vient d'ailleurs assez à propos. J'en ai très envie aussi.

✦

Nick nous emmène dans un bar qu'il connaît bien. À quelques encablures, nous arrivons devant le Duke of York, pub à la devanture typique noire et or, des petits carreaux en guise de fenêtres, garants, pour l'intérieur, d'une atmosphère intime et feutrée. J'adore. Je jette un coup d'œil ravi aux plantes vertes suspendues en extérieur, ainsi qu'à la vieille enseigne, pièce de ferronnerie d'époque, au portrait *old style*[1] de ce que je comprends être le duc d'York lui-même.

À l'intérieur, nous prenons place à l'une des tables au bois sombre et chaud. Mes yeux se baladent et scrutent les clients, accoudés au bar ou répartis dans la pièce. Je m'amuse à compter le nombre de becs de pression de bière : plus de dix ! Quelle variété ! C'est peu dire si je suis sous le charme de l'endroit. Nick commande une Guinness et nous, des *pints of lager*, de la bière blonde.

Rose entreprend sans attendre notre nouvel ami. Les voilà à discuter à bâtons rompus. Enfin, elle surtout. Nick a l'air un brin réservé et je me demande si les assauts de conversation de Rose ne l'agressent pas un peu. Cela me fait penser à la partie encore presque vierge de mon Love Organizer « Entre moi & l'autre ». Je décide de le sortir pour poser quelques idées.

---

1. « De style ancien ».

— *Do you mind*[1] ?

Nick semble surpris mais ne voit pas d'inconvénient à ce que je prenne quelques notes. Il m'observe du coin de l'œil tandis que Rose poursuit sa déferlante de paroles enthousiastes sur son métier de comédienne et sur la joie de s'installer pour un temps dans cette fabuleuse ville de Londres.

Moi, je note en gros dans mon carnet une réflexion sur l'importance de mieux communiquer dans son couple, une phrase que j'ai lue récemment sur le site https://www.processcommunication.fr : « La manière dont on dit les choses compte autant que ce qu'on dit. » Je m'intéresse de près à cet outil créé par l'Américain Taibi Kahler, qui paraît ludique et accessible pour améliorer son intelligence des relations. Les éclairages sur les différents types de personnalité, les caractéristiques dominantes, les besoins essentiels à combler pour être « en bonne énergie positive », mais aussi les séquences de stress prévisibles et spécifiques à chaque type. Les reconnaître, chez soi et chez l'autre, pour mieux pouvoir s'en prévenir et éviter les disputes répétitives, véritable gangrène du couple… Parfois des querelles idiotes, qui démarrent comme un mauvais feu de forêt, à cause de mots mal choisis, d'une intonation de voix maladroite, de mimiques et gestes non verbaux mal interprétés. Et si les clefs d'un amour qui dure étaient une meilleure compréhension mutuelle et une meilleure communication ? L'art et la manière de se parler et de comprendre l'autre dans ses différences. Différences dans les modes de fonctionnement, les besoins, les attentes. C'est amusant comme, au début

1. « Ça ne vous dérange pas ? »

d'une relation, on cherche à retrouver chez l'autre les points de ressemblance, alors qu'il est tout aussi capital de saisir les points de différence pour cerner jusqu'où on est prêt à les accueillir. *Be able to deal with it*[1]. Le couple, à l'instar d'une œuvre d'art picturale, doit rechercher l'harmonie en apprenant à « composer ». Les personnalités s'entrechoquent ou se fondent à merveille, comme les couleurs bien assorties.

Je trace rapidement un petit tableau à deux colonnes, en pensant à Antoine. Colonne de droite : quels sont les besoins d'Antoine dans la relation ? Colonne de gauche : quels sont mes propres besoins ? Nos besoins sont-ils en phase ? Comment puis-je combler certains de mes besoins par moi-même, sans les faire peser sur Antoine ? Je décide aussi de lister les quelques frustrations accumulées : par exemple, il ne m'a jamais fait réciter mes textes, ce que j'ai interprété comme un manque d'intérêt pour mon travail. Autre exemple qui peut sembler anodin : il n'a jamais voulu m'accompagner au grand marché du dimanche matin, moi qui aime tant déambuler parmi les étals de marchandises, ces senteurs, parfums, couleurs inspirantes, ces vendeurs gouailleurs et cette faune humaine mouvante, dans un appétit de sens. Et quand il congédie le vendeur de fleurs à la sauvette ? C'est idiot, mais cela m'aurait fait plaisir qu'il m'en offre une… Je me rends compte que les exemples ne manquent pas et que la liste pourrait facilement s'allonger.

Une évidence m'apparaît alors : un homme ne peut souvent pas deviner mes envies, mes désirs, si je ne les formule pas *clairement*. Je me note en rouge et

1. « Être capable de faire avec. »

souligne : faire des demandes directes. Avec délicatesse bien sûr. Mais lui ôter du poids en évitant les énigmes et les inévitables disputes qui découlent des frustrations mal ravalées. J'appellerais ça « les feux mal éteints ».

Nick continue de me fixer tandis que j'écris dans mon Love Organizer. Je m'aperçois que Rose est agacée qu'il semble s'intéresser davantage à *moi silencieuse* qu'à *elle volubile*…

— Bon, t'as fini d'écrire dans ce carnet ? Si on te dérange, faut le dire ?

— T'énerve pas, ma Rose, j'arrête, promis ! Je voulais juste noter une idée.

Mon large sourire dissout son agacement. Je songe à l'impatience légendaire de mon amie… Cela me fait penser à un nouveau personnage pour mon show : *un expert en* contouring *de personnalité*, capable non seulement de cerner les contours de la personnalité, mais surtout d'aider à les redessiner pour les mettre mieux en valeur. J'imagine une scène tordante avec ce pétulant personnage – joué par Mamzelle Juju – haranguant le public pour le convaincre de la nécessité d'un bon gommage des traits de personnalité disgracieux, et des miracles d'une savante mise en lumière des qualités de tout un chacun, afin de trouver l'âme sœur. Un vrai cours sur la plastique de l'Être ! Un délire comique qui peut fonctionner…

Nick Gentry me tire de ma rêverie et je reviens dans le pub.

— À quoi pensais-tu ?

— Oh, à rien…

— Tu avais l'air vraiment très loin ! s'amuse-t-il.

— Alors, Nick, quand est-ce que tu nous montres un peu les *places to be in London*[1] ? demande Rose pour reprendre la main sur la conversation.

Il semble tout à fait disposé à s'improviser guide. Rose et moi ne cachons pas notre enthousiasme. Nous nous quittons meilleurs amis du monde. Un peu plus tard dans la soirée, je reçois un texto de lui.

J'ai été enchanté de faire ta connaissance. Notre conversation m'a beaucoup inspiré. Ta personnalité aussi. Accepterais-tu que je fasse un portrait de toi ? xx. Nick.

Je rosis légèrement, à la fois flattée et légèrement embarrassée.

— Tu as reçu un message ? me demande Rose qui a entendu le signal de notification.

— Mmm ? Non, rien, une pub…

Je ne me vois pas raconter ça à Rose. Après tout, on peut être amies et avoir son jardin secret, non ?

1. Les « endroits incontournables de Londres ».

Scène 50

Meredith

Le début de l'enregistrement de la série ne commençant que dans une semaine, nous disposions de quelques jours pour profiter de Londres en touristes. Nick a tenu parole et s'est pris au jeu dans son rôle de guide, en nous faisant découvrir quelques endroits branchés. Et voilà que Rose, dans une humeur assez régressive depuis son week-end à Disneyland, s'est piquée d'une nouvelle lubie ludique : tenter une *escape room*. Les escape rooms, concept de divertissement qui fait fureur actuellement, lancent le défi aux participants de réussir à s'échapper d'une pièce close en résolvant des énigmes corsées en temps limité. Rose a tant insisté que Nick et moi avons fini par céder. Et nous voilà partis pour la Caledonian Road, au clueQuest. Nous croisons des hordes d'adolescents en folie et quelques parents dépassés tentant de calmer les troupes. Le staff nous accueille gentiment et nous met au parfum. Notre mission : sauver le monde ! J'écoute d'une oreille un peu distraite l'histoire d'espions disparus, d'un agent double dont nous devons découvrir l'identité et du démoniaque Pr Blacksheep dont nous devons déjouer l'infâme plan. Rose, Nick et moi nous retrouvons devant la porte jaune et noir – ambiance thriller oblige – qui s'ouvre pour nous laisser entrer. Notre instructeur nous montre le *back to reality button* – le bouton pour s'échapper de la pièce, en cas de panique à bord. La porte claque dans un bruit sec qui me fait sursauter. Moi qui déteste être enfermée ! Qu'est-ce qui m'a pris de suivre Rose dans cette galère ? Nous voilà prisonniers pour les prochaines soixante minutes. Rose se lance à corps perdu dans le défi et se jette sur les premiers indices. Pour ma part, je ne réagis pas aussi bien au concept. Mon côté claustro reprend le dessus. Il va falloir que je trouve un moyen de m'échapper d'une manière ou d'une autre. Je ne vois qu'un seul moyen à ma disposition : par l'imaginaire. Spontanément, je me rebranche sur le sujet qui occupe toutes mes pensées depuis des semaines, et sur lequel je travaille assidûment : l'amour. C'est drôle, par association d'idées, cette pièce close me fait penser à la petite mort du couple quand il se transforme en huis clos étouffant… Précisément, quand on en est à ressentir comme une sorte de claustrophobie. Je vois Nick participer au jeu auprès d'une Rose radieuse et exaltée. Indiscutablement, il est charmant. Mais que ressentirais-je si nous étions collés l'un à l'autre H/24, à longueur d'année, pendant des décennies ? Cela finirait par être insupportable, certainement… Alors quel est le secret de l'amour qui dure ? La première image qui me vient, surtout dans cette pièce aveugle et totalement close, est : se dessiner des fenêtres. Et en laisser une toujours ouverte.

L'amour qui enferme, voilà, ce me semble, ce qu'il faut éviter à tout prix. Je pense à l'héroïne de mon spectacle, Mamzelle Juju. Ce serait drôle de l'imaginer participer à un *escape game* dans un scénario qui pourrait s'appeler *Independance Love*. Sa mission serait de déjouer les pièges de la *dépendance affective* en résolvant les énigmes de Cupidon… Ce qui permettrait, pourquoi pas, de remettre la main sur les Ailes disparues de Cupidon ? Retrouver les Ailes du désir ! N'est-ce pas une belle idée en soi ? Et qu'est-ce d'autre, les Ailes du désir, sinon la métaphore de la liberté ? (Désir) = (liberté). Quand la liberté meurt, le désir aussi. Ce serait l'une des réponses pour éviter à la relation de finir figée et repliée sur elle-même : ne pas couper l'autre de ses désirs, ne pas lui couper les ailes, malgré la peur qu'il s'envole ailleurs. Ce que cela signifie ? Oser la confiance. Et, plus fort encore, accepter le risque que, un jour, il ait envie de passer cette porte et que, ce jour-là, on ne l'en empêchera pas, si c'est ce qu'il désire et le rend plus heureux.

Car vouloir emprisonner l'autre dans la relation est non seulement illusoire mais aussi hautement toxique. Trop de possessivité tue l'amour et finit par rendre malade. Faire dépendre de quelqu'un d'autre son bien-être et son bonheur est une erreur bien coûteuse. La dépendance affective exerce sur l'autre une pression insensée et lui met sur le dos l'insupportable poids d'attentes disproportionnées. Le vrai Graal, c'est l'autonomie affective, songé-je alors. Mais comment la mettre en place ?

— *Yes, we found a new clue*[1] *!* hurle Rose, folle de joie. Meredith, rapplique ! Arrête de rester dans ton coin, bon sang !

Je m'approche et feins l'enthousiasme pour donner le change.

— On est sur le point de résoudre l'énigme !

Nick me regarde du coin de l'œil. S'aperçoit-il à quel point je suis loin de là, perdue dans des abîmes de réflexion ? Je lui lance un sourire énigmatique. Il semble troublé. Je me replonge dans mes questionnements, tant pis pour le jeu. J'ai moi aussi un défi de taille à relever, si je veux résoudre le mystère de l'amour qui dure !

Je réfléchis : le seul moyen de ne pas tomber dans la dépendance affective est, me semble-t-il, de prendre en charge soi-même la satisfaction de ses besoins. Et surtout de multiplier ses sources de contentement. Il faudra que je me note une liste dans mon Love Organizer : quelles sources de satisfaction ne dépendent que de moi ?

Cependant, n'est-ce pas absurde de prétendre qu'on peut aimer sans avoir nul besoin de l'autre ? Bien sûr qu'on a besoin de son autre ! Comme toujours, la vérité se trouve sûrement dans un juste milieu. À quel moment est-on dans le besoin sain, normal, nécessaire de l'autre ? À quel moment sommes-nous rattrapés par nos propres dysfonctionnements et basculons-nous dans le « trop » ? Il est d'ailleurs amusant de constater que c'est le « vide » qui crée le « trop », l'attitude « trop » : trop en demande, trop en pressions, trop en reproches…

---

1. « Nous avons trouvé un nouvel indice ! »

Tant qu'on n'a pas accordé suffisamment d'attention à ses vieilles blessures – manque d'amour, de considération, de réassurance, et fait ce qu'il faut pour reboucher les failles de son vide affectif, celui-ci exerce comme un appel d'air qui vous aspire dans des affres de tristesse ou d'angoisses plus ou moins fortes, plus ou moins conscientes, plus ou moins inhibées. Quel dommage ! Je me promets alors, en songeant à ma propre enfance, de faire ce qu'il faut pour colmater les brèches, en commençant dès que possible un travail sur moi auprès d'un professionnel… Coûtera ce que coûtera.

— Tu as l'air bien songeuse. Ça va, Meredith ?

Nick s'est approché de moi et pose une main sur mon épaule. Ça me touche qu'il s'enquière de mon humeur.

Je me sens un peu honteuse de ne pas jouer le jeu avec mes amis. Il serait peut-être temps que je me mette dans l'ambiance. Après tout, n'est-ce pas la solution que j'ai identifiée pour sortir de mes ruminations sur l'amour ? Sortir de moi-même ! M'impliquer, participer, être dans l'action. Une évidence, pour peu qu'on veille à l'appliquer. Rapidement, mes questions existentielles s'évaporent. Rose, Nick et moi passons un moment fun, excitant et lorsque, ensemble, nous résolvons enfin l'affaire, nous sentons un courant d'amitié et de complicité nous traverser, qui nous ancre dans une joie pleine.

Scène 51

Rose

Que j'aime cette ville ! Londres est faite pour moi. Chaque recoin semble regorger de créativité et j'ai l'impression que je ne serai jamais au bout de mes surprises. Pas plus tard qu'hier : tandis que je me baladais avec Meredith près du quartier de Waterloo, nous avons atterri, un peu par hasard, dans le Leake Street Graffiti Tunnel, encore parfois appelé Banksy Tunnel en hommage au célèbre artiste britannique connu pour ses graffitis urbains. Je suis restée fascinée par ce temple du street art, recouvrant la moindre parcelle de mur, comme hypnotisée par ces entrelacs de couleurs, de formes, ces effets graphiques et ces effets de lumière époustouflants.

Après quelques instants de contemplation artistique, Meredith et moi avons continué à déambuler dans le quartier, l'œil encore palpitant de l'exposition à tunnel ouvert que nous venions de quitter, lorsque nous avons fait une rencontre plus surprenante encore : un homme, allongé à même le sol, dans une combinaison maculée de taches de peinture, concentré sur quelque chose de microscopique, encore non identifiable à nos yeux.

— Qu'est-ce qu'il fait ? chuchoté-je à Meredith.

— Franchement… Je n'en sais rien.

Elle n'ose pas l'interroger. Moi, je meurs de curiosité et franchis le pas.

— Bonjour, monsieur. Puis-je me permettre de vous demander ce que vous faites ? le questionné-je.

L'homme se redresse un peu sur un coude tout en restant au sol. J'espère que je ne l'importune pas… Je constate avec soulagement qu'il est prêt à me répondre aimablement. Il semble même heureux que je lui pose la question. Comme ces automates de faubourg à qui l'on a glissé une pièce dans le chapeau, il s'anime soudain pour nous expliquer, avec force enthousiasme, sa démarche.

— Je m'appelle Ben Wilson. Je suis artiste de rue et j'ai décidé de donner une deuxième vie aux détritus de la ville…

Nous tendons le cou pour nous pencher vers l'œuvre en cours. Je m'aperçois alors qu'il s'agit… d'un chewing-gum mâché qu'il est en train de transformer en œuvre d'art minuscule. Stupéfiant ce qu'il arrive à peindre sur une si petite surface !

Je lui demande si c'est à vendre, mais il m'explique que sa démarche est non lucrative, et davantage revendicative pour dénoncer le traitement des déchets urbains… Nous le remercions pour les explications et le félicitons chaleureusement avant de poursuivre notre route.

Je suis heureuse d'avoir pu lui témoigner cette reconnaissance. Je sais combien c'est essentiel pour un artiste de se sentir compris et soutenu dans sa démarche.

Je reste toujours songeuse quand certains ouvrent le débat sur la finalité de l'art. L'art, c'est tout simplement l'expression de notre supplément d'âme. L'art ne trouve-t-il pas sa nécessité dans sa manière de transcender les émotions, de les élever dans une dimension autre que rationnelle et productive ? L'homme-aux-chewing-gums transforme le laid, l'usé, le mâchonné, en du beau, du coloré, du créatif, n'est-ce pas fabuleux ?

— L'homme-aux-chewing-gums… Il est incroyable ce type, non ?

— Complètement… D'ailleurs, ça me donne une idée…

Depuis des semaines, Meredith se trimballe partout avec son carnet – comment l'appelle-t-elle déjà ? Ah oui ! Son Love Organizer ! Ce qui fait qu'elle le dégaine à la première occasion pour noter toutes les idées qui lui passent par la tête.

— Ne me dis pas que tu vas encore noter un truc ?

— Mmm…

Elle ne m'écoute plus.

— Et c'est quoi, là, l'idée que tu notes ? Dis-moi, au moins ?

— Tout ça m'a fait penser à l'usure des histoires d'amour, qui finissent comme des chewing-gums trop mâchés : sans plus aucun goût. Beaucoup d'histoires sont d'ailleurs tout simplement jetées à la poubelle comme des vieux chewing-gums, au premier coup de vent. Alors que, au fond, à l'instar de l'homme-aux-chewing-gums, il suffirait d'un peu d'efforts, d'y croire encore, pour donner une deuxième vie à sa relation.

— Où veux-tu en venir exactement ?

— C'est simple ! La leçon de l'homme-aux-chewing-gums, c'est que l'usure du couple n'est pas une fatalité en soi ! Tu me suis ?

Ce que j'aime le plus chez Meredith, c'est son côté idéaliste. Je lui souris affectueusement tandis qu'elle continue à défendre avec emphase la possible existence d'un amour durable.

— Mais oui, Rose, c'est possible ! Regarde : ceux qui le veulent vraiment peuvent réussir à inventer et réinventer leur relation, pour peu qu'ils la considèrent comme une sorte d'œuvre d'art. Si, en amour, on se laissait guider par les mêmes énergies que l'artiste, on serait guidé par l'envie de créer du Beau, de sublimer le trivial, de se laisser porter par des énergies créatrices positives ! Et m… à la fatalité, au temps qui passe, à l'usure, à l'habitude…

Et voilà, la révolte. Elle me fait rire, ma Meredith, ma pasionaria de l'Amour.

— J'ai l'impression que le thème t'inspire… Et tu en as connu beaucoup, toi, des hommes, qui ont laissé comme ça une deuxième chance à l'histoire, qui lui ont laissé le temps, comme au Phénix, de mourir et de renaître de ses cendres ?

Je touche un point sensible. Elle a tellement envie d'y croire, à ce Grand Amour qui dure. Je la vois agacée que j'essaie de déstabiliser sa thèse.

— OK ! C'est vrai. Je n'en ai pas encore connu, des hommes comme ça. Qui croient possible qu'un amour puisse résister au temps en échappant à son destin de chewing-gum trop mâché… Mais ce n'est pas pour autant que ça n'existe pas !

— Ne t'énerve pas, ma belle. Moi, je l'aime bien,

ton idée de chewing-gum au goût qui dure… Sûr que ça peut exister, allez…

— Arrête ! Tu dis ça pour me faire plaisir !

— Ma parole, tu es remontée ! Tu sais quoi, j'ai entendu parler d'un super endroit qui va gentiment faire redescendre la pression… T'es partante ?

Elle maugrée pour la forme mais n'est pas contre faire une pause quelque part. Direction le quartier de Mayfair…

— Dans quoi tu m'embarques encore ?

Je ne lui dis rien du concept. Quand nous arrivons, je profite du premier spectacle qui se présente : la tête de Meredith ! C'est trop réjouissant de voir son expression quand on nous passe des parkas rembourrées et des moufles. Je me régale. Elle rouspète jusqu'à ce que nous atteignions le bar entièrement sculpté dans la glace. Là, plus un mot ne sort de sa bouche. Elle a le souffle coupé. La magie du Icebar a frappé. Je ne peux résister à une petite blague.

— Sinon, il y a une autre solution pour que ton amour se conserve pour l'éternité…

— Ah oui, et c'est quoi ?

— L'hibernation par congélation !

Elle rit jaune et nous trinquons dans nos verres de glace à la santé du grand amour et de son espérée flamme éternelle.

Scène 52

Meredith

Compte à rebours : J – 40

Je suis en retard, comme d'habitude. Londres offre des possibilités de shopping insensées. Je sens que je vais y laisser tout mon cachet. Les bras chargés de paquets – Rose va encore me houspiller –, je sors en hâte de la Westminster Station et programme sur le GPS de mon smartphone la Millbank Street, rue des studios d'enregistrement de la série dans laquelle nous tournons, Rose et moi. C'est le premier jour et je dois avouer que je suis traqueuse. Pourtant, on ne peut pas dire que notre rôle sera décisif : à peine quelques lignes de texte, rien de très compliqué. Mais c'est plus fort que moi : j'ai à cœur de bien faire. Je veux honorer mon agent qui nous a recommandées. L'assistante du réalisateur nous a donné rendez-vous une heure avant, pour les préparatifs. Séance maquillage, coiffure, habillage. J'adore l'avant-tournage. Quel régal de passer entre les mains de tous ces professionnels du spectacle, grâce à qui changer de peau devient un jeu d'enfant ! Une enfant : c'est ce que je redeviens chaque fois que je dois me couler dans un nouveau rôle. Évidemment, ce n'est pas encore celui de ma vie. Il ne s'agit somme toute que d'une série de troisième rang, pour meubler les après-midi chômés ou grippés. Rose et moi devons donc jouer deux business women, correspondantes pour une filiale française d'une grosse boîte internationale, venues en affaires à Londres pour une histoire de gros contrat. Je dois semer le trouble chez le big boss pour que l'affaire tourne à notre avantage, mais me retrouve prise à mon propre piège en tombant amoureuse de l'homme. Un vrai mélo. Mais je m'en fiche. Je tiens là un rôle et c'est la seule chose qui m'importe.

Tandis que je m'apprête à m'engouffrer sur Abingdon Street, je passe devant Big Ben et lève le nez sur la splendide Elizabeth Tower, tour de l'Horloge du palais de Westminster, siège du Parlement britannique. Je m'arrête, ébahie : trois campanistes s'agitent sur l'immense cadran de la monumentale horloge, suspendus dans le vide comme des marionnettes folles, taches rouges et noires venant perturber l'ordre graphique de ce cadran gradué de rigoureux chiffres romains. Quel étrange ballet ! Captivant.

— *Amazing, isn't it*[1] ?

— Pardon ?

— *You seem fascinated, lady*[2] !

Un monsieur habillé en costume sombre me fait face en souriant. Je comprends qu'il est le responsable

1. « Impressionnant, n'est-ce pas ? »
2. « Vous semblez fascinée, mademoiselle ! »

de l'intervention des campanistes, chargés de nettoyer l'horloge.

— *Sorry. I didn't want to disturb*[1].

— *Not at all, love*[2] !

Voilà quelque chose que j'adore chez nos amis anglo-saxons : leur tendance naturelle à appeler tout le monde *love*. Charmante habitude de langage.

Le chef des campanistes a une allure bonhomme qui m'inspire spontanément de la sympathie.

— *What an incredible job you've got there*[3] !

— *Yes, amazing, indeed*[4] !

Il couve son équipe d'un regard brillant de fierté et ne résiste pas à m'expliquer en quelques mots l'importance de leur mission pour mettre à l'honneur cette pièce maîtresse du patrimoine britannique : que Big Ben puisse resplendir d'un éclat à la hauteur de son prestige. Je regarde sa moustache brune s'agiter au fil des mots et, allez savoir pourquoi, cela me met en joie. Peut-être ai-je la vision fugace amusante de la moustache de mousse blanche qui doit y rester collée comme dans les vieilles publicités pour les bières ? Je le remercie pour les quelques mots échangés et le salue chaleureusement en continuant ma route. Tandis que je m'éloigne, il me fait un signe de la main.

Quand j'arrive au studio, Rose me cueille dans le hall, et je la sens à cent mille volts.

— Qu'est-ce que tu as foutu ? T'as braqué la reine d'Angleterre ou quoi ? s'indigne-t-elle en apercevant

1. « Pardon, je ne voulais pas vous déranger. »
2. « Pas du tout, ma chère ! »
3. « Vous faites un travail formidable ! »
4. « Oui, incroyable, absolument ! »

ma masse de paquets. Je te rappelle qu'on a un tournage, là. On n'est pas en vacances !

Niveau coulisses, ce n'est pas encore Hollywood. La loge de maquillage est microscopique. Le staff a posé ses affaires en vrac, certaines à même le sol faute de place. Sur la table, il règne un indescriptible désordre. Une canette de soda, un fer à lisser, des rogatons de déjeuner pris à la sauvette, des tubes de maquillage au bout de leur vie, un mégot de cigarette, pourtant défendue, écrasé dans une petite tasse à café.

La fille qui vient s'occuper de nous nous accorde un bonjour las. Aux cernes violacés qu'elle a sous les yeux, je devine le rythme infernal des journées, l'hygiène de vie douteuse, le défilé des visages à maquiller pour ce type de série qui marche au rendement. Une « production » dans le plein sens du terme.

Je ne dis rien lorsqu'elle me tire trop brutalement les cheveux pour le brushing, ni lorsque je vois un peu de fumée sortir du séchoir, approché trop près de la mèche. Elle tache ma robe avec un jet de fond de teint sorti trop vite du tube. *Shit !* est sa seule excuse. J'enfonce rageusement mes ongles dans la paume de mes mains et me jure intérieurement que, un jour, je connaîtrai un autre destin d'artiste et côtoierai des personnes plus attentionnées et respectueuses… C'est au tour de Rose qui n'est pas logée à meilleure enseigne.

Je sors mon Love Organizer et note dans la partie « Entre moi & le monde » l'importance de sentir de vrais leviers de motivation pour activer le changement. Or, ma réussite professionnelle conditionne étroitement la réussite de ma vie sentimentale. Car pour aimer mon autre, j'ai besoin de m'aimer bien moi-même et d'être fière de moi. J'ancre cette scène dans ma tête pour me souvenir de ce que je ne veux plus vivre. J'ouvre la paume de mes mains et regarde les petites marques rouges que mes ongles y ont laissées. Ne pas oublier ce type de séquence et ces petites vexations, pour ne jamais perdre de vue mon objectif ultime : percer.

Une fois prêtes, Rose et moi potassons nos quelques dialogues. Ceux-là ne resteront pas dans les annales… L'action est d'une platitude navrante. Je ne pouvais pas savoir, alors, qu'une action beaucoup plus incroyable et digne d'un film m'attendrait quelques jours plus tard, non pas dans les studios, mais au-dehors, dans la vraie vie.

Scène 53

Meredith

Compte à rebours : J – 30

Depuis dix jours, le même scénario se répète : je prends le métro jusqu'à la station de Westminster et marche jusqu'aux studios, en passant devant Big Ben. Et chaque jour, je retombe sur le monsieur à la moustache, responsable de l'équipe de campanistes toujours à l'œuvre. Lui et moi avons pris le pli de nous dire bonjour et d'échanger quelques mots. C'est ainsi que j'ai appris qu'il s'appelait Benjamin, comme l'ingénieur Benjamin Hall dont le nom est inscrit sur la cloche. « *I was bound to do that job, wasn't I*[1] *?* » s'est-il exclamé en m'adressant un clin d'œil plein d'humour. « *Indeed*[2] *!* » lui ai-je répondu du tac au tac.

Le quatrième matin, parce que, pour une fois, j'ai une vingtaine de minutes d'avance, nous discutons un peu plus longtemps. Benjamin me demande ce que

1. « J'étais destiné à faire ce métier, n'est-ce pas ? »
2. « En effet ! »

je fais ici à Londres. Je lui explique mon petit rôle dans une série, mon métier de comédienne, mais surtout mon vrai projet en cours, le one-woman show que je suis en train d'écrire… Au bout de quelques instants, je lui en ai plus appris sur mes projets qu'à mes propres parents. La vie est parfois étrange. Il se montre curieux et demande quel est le thème de mon spectacle.

— *Love… It's about love*[1].

— *Oh, lovely*[2], s'exclame-t-il.

Il trouve le sujet intéressant. Intemporel. Lui est un Magicien du Temps. Moi, une Exploratrice de l'Amour, qu'on aimerait toujours éternel. Il regarde la majestueuse horloge qui nous surplombe et lui inspire cette réflexion.

— Ma jeune amie, je ne sais pas si le temps joue en faveur des histoires d'amour… Beaucoup pensent que non. Je suis marié depuis trente-cinq ans à la même femme et je ne l'ai jamais trompée ! Peut-être, le secret, c'est ça.

Il montre d'une main tendue ses hommes suspendus dans le vide, et il s'explique.

— Créer des moments suspendus, ma chère. Des moments hors du temps, justement. Ces instants précieux, qui échappent à l'ordinaire, au trivial… Ce qui compte, ce n'est pas tant la quantité de temps passé ensemble mais le temps de qualité accordé à l'autre. C'est ainsi que pour ma chère femme, de temps en temps, je joue le Magicien du Temps…

— C'est beau… Mais vous savez, Benjamin, nous, les femmes, ne ferions pas un tel problème du temps

1. « D'amour… Ça parle d'amour. »
2. « Oh, c'est charmant. »

qui passe si nous avions l'impression que nos hommes nous aiment autant, malgré les marques du temps. Je ne sais plus quelle grande actrice disait : « Ne me maquillez pas les rides ! J'ai mis tellement d'années à les avoir… »

— Vous avez raison. Je crois que toutes les femmes peuvent rester magnifiques même avec des rides, pour peu qu'elles rayonnent de l'intérieur. Ce ne sont pas les rides qui font fuir les hommes, c'est le dessèchement du cœur, vous ne croyez pas ?

— Oui, c'est vrai. Tant que le cœur est habité par de belles choses, cela rejaillit forcément dans le sourire et l'éclat du regard.

Je n'en reviens pas d'avoir une conversation aussi profonde avec un quasi-inconnu, sur le trottoir ! Benjamin m'interpelle. Quel délicieux personnage ! Je lui souris, tout imprégnée de ses paroles inspirantes, lorsque mon regard est attiré par un brutal incident dans mon champ de vision, en face de moi. J'ai à peine le temps d'apercevoir un énorme 4 × 4 qui quitte la route et fonce droit sur nous. Même mon cri a à peine le temps de sortir du fond de ma gorge. Dans un réflexe conditionné de survie, je nous propulse, Benjamin et moi, de toutes mes forces pour nous sortir de la trajectoire de la voiture folle. D'autres cris s'élèvent venant des autres passants, bientôt couverts par un fracas étourdissant : le véhicule vient de s'écraser contre un pylône, et l'avant s'y est encastré presque totalement. Je ne saisis pas bien ce qu'il vient de se passer, mais spontanément je me tourne vers Benjamin pour voir comment il se porte. Je l'ai plaqué au sol comme un rugbyman professionnel et je crois qu'il est sonné. Je suis la première étonnée de ma force insoupçonnée.

— *Are you hurt ? I'm so sorry*[1] *!*

Il a l'air de souffrir du bras. Les larmes me montent aux yeux malgré moi. La police et les secours arrivent quelques instants plus tard sur les lieux où les curieux affluent. On m'interroge, mais bizarrement, pour l'heure, mon anglais ne répond plus. Ce doit être le choc. Benjamin est pris en charge ; avant d'être emmené, il me remercie, avec ce quelque chose d'encore hagard dans le regard. En tombant, il s'est cogné la tête, et il a une grosse égratignure sur le bras qui saigne en plus de quelques contusions. Cela n'a pas l'air trop grave, mais l'urgentiste veut quand même faire une radio pour la tête. Je tremble encore.

Des hypothèses se bousculent dans mon esprit. Tentative d'attentat ? Junky ou alcoolique irresponsable ? Dépressif aux tendances suicidaires ? Nous le saurons peut-être plus tard… Au moment où Benjamin monte dans l'ambulance pour aller faire les quelques examens à l'hôpital, je lui glisse mon numéro de téléphone dans le creux de la main.

— *Give me news, please*[2], Benjamin !

Les portes de l'ambulance se referment sur son sourire un peu perdu et je me retrouve plantée là, face à Big Ben qui me toise, me nargue et me rappelle que je ne suis pas immortelle. J'ai soudain une prise de conscience aiguë du temps qui passe et qui ne revient jamais, de l'importance de profiter de chaque instant.

---

1. « Êtes-vous blessé ? Je suis tellement désolée ! »
2. « Donnez-moi de vos nouvelles, s'il vous plaît ! »

Car qui sait ce qui peut arriver, celui d'après ? J'ai alors une pensée émue pour Antoine, pour ces minutes qui s'égrènent loin de lui. Je décroche mon téléphone et l'appelle sur-le-champ.

Scène 54

Antoine

Quand le coup de fil d'avec Meredith prend fin, j'ai les mains qui tremblent. Ce qu'elle vient de vivre me fait froid dans le dos. La vie aime bien nous tacler de temps en temps et nous rappeler ses règles du jeu : rien ne dure vraiment, tout est éphémère. Ceux qui se comportent avec la vie comme des propriétaires terriens risquent un jour ou l'autre de tomber de haut. Car, oui, on est locataire de tout. La vie donne, la vie reprend. Reprend ses droits, comme une jungle folle.

J'ai senti Meredith dans un état second. Je m'inquiète. Je lui ai proposé de sauter dans un train pour venir la voir, mais elle n'a pas voulu. Elle veut vivre cette jachère sentimentale, comme pour préparer nos terres à la plus belle des moissons. Présenté comme ça… Puis, elle m'a proposé un rendez-vous ; une idée lui était venue, soudain. Elle paraissait survoltée. Galvanisée. Comme si l'incident qu'elle venait de subir avait réveillé en elle une urgence de vivre irrépressible, comme si la conscience de la précarité et de la fragilité de l'existence, loin de l'effrayer, lui donnait encore plus envie de savourer et de s'enivrer du plaisir de l'instant présent. Elle m'a demandé si je pouvais rentrer chez moi. J'ai voulu savoir pourquoi, mais elle n'a pas souhaité me le dire. J'ai dit oui à l'aveugle. Je devais rester joignable dans l'heure.

J'ai prétexté une urgence familiale pour quitter le bureau, slalomant en voiture dans les artères encombrées de la capitale pour aller plus vite. Sitôt arrivé chez moi, j'ai foncé dans la salle de bains. J'ai mis un soin particulier à me coiffer. Je me suis aspergé d'aftershave. Idiot, puisqu'elle ne le sentira pas. Mais rien que le fait de savoir combien elle aime ce parfum me suffit. J'enfile la chemise qu'elle préfère et me débarrasse de la cravate. Elle n'aime pas quand j'en porte une. Nerveux, je me sers un verre de vin. Peu m'importe qu'on soit le matin. Enfin, le téléphone sonne. Son visage apparaît. Je ressens un pincement familier dans la poitrine. Je ne sais toujours pas expliquer pourquoi son visage me fait autant d'effet. Pourquoi le sien et pas un autre ?

Je crois qu'on est émus. Mais n'est-ce pas ça, être vivants ? Je comprends rapidement où elle est, et reste sans voix. Meredith. Meredith et son éternel petit grain de folie. Elle a loué une chambre d'hôtel. Et je commence à deviner dans quel petit jeu elle veut m'entraîner. Au gré de son envie, elle balade son portable à bout de bras tout en me parlant de sa voix chaude et caressante. J'aperçois derrière elle les lourds rideaux épais tirés qui tentent de faire le noir, tandis qu'un rai de lumière du jour perce malgré tout, projetant ses fins rayons dorés sur son corps à elle. Son corps… Le désir s'invite. Il s'incruste sans vergogne. Il campe même solidement. Qu'on ne compte même pas l'en déloger.

Agenouillée sur le lit, Meredith a détaché ses longs cheveux qui retombent en bataille sur sa chemise. Entrouverte. Plus qu'entrouverte. Entrevoir la naissance de ses seins me met en émoi, mais je tente de n'en rien laisser paraître. Le portable en visio continue sa visite. J'aperçois la chair crème de ses jambes déjà nues, ses pieds recroquevillés sous son séant galbé dans un ravissant tanga en dentelle rouge, de ces dessous qui devraient être interdits dans le commerce, de ces dessous qui ne laissent pas indemne.

Le portable revient sur son visage, et je reste suspendu à ses lèvres qui me murmurent des mots inavouables. Insoutenable, l'envie brûlante de prendre sa bouche, elle qui n'a pas son pareil pour élever au rang d'art celui du baiser. Elle me demande si je suis prêt à la suivre dans cette expérience sensuelle. Elle n'a pas besoin d'attendre la réponse. Je suis pendu au fil de l'histoire en images que m'envoie son smartphone et j'envoie une prière secrète de remerciements à sainte Technologie.

Meredith se glisse avec grâce sous les draps. Je suis subjugué lorsqu'elle écarte un des pans de sa chemise et révèle son sein parfait qui se dessine dans un subtil jeu de clair-obscur imposé par la pénombre. Mais c'est hypnotisé que je regarde sa main infliger les premières agaceries à cet avant-cœur effrontément troublant. De temps en temps, elle remonte le portable jusqu'à son visage et nous jouons à nous soutenir du regard, à nous défier presque, à mesurer le degré d'excitation de l'autre à l'intensité de l'éclat perçu dans ses yeux. Dans cette lutte sensuelle, elle a rapidement le dessus.

Elle se mord la lèvre traîtreusement, cette lèvre que je perçois alors gonflée, rougie par les morsures successives, et sur laquelle sa langue a laissé une empreinte délicieusement brillante.

Je suis gagné par un état de fièvre intérieur incontrôlable. Son bras s'écarte maintenant de son corps et repose à la perpendiculaire, sur le côté afin de me laisser apercevoir le mouvement de son dos qui se cambre au gré du plaisir qui monte en elle. Les lignes courbes de sa chute de reins me déboussolent. Comme une rose folle, Meredith est en train de me dégrafer le cœur. Dans une ultime audace, elle finit par franchir les dernières barrières bienséantes et par me faire l'offrande du plus intime de ses plaisirs, auquel je prends part, en spectateur incrédule. Le désir nu, la simplicité dépouillée de son abandon me secouent jusqu'au tréfonds de ma chair.

Nous sommes restés silencieux plusieurs instants, une pleine présence malgré l'absence, dans un indescriptible moment d'intimité complice.

Une heure après que nous avons raccroché, j'ai reçu un texto d'elle :

C'est le plus bel instant suspendu que j'aie jamais vécu. M.

Un peu plus tard dans la soirée, je lui répondais.

As-tu remarqué le mot que forment nos initiales ? Antoine, Meredith. AM. Âmes ! Mais après ce qu'il s'est passé ce matin, je n'oserais pas parler d'âmes sœurs... ou alors Âmes câlines façon Polnareff ?

Quand je lui écris, j'atténue mes émotions. Pour ne pas lui faire peur. Le ton est badin, souriant. Alors que, à l'intérieur de moi, tout est magma. Meredith, Meredith. Quel sort m'as-tu jeté ? J'ai la musique de Screamin'Jay Hawkins qui bat dans mes oreilles. *I Put a Spell on You*. Moi aussi, j'ai envie de lui crier. Avec la même rage. « *I put a spell on you because you're mine*[1]. » Le saxo envoûtant. La voix éraillée qui hurle ce *I love you* venu des entrailles. Plus qu'un mois avant la fin de cette maudite expérience. Encore un mois ! Pourquoi faut-il que le temps ne soit pas le même quand on aime ? Ces retrouvailles qui semblent ne jamais devoir arriver, ce maudit temps qui n'en finit pas de s'écouler, comme la malédiction du paradoxe de Zénon et de sa flèche qui n'atteint jamais sa cible : quand on admet que pendant une seconde la flèche parcourt 10 mètres avec une cible située à 20 mètres. Au bout d'une seconde la flèche est encore à 10 mètres de la cible. En attendant une demi-seconde, la flèche parcourt 5 mètres, donc il lui en reste encore 5. Puis, en attendant un quart de seconde : la flèche parcourt 2,5 mètres et il lui en reste encore 2,5 à parcourir, et ainsi de suite…

Je vis de la même manière l'absurdité de l'attente. Cette désagréable impression que la fin du compte à rebours n'arrivera jamais et que, plus la fin s'approche, plus elle me semble loin.

Mon œil se pose sur le magazine psycho sur la table, dont la une propose un test : « Êtes-vous amoureux ? » J'ai dépensé quatre euros pour rien. Pour qu'il y ait réponse, il faut déjà qu'il y ait question…

1. « Je t'ai jeté un sort car tu es à moi. »

Scène 55

Meredith

Quelques jours plus tard, je reçois un appel de Benjamin. Il se confond en remerciements et l'émotion me submerge lorsque je perçois sa sincère gratitude envers moi. Il me rassure sur son état de santé : à part quelques égratignures, il s'en tire à bon compte et se sent plutôt marqué par la grosse frayeur qu'il a pu avoir… Benjamin tient à tout prix à me remercier d'une manière spéciale. M'offrir quelque chose d'unique. J'essaie de le convaincre qu'il ne m'est pas redevable. Mais rien n'y fait. Il me propose une façon très originale et particulière de me témoigner sa reconnaissance. Quelque chose qu'il considère comme un honneur et une grande faveur. Une expérience à laquelle très peu de personnes peuvent avoir accès : une escalade sur Big Ben, encadrée par son équipe de campanistes professionnels. Je trouve la proposition fabuleuse et très excitante. Je le remercie d'abord chaleureusement. Puis les premières inquiétudes surgissent.

— *Are you sure it would be safe*[1] ?

— Vous ne risquez rien : la sécurité est maximale et mon équipe vous encadrerait de près. Bien sûr, vous pouvez proposer à un ami de venir avec vous, si vous préférez être accompagnée.

Comment refuser de vivre un moment qui promet d'être aussi magique ? Beaucoup de gens sautent à l'élastique ou en parachute, mais combien grimpent sur Big Ben ? Tout de même, cela me rassurerait que quelqu'un vienne avec moi. Spontanément, j'en parle à Rose. Elle trouve l'histoire dingue. Mais elle refuse catégoriquement de se prêter à l'exercice.

— Jamais de la vie ! Et puis quoi encore ? Tu veux que je fasse le cochon pendu à plus de quatre-vingt-dix mètres au-dessus du sol ? Tu es folle, ma Dith !

Elle marmonne des grommellements en créole. C'est définitivement mauvais signe. Je me pose et réfléchis à une alternative. Il n'y en a pas trente-six. Nick Gentry m'apparaît comme l'unique autre solution. Je lui passe un coup de fil. Il est surpris, touché que je pense à lui et, en fin de compte, absolument *delighted*[2]. Il se trouve qu'il adore les sensations fortes. Je raccroche avec un oui. Voilà. C'est bouclé : je suis obligée d'y aller, maintenant.

Le rendez-vous est pris pour le surlendemain, où il est prévu un temps clair. Conditions optimales. J'arrive en avance. Benjamin m'accueille chaleureusement, m'offre un café, me présente l'équipe. Tout le monde m'entoure et fait preuve de beaucoup d'égards.

---

1. « Êtes-vous certain que c'est sans danger ? »
2. « Enchanté ».

Je suis auréolée par ce qu'il qualifie d'acte de bravoure, mais qui est juste pour moi un réflexe naturel de mise en protection face à un danger.

Nick arrive, aussi souriant et décontracté que je suis nerveuse. En vérité, j'ai le trouillomètre à zéro et je sens de douloureuses crispations dans mon ventre.

Benjamin est fier de nous présenter « son » Big Ben avec une tendresse presque paternelle.

— Vous enfilerez les équipements là-haut.

Et nous voilà à gravir les escaliers pour atteindre le beffroi. L'occasion pour moi de vérifier qu'il est temps :

1. d'arrêter de fumer
2. de recommencer le sport
3. d'arrêter les chips Salt & Vinegar et les lagers

Quel est le secret de Nick ? Il n'a même pas l'air essoufflé… Moi, je ressemble à une Cocotte-Minute après les 335 marches – oui, je les ai comptées et j'ai même gravé des petits bâtons dans ma tête, semblables à ceux des prisonniers pour compter les jours. Enfin, nous arrivons au sommet. Je m'appuie un instant contre un muret pour reprendre mon souffle, encore plus court avec le stress.

— *Are you OK ?* s'inquiète Benjamin.

Nick regarde dans ma direction et je me redresse brusquement en feignant un grand sourire. J'ai à cœur de faire bonne figure.

— *Yes ! Sure !* simulé-je avec un entrain forcé.

Ça prend. L'équipe nous aide à enfiler le harnachement et nous briefe sur les consignes de sécurité que j'écoute avec une attention redoublée. Voilà l'heure de se lancer sur la grande horloge. Nick s'aperçoit de mon trac et me prend la main pour me donner du courage. Je lui adresse un piteux sourire.

— Ça va être génial, tu vas voir ! me lance-t-il dans un français hésitant.

— Hey ! Je ne savais pas que tu parlais français !

— Un tout petit peu, répond Nick en mimant son minuscule niveau de français entre son pouce et son index.

Je ris. C'est charmant, cette pitoyable façon de parler français ! Benjamin reste avec nous pour encadrer l'expérience.

— Suivez bien mes instructions et tout se passera bien !

— OK !

Pas de risque que je joue les aventurières…

À cette hauteur, la fraîcheur de l'air me fouette le visage et me coupe le souffle. Nick s'est élancé le premier. J'admire son aisance. Le voilà accroché sur la grosse aiguille des minutes, qui fait plus de 4,2 mètres de long. On l'applaudit et il lève un pouce, la mine radieuse. C'est à moi. Plus moyen de reculer. D'autant que je ne voudrais pas perdre la face devant Nick. Je prends une profonde inspiration et tente d'ignorer les battements sourds dans ma poitrine. J'ai l'impression que mon cœur va sortir de ma cage thoracique. Le harnais est-il bien ajusté ? Bien accroché ? Bien sécurisé ? Un quart de seconde, j'ai l'horrible image de moi m'élançant dans le vide et réalisant que la corde est mal accrochée ! J'ai la gorge affreusement sèche. Et tous ces messieurs qui me regardent et qui attendent que je me jette dans les airs.

— *Come on*[1] *!* m'encourage Nick.

… et soudain, je me lance.

Je crois que j'ai poussé un cri de truie égorgée. M'est idée que je leur ai percé les tympans. Moins douée que Nick, je n'ai pas réussi à m'accrocher tout de suite et j'ai commencé à me balancer dans le vide, mon corps oscillant de droite à gauche dans un tic-tac fou. Je ferme les yeux en hurlant, incapable de reprendre mes esprits.

— Accrochez-vous ! Accrochez-vous ! tentent de me dire les membres du staff.

Mais non. Les écoutilles sont bouchées et je continue à gigoter comme un coucou en panique. Wonder-Nick décide de prendre l'initiative. Il se projette hors de son point d'accroche pour s'élancer dans le vide à mon secours. Dans un mouvement très bien calculé, il m'attrape au bond, tel un Tarzan londonien, et vient nous accrocher sur l'autre aiguille, celle des heures cette fois : 2,7 mètres de soulagement. Il me tient très serrée dans ses bras et je me dis qu'il doit sentir les tremblements de mon corps à travers la combinaison. Nous sommes tous les deux essoufflés et nos bouches recrachent de la buée. Je m'aperçois soudain à quel point nos visages sont proches. Superbe point de vue sur ses yeux. Panorama intime de ses émotions sur le vif. Sur le coup, je ne sais pas ce qui me secoue le plus : l'intensité de son regard ou la vue sur la ville, à couper le souffle. La décharge d'adrénaline me fait tourner la tête. J'essaie de chasser de mon esprit ce que j'ai cru voir et sentir.

Admirer les immenses chiffres de Big Ben de si près, c'est magistral. Minute après minute, je me calme et

1. « Allez ! »

m'habitue. Benjamin veut que nous nous amusions encore un peu. Il nous fait faire quelques déplacements mémorables sur le gigantesque cadran, et nous voilà, telles des marionnettes, dans un *puppet show* improvisé.

Parfois, quand nos cordes se croisent, Nick frôle ma main au passage. À un autre moment, il exécute quelques figures pour m'impressionner et me faire rire. Je suis très ennuyée de constater que ça marche. Quelle désagréable petite pointe de culpabilité m'assaille alors… Je la balaie d'un geste innocent. J'ai bien le droit de le trouver sympathique, non ? C'est ça : il est *très sympathique*.

Après presque une demi-heure néanmoins, je commence à fatiguer et Benjamin nous fait remonter sur la terre ferme, tandis que son équipe reste, pour avancer le travail de nettoyage. Une fois débarrassée de mon attirail d'escalade, je ne peux m'empêcher d'embrasser Benjamin sur la joue pour le remercier de ce moment unique.

— *My pleasure*[1], *love !*

On se quitte amis. On se promet d'organiser très bientôt un dîner : à la vie et aux instants suspendus !

Je repars avec Nick et, pendant un moment assez long, nous restons silencieux. Il a les mains enfoncées dans les poches de son blouson et me jette de temps en temps un regard complice et souriant, que je lui rends. Ce silence, en d'autres occasions, j'aurais appelé ça *un froid*. Mais là, c'est plutôt *un chaud*. Un silence plein de connivence et de fierté partagées,

---

1. « Avec plaisir ».

gonflé de particules d'enthousiasme, comme seuls en provoquent les moments de dépassement de soi. Une pointe me traverse néanmoins le cœur : dommage que ce ne soit pas avec Antoine que j'aie vécu ce moment d'exception… Un petit voile de tristesse passe sur mon visage et Nick s'en aperçoit.

— *Tired*[1] ?

— *No, no, I'm OK*[2]...

Je ne vais tout de même pas gâcher cet instant avec mes états d'âme ? Nous arrivons au métro et devons nous quitter là. Nous n'allons pas dans la même direction.

— Tu viendras poser pour moi, alors ?

Je repense à son regard, là-haut, sur Big Ben, et j'hésite. Accepter ou refuser ? J'ai réellement beaucoup de sympathie pour Nick. L'expression « atomes crochus » me vient à l'esprit. Voilà : c'est exactement ça. On « accroche bien ». Quel mal y a-t-il après tout ? Je connais suffisamment la vie pour savoir maintenir les bonnes distances, non ? Et puis, je ne veux pas passer à côté de cette expérience…

— *Yes, sure, with pleasure*[3] !

Il a l'air heureux que j'accepte. Un peu trop ? Je me fais sans doute des idées. Je rentre à l'appartement pour retrouver Rose. Tandis que les stations défilent, j'écoute à fond la musique de *Mad About The Boy* de Dinah Washington en rêvant d'Antoine, et je souris toute seule aux passants.

---

1. « Fatiguée ? »
2. « Non, non, ça va… »
3. « Oui, bien sûr, avec plaisir ! »

Scène 56

Meredith

Compte à rebours : J – 21

Au fil des jours, Rose et moi tissons de plus en plus de liens avec Nick et tous trois nous devenons le clan des Inséparables. Il nous emmène partout. Parfois dans des bars, comme le Brilliant Corners, excellente musique et atmosphère intime, ou le God's Own Junkyard, littéralement « le dépotoir de Dieu lui-même » ! – incroyable collection de néons (j'aurais bien emporté pour ma déco personnelle le grand « Trouble » rouge, en français, « Causer des ennuis » – bref, un néon fait pour les néorebelles comme moi !).

Nick nous a aussi fait connaître pléthore de restaurants, dont le plus magique restera, je crois, le Sarastro, son *kinky restaurant*, comme il l'appelle, dans le quartier de Covent Garden. Nous comprenons ce qu'il peut avoir de *kinky* – en français, on dirait qui inspire des humeurs coquines – quand nous découvrons l'incroyable décor, bardé de tentures, d'accessoires de théâtre, dans un joyeux mélange de styles aussi flamboyants que le rococo, le gothique ou l'ottoman. Nous avons dîné dans l'un des box, goûtant une cuisine turque méditerranéenne savoureuse. Nick, en bon guide, nous révèle l'origine du nom : Sarastro est le mage dans l'opéra de Mozart *La Flûte enchantée*. Ce restaurant porte bien son nom : enchantées, c'est ainsi que nous en sommes ressorties.

— Un endroit parfait pour donner un rencard ! a soupiré Rose.

— *Oh yeah, for a date, it's great*[1] !

Je n'ai pas besoin de décodeur pour interpréter l'œillade de mon amie. Il est évident que c'est avec Nick qu'elle aimerait avoir rendez-vous. Se peut-il qu'il ne s'en aperçoive pas ? Ou bien, flegme et pudeur britanniques, feint-il de ne rien voir pour ne pas avoir à blesser mon amie par un refus ?

C'est pour les mêmes raisons que je n'ai pas parlé à Rose de « mes séances de pose » chez Nick. Une heure chaque fois, à rester immobile, tandis qu'il crée un impressionnant portrait de moi, de deux mètres sur trois. Toujours sur un support constitué de floppy disks contrecollés. Pendant qu'il peint, il me pose mille questions visant à cerner mieux encore le relief de ma personnalité. J'ai tout de même le droit de bouger les lèvres. Le portrait prend forme, et je suis vraiment impressionnée par son talent. Je crois qu'il a parfaitement saisi mes contradictions : ce mélange, chez moi, de sécurité intérieure et d'estime de soi instables par moments, de caractère bien affirmé qui semble ne

1. « Oh oui, parfait pour un rencard ! »

douter de rien et n'avoir pas froid aux yeux, et l'instant d'après, une femme rattrapée par ses inhibitions, recroquevillée, flippée de tout et surtout tétanisée par la peur de décevoir, de ne pas être à la hauteur…

Partager des choses aussi intimes, forcément, rapproche. J'en apprends aussi davantage sur ses parents, son passé. Comment il est devenu artiste. Je découvre un garçon touchant, très authentique dans sa démarche.

Je sors de chacune de ces séances troublée, sans vraiment pouvoir comprendre pourquoi. Je suis obligée de reconnaître une certaine attirance. Que je mets sur le compte de la trop longue absence d'Antoine. Car même si nous avons partagé ce moment virtuel magique par appel visio, quelques jours auparavant, le manque physique se fait désormais sentir. Je ne pensais pas subir ce type de souffrance charnelle. Dois-je me juger trop animale ou trop pleine de pulsions de vie ?

La mission se termine. Plus que deux jours à Londres ! Nick veut organiser une soirée spéciale, une sorte d'apothéose à notre séjour. Mystérieux, il annonce nous avoir réservé une belle surprise.

Il a fait jouer ses meilleures relations pour réussir à nous faire entrer dans l'un des night-clubs les plus sélects de la ville : le Cirque le Soir – en français dans le texte.

Il nous a prévenues : il faut qu'on sorte le grand jeu. Dress code smart et sexy.

Quand le vigile nous laisse passer sitôt que Nick a montré patte blanche, nous nous sentons, Rose et moi, comme des princesses de sang. Je pourrais y prendre goût, je crois.

La décoration me laisse sans voix et je suis électrisée par le fun ambiant. Plafonds et rideaux rouges, portraits de clowns en noir et blanc, pans de murs décorés en grosses rayures verticales noires et blanches, esprit Circus omniprésent ; je jubile ! Sans parler des jeux de lumière, absolument fous. Les *high heels*[1] étaient presque exigés, mais à chaque pas sur mes talons de douze, je manque me déboiter une cheville. D'ailleurs, toutes les femmes ont l'air de funambules marchant sur un fil à trente mètres du sol, avec leurs chaussures à plateformes et talons aiguilles. Ici, c'est le glamour qui fait son cirque.

Je croise sur ma route un clown. Il m'adresse un étrange clin d'œil. Je m'écarte, mi-effrayée, mi-amusée. Nick a réservé une table. Nous sommes aux premières loges pour voir les animations et danser. Mais, avant toute chose, il nous conseille un cocktail tendance : le *Punch on the road.* Une recette très peps, à en croire la première gorgée qui fait exploser mille saveurs dans mon palais.

— *What's in there*[2] *?* m'exclamé-je en forçant sur ma voix pour couvrir le bruit.

Nick se moque de ma moue de surprise et de mes pupilles déjà dilatées.

— *It's a secret. No one can tell*[3].

Évidemment, songé-je. Discrètement, je murmure à l'oreille de Rose :

— Fais gaffe, il a l'air corsé, leur ti-punch.

Elle me sourit d'un air entendu. Mais je reconnais

---

1. Talons hauts.
2. « Qu'y a-t-il là-dedans ? »
3. « C'est un secret. Personne ne peut le dire. »

son regard « soirée *no limit* ». Et à en croire la manière dont elle dévisage Nick, le *no limit* semble aussi l'inclure.

Nous sirotons rapidement notre premier cocktail et je crois que je ne suis pas la seule à sentir une douce chaleur se répandre à l'intérieur de mon corps – et commencer à dangereusement en désinhiber la moindre parcelle. Nick commande une nouvelle tournée. À mi-verre, débutent quelques fous rires incontrôlables. Pour le plus grand bonheur de Nick. Qu'est-ce qui m'arrive ? Une petite alarme retentit dans mon cerveau, malgré le voile déjà déposé par les vapeurs d'alcool. Signal d'un danger que je ne veux pas voir. Je m'amuse trop. L'envie irrépressible de plaire, de charmer, m'a mis la main dessus et ne compte pas desserrer son étreinte. Je sens mon pied qui a déjà franchi la ligne. Nick se retrouve coincé entre nous deux, et Rose, pour la première fois depuis que nous nous connaissons, me jette des regards piquants de rivale assumée. Je la vois se pencher vers Nick pour lui murmurer des mots à l'oreille qui le font rire. Même pas mal. Je reprends une gorgée de cocktail. Ne suis-je pas là pour m'amuser ? M'amuser, et rien d'autre. Tout à coup, un cracheur de feu fait irruption et je pousse un petit cri lorsqu'un jet de flammes sort de sa bouche, ébahie par l'effet spectaculaire renforcé par la pénombre. Nick m'a sentie sursauter et en a profité pour passer un bras autour de mes épaules afin de calmer mes tressaillements. Je goûte le contact de ses mains chaudes sur ma peau nue. Décidément, ce *Punch on the road* a l'air traître.

Rose se lève pour aller danser.

— Vous venez ?

Excellent prétexte pour me sortir de cette situation embarrassante. Ni une ni deux, nous voilà tous les trois sur la piste, envoûtés par les rythmes électro. Un ballet de danseuses érotiques apparaît et je n'en crois pas mes yeux. L'ambiance devient *hot hot hot*. Sans même plus chercher à dissimuler notre jeu, Rose et moi nous disputons Nick, et c'est à celle qui exécutera le mouvement de hanche le plus audacieux pour le séduire. De très loin, j'ai vaguement conscience de ne plus contrôler grand-chose et vaguement honte de ce que je suis en train de faire. Une charmeuse de serpent fend la foule et interpelle les gens. Elle porte en parure un incroyable python royal vivant autour du cou. Elle s'arrête près de nous, et je comprends qu'elle me propose de prendre le royal serpent blanc sur mes épaules pour un cliché mémorable. Je jette des regards effrayés à mes amis hilares, mais, devant leur insistance, je finis par laisser la charmeuse de serpent mettre l'animal autour de mon cou, non sans réfréner un irrépressible tremblement. L'animation a créé un attroupement autour de moi. Je prends la pose et sens les flashes crépiter. Les trois minutes me semblent durer une éternité. Enfin, la charmeuse de serpent me l'enlève et me glisse un ticket pour retirer la photo à la boutique.

— *I want that one*[1] *!* me glisse Nick dans un souffle chaud tout contre ma nuque.

Je frissonne et remarque que j'ai la chair de poule. Nick, à mon grand embarras, s'en aperçoit aussi, mais feint d'en ignorer la cause.

— *Are you chilly*[2] *?* demande-t-il, taquin.

---

1. « Celle-là, je la veux ! »
2. « Tu as froid ? »

— Ça doit être ça ! rétorqué-je en méprisant mon trouble.

Rose, visiblement à bout de nerfs, me tire par le bras pour m'entraîner vers les toilettes, prétextant un repoudrage express. Sitôt la porte passée, elle me tombe dessus.

— Hey ! Qu'est-ce que tu fous avec Nick ?

Je réagis vivement.

— C'est toi qui me demandes ça ?

— Je te rappelle que tu es *maquée* ! M-A-Q-U-É-E, épelle-t-elle. Moi, en revanche, je suis célibataire… Et comme tu as pu t'en apercevoir, il me plaît bien, Nick !

Je l'écoute d'une oreille tout en sortant mon rouge à lèvres de mon sac microscopique.

— Écoute, je m'amuse, c'est tout ! Tu ne vas quand même pas faire la rabat-joie pour notre dernière soirée ?

Elle se recoiffe d'une main irritée.

— Au moins, je t'ai dit ce que j'avais à te dire…

Nous ressortons pour rejoindre Nick, qui, entre-temps, a rencontré des connaissances qui se sont invitées à notre table. Allons bon. Au moins, cela permet une trêve entre Rose et moi.

Nous nous ennuyons un moment en enchaînant les cocktails. Je ne réponds plus de rien. Enfin, Nick nous accorde à nouveau son attention. L'ambiance est devenue encore plus folle. Une foule dense se bouscule sur la piste et nous allons nous y jeter comme des noyés volontaires. À corps perdu. D'ailleurs, ça tangue. Beaucoup. À un moment, je me raccroche à Nick pour ne pas tomber et jette mes bras autour de son cou en guise d'amarres. Il doit se méprendre sur ce signal car, sans crier gare, il m'embrasse à pleine bouche. Tandis que les corps sautent et s'agitent autour de nous, nous nous étreignons comme si nous étions seuls au monde.

C'en est trop pour Rose. J'ai à peine le temps de voir son regard outré et son départ précipité. En cet instant, tout m'est parfaitement égal. Je ne pense à rien d'autre qu'à embrasser Nick jusqu'au bout de la nuit, Nick et ses lèvres chaudes comme le plus doux des péchés mignons.

Scène 57

Rose

Quand le bruit de la clef se fait enfin entendre dans la serrure, mes doigts se figent sur la poignée de ma valise, posée devant moi. Je n'ai pas fermé l'œil, mais malgré la fatigue, je me tiens droite comme un *i*, assise sur ce canapé minable dont les ressorts heurtent ma chair. Des heures interminables à guetter le retour de Meredith. À voir jusqu'où elle irait dans son délire. Jusqu'où irait le dérapage.

Elle se pétrifie quand elle me voit et son visage s'empourpre aussitôt. Les marques violacées sous ses yeux attisent encore plus ma colère. Elle referme doucement la porte derrière elle et avance prudemment dans la pièce sans oser me regarder. Il est 7 heures du matin. Une heure à laquelle il n'y a plus d'équivoque sur l'issue de la soirée passée avec Nick. Elle jette son sac dans un coin et tire une chaise pour s'y laisser choir. Le silence s'installe entre nous, comme un grand fossé. On entend juste les caquètements nerveux de Roméo que j'ai enfermé dans sa cage de transport et qui se cogne les ailes contre le grillage en essayant de voltiger. Cela fait des heures que j'attends cet instant et, soudainement, je ne sais plus par où commencer pour décrire la couleur de mon désarroi, tous les dégradés de ma déception.

Je vois son œil qui se pose sur la valise. Elle comprend. L'irrévocable point de rupture. Un instant, ça me fait du bien que ça lui fasse du mal.

— Alors, c'était bien ? Tu t'es amusée ?

Mon cynisme ne la fait pas sourire. Je la vois serrer les dents. Un état de tension qui enlaidit son joli visage.

— Je suis désolée, Rose, laisse-moi t'expliquer…

Elle va commencer à se justifier, et ça, je ne le supporterai pas.

— Tais-toi, je t'en prie ! intimé-je brutalement.

Elle n'a tellement pas l'habitude de ce ton chez moi que je la vois tressaillir.

— Tais-toi ! Tais-toi ! répète Roméo dans un insupportable écho.

C'est comme ça, les femmes, chez nous. On a le cœur chaud comme du rhum, mais lorsqu'on se sent trahies, il devient dur comme du roc, et là, gare à la colère qui gronde, telle une tempête qui se lève. Je bondis hors du canapé et commence à arpenter la pièce de long en large pour mieux rassembler mes idées, retrouver un brin de lucidité afin de lui asséner ce que j'ai sur le cœur. Quand je crois tenir le bon bout, je me tourne vers elle et l'oblige à me faire face.

— Pourquoi tu as fait *ça* ? Pourquoi ?

Je hurle presque. Je vois ses pupilles se dilater sous l'effet de la pression. Mais elle ne bouge pas. Elle encaisse. Ce sursaut de dignité chez elle m'agace.

J'aurais préféré qu'elle perde la face. Ç'aurait été plus simple. Je poursuis :

— Nick… Tu savais combien il me plaisait, depuis toutes ces semaines. L'attirance que j'ai pour lui depuis le départ. Alors que toi… Toi, tu t'en moques de lui. Son attirance flatte ton ego, c'est tout. Tu n'as pas de sentiments pour lui.

— Rose, je t'en prie…

— Stop ! Ne réponds rien ! C'est facile pour toi ! Les hommes ont toujours été à tes pieds. Et ce pauvre Antoine, le premier… Ça ne te suffit pas de l'avoir ? Il te les faut donc tous ?

Je ne cherche même pas à dissimuler la bile dans mes propos. Les larmes pointent dans les yeux de Meredith. Elles commencent même à couler, lentement, inexorablement. Je m'en fiche. C'est trop tard. La digue a rompu et un torrent de boue se déverse de ma bouche…

— C'est plus fort que toi, hein ? Celui-là, tu ne pouvais pas me le laisser, non ? Il faut que tu joues ta princesse, que tu attires toute l'attention sur toi, jusqu'à ce qu'il ne reste rien pour les autres ?

Elle tente de me parler, de me calmer, mais je ne la laisse pas faire. Je suis hors de moi. Je la revois embrasser Nick à pleine bouche. Je l'imagine ensuite dans ses bras, et ça me rend malade. Une face sombre de moi refait surface. L'envie de blesser. Pour contrebalancer ma propre souffrance. Dans mon champ visuel, j'aperçois Roméo, méconnaissable presque, les plumes gonflées, ébouriffées, les yeux mi-clos, prostré dans sa cage, mais je n'arrive pas à me détourner de mon obsession : mettre Meredith face à ses erreurs.

— Tu as idée de ce que va vivre Antoine quand il va apprendre tout ça ?

Elle se redresse, et je lis l'angoisse passer comme une ombre sur son visage.

— Arrête ce jeu débile, Rose. Jamais tu ne ferais une chose pareille.

Mes entrailles se serrent. Cette dispute me donne la nausée. Mais j'ai besoin de parler. De tout lui dire. Aussi de révéler ce que je cache depuis trop de mois.

— Bien sûr que je dois lui dire ! Après *tout ce qu'il a fait pour toi*, il a le droit de savoir à quel genre de femme il donne son amour avant de s'engager pour la vie entière…

Meredith frémit. Le sang s'est totalement retiré de son visage. Elle est blême.

— Arrêêêêêête ! Arrêêêêêêête ! crie Roméo d'une voix stridente inhabituelle.

Ni Meredith ni moi n'y prêtons attention, trop prises dans l'engrenage de notre règlement de comptes.

— Rose, tu délires complètement… Tu me fais peur. Tu manques de sommeil, c'est ça ? Il faudrait que tu dormes. Tu n'as pas la pensée claire…

— Je ne l'ai jamais eue aussi claire, justement. Je vais même me faire le plaisir de t'ouvrir les yeux et te dire ce qu'il a exactement *fait* pour toi…

Je la regarde avec un brin de mépris. Elle a le sifflet coupé. Pour une fois.

— Ma pauvre Meredith. Tu es tellement centrée sur toi que tu ne vois pas grand-chose de ce qui se passe autour de toi. Tu n'as donc rien remarqué d'étrange, d'exceptionnel depuis le début de notre tournée ? Tu crois que tu as gagné par hasard tous ces tickets de loterie ? Tu crois que c'est ton *immense talent* qui a rempli notre salle à chaque représentation à Lille ? Tu crois que c'est la *bonté* du directeur du théâtre qui a fait qu'il nous a accordé une seconde chance après le fiasco de mon malaise ? Quelle naïveté touchante…

— Mais de quoi tu parles, Rose ?

La voilà franchement inquiète. Je sais que je suis sur le point de lâcher une bombe. Je vois Roméo respirer avec difficulté, le bec ouvert.

— Ouvre les yeux, ma fille ! Tout ça, c'est Antoine…

— Quoi, Antoine ?

Le sens de mes propos a du mal à se frayer un chemin jusqu'à son esprit.

— C'est lui ! Lui : ton « ange gardien ». Lui, qui a tout orchestré, tout organisé, pour que tu ne manques jamais d'argent, pour que tu prennes confiance en toi, en ta carrière, pour que tu aies le moral… Parce qu'il t'aime, lui ! Le pauvre idiot !

Meredith tremble de tous ses membres. J'ai soudain peur qu'elle ne me gifle. Je recule d'un pas, consciente d'aller peut-être trop loin.

— Tu mens !

— Ah oui, tu crois ?

Je lis sur son visage le film de mes révélations qui défile, le puzzle qui se met en place, la réalité qui s'impose dans son esprit. Tout ce qu'elle ne voulait pas, tout ce qui lui faisait horreur : qu'on ne la croie pas capable de s'en sortir par elle-même. Qu'on l'infantilise. Qu'on ne la laisse pas toute seule faire ses preuves…

De rage, elle balance brutalement deux verres posés sur la table, qui partent valser à l'autre bout de la pièce et se fracassent en mille morceaux. Roméo pousse un cri strident.

— Va-t’en !

Elle m’a tourné le dos. Sa voix se fait soudain rauque.

— Ne t’inquiète pas, c’était prévu.

Je lui sers un ton acéré, froid comme une lame de couteau que je poserais sur sa nuque. Moi aussi, je suis meurtrie. Je cherche une once d’indulgence pour elle dans mon cœur et n’en trouve pas. La colère et la déception ont pris toute la place.

— Je rentre à Paris, Meredith, et compte sur moi pour tout raconter à Antoine. C’est un ami de longue date. Je tiens beaucoup à lui. Et je ne veux pas qu’il se méprenne sur qui tu es vraiment…

Je suis sur le point de saisir ma valise et de traîner la cage de Roméo loin d’ici. Mais tout à coup je suis stoppée dans mon élan par un bruit sourd : Roméo vient de tomber du haut de son perchoir, comme raide mort dans le fond de sa cage.

— Roméooooo !

Un cri à fendre l’âme sort de mon gosier. On se jette toutes les deux sur la cage.

Scène 58

Rose

Meredith et moi patientons depuis plus d'une heure dans cette clinique pour urgences vétérinaires du centre de Londres. Nous n'avons pas échangé plus de trois mots depuis notre arrivée et restons murées dans un silence hostile. Quand, totalement affolée, j'avais ouvert la cage pour porter secours à mon perroquet adoré, Meredith avait mis de côté notre querelle pour proposer son aide. Roméo n'était pas mort. Son cœur battait. Il semblait plutôt comme sous le coup d'un choc émotionnel. À notre arrivée à la clinique, Roméo a été pris en charge par l'équipe vétérinaire. J'ai jugé utile de les informer du caractère « spécial » de mon oiseau, suivi à Paris par l'Institut Peterson et le professeur Boileau. Après une attente qui m'a semblé interminable, la chef de service est réapparue, avec une mine sévère malgré les nouvelles plutôt encourageantes.

— Ses fonctions vitales vont bien. Il a repris conscience… Enfin, si l'on peut dire…

— Comment ça ?

— Nous avons des raisons de croire qu'il n'a jamais vraiment perdu conscience…

— Je ne comprends pas…

— Nous avons réussi à joindre le professeur Boileau à Paris. Il a demandé que vous le rappeliez au plus vite pour vous expliquer tout ça.

— Ah…

— Suivez-moi.

La chef de service m'entraîne dans son bureau et j'intime l'ordre à Meredith de ne pas me suivre. Je vois à son regard combien mon attitude la blesse, mais, pour l'heure, je n'arrive pas à faire autrement.

La chef de service m'indique l'indicatif pour appeler la France et je compose le numéro du professeur Boileau, qui décroche aussitôt. Il a l'air agité, presque essoufflé d'excitation. Je me demande ce qu'il va bien pouvoir me dire.

— Mademoiselle, pouvez-vous tout d'abord me réexpliquer précisément ce qu'il s'est passé et toutes les réactions de Roméo pendant la scène ?

Je lui redis tout dans le détail et culpabilise soudain de n'avoir pas prêté attention à ces symptômes durant la dispute.

— Mademoiselle, j'ai toutes les raisons de penser que Roméo n'a pas perdu connaissance mais…

— Mais quoi ?

— … Qu'il a *joué* à faire le mort !

— *Joué* ?

Je suis abasourdie. Je n'arrive pas à comprendre ce que le professeur veut dire.

— Rose. Votre cacatoès, vous le savez, a des aptitudes hors du commun. Tout porte à croire qu'il a une perception tout à fait extraordinaire des émotions qui animent les personnes qui l'entourent. Il se pourrait même qu'il s'en trouve très affecté. Imaginez… Nous parlons là d'*empathie émotionnelle* ! Chez un oiseau ! Et il y a quelque chose qui me semble encore plus incroyable…

J'ai la bouche sèche à présent. Que va-t-il encore me révéler ?

— Je ne serais pas surpris que Roméo ait joué à faire le mort pour une raison fascinante : faire cesser la dispute en attirant l'attention sur lui et, par le fait, être l'auteur de votre réconciliation !

Heureusement que je suis assise. J'entends à peine la suite du laïus. Je comprends simplement que, devant les extraordinaires caractéristiques de Roméo, l'Institut Peterson veut à tout prix pouvoir l'étudier et me supplie de le confier pour un séjour de quelques mois. *Il en va des progrès de la science, mademoiselle !* Que répondre à cela ? Je quitte la chef de service dans un état second, sonnée, comme si j'avais reçu un coup de massue.

Meredith se lève quand elle m'aperçoit.

— Voilà. C'est fini. Je rentre à Paris, avec Roméo. Ils vont me le prendre.

Meredith esquisse un geste pour me réconforter. Je l'esquive. Ce matin, je perds mon oiseau chéri et ma meilleure amie. Les couloirs de la clinique vétérinaire m'entendent maugréer : *Chienne de vie*…

✦

Meredith

Quand je vois Rose s'éloigner et me laisser là, seule, dans cette stupide clinique vétérinaire, je craque complètement. La digue des larmes cède et je sanglote sans bruit pendant un long moment. Des bribes d'images de ma folle nuit avec Nick me reviennent, encore floutées par les vapeurs d'alcool, la fatigue, la tristesse. Je n'ai tellement pas réalisé ce que j'étais en train de faire. Je me suis laissé emporter par mes sens, par une pulsion incontrôlable… Oui, je le reconnais. J'ai désiré Nick. Pire. J'ai pris du plaisir avec lui. Avais-je le droit pour autant de céder à cette tentation ? Quel genre de femme suis-je pour ne pas même être capable de résister à mes instincts ? La réalité tombe sur moi comme un seau d'eau glacé. Ce n'était pas une folle nuit mais un moment d'égarement stupide que je risque de regretter amèrement. Et Nick. N'avais-je pas joué avec lui, me servant malgré moi de lui pour assouvir mes désirs ? Il ne mérite pas ça. Je vais le perdre, c'est certain. Mais une épée de Damoclès bien pire encore est désormais suspendue au-dessus de ma tête : perdre Antoine. Si Rose, dans sa colère, lui dit tout, ç'en sera fini de notre histoire. Cette pensée m'étreint avec une telle violence que j'en ai le souffle court. Je suffoque. Je sors de la griserie de la nuit comme d'un long tunnel. La lumière qui perce m'offre alors un moment de lucidité rare. Jamais mon amour pour Antoine ne m'a paru aussi clair. Je quitte la clinique d'un pas chancelant, et je comprends que ce n'est pas à Antoine que j'ai été infidèle, mais à moi-même…

Scène 59

Antoine

Rose est assise dans mon appartement, près de la table. Exactement là, où, il y a quelques mois, Meredith se tenait quelques minutes avant de me révéler ses intentions de me laisser pour entamer son étrange *Love Tour*. Rose, recroquevillée sur la chaise, a beaucoup pleuré et des sillons de mascara traînent sur ses joues. Elle serre ses genoux contre sa poitrine, et ses pieds – dont elle a ôté les chaussures – reposent sur la galette de la chaise. Elle ne dit rien mais ses oreilles sont tendues pour ne rien perdre de la conversation que je suis en train d'avoir avec Meredith, au téléphone. J'ai tout de suite cerné, dans sa voix blanche, l'inquiétude sourde, le léger tremblement, à peine perceptible, tel un aveu voilé de remords. Je lui manquais. Terriblement, m'a-t-elle dit. Elle avait hâte de rentrer à Paris. Que tout cela soit fini. Elle a hésité à me demander si j'avais vu Rose.

— Oui, je l'ai vue. Nous avons même dîné ensemble, hier au soir !

Meredith a laissé un gros blanc après cette révélation. Un blanc inquiet sur le doute qui restait en suspens. Rose avait-elle parlé ou non ?

— Et… ? s'est-elle risquée.

— Et rien ! Nous avons passé un bon moment. J'étais désolé d'apprendre qu'elle a dû rentrer précipitamment de Londres avant toi à cause de Késia. Heureusement, je crois que sa fille va mieux. C'est un soulagement, n'est-ce pas ?

— … Oui. Un sacré soulagement…

Je n'ai pas de mal à sentir que son vrai soulagement vient d'ailleurs.

Près de moi, Rose reste incrédule. Je vois bien qu'elle n'en revient pas. Mais au fil des minutes, je lis dans son regard que ce qu'elle soupçonnait se confirme : je ne vais rien dire à Meredith. Jamais je ne lui parlerai de cette maudite nuit.

— Antoine ?

— Oui ?

— Je t'aime.

Meredith raccroche et me laisse avec ce mot lâché comme une bombe. Pourquoi le dit-elle maintenant, ce mot qu'elle s'est bien gardée de prononcer jusque-là ?

Je vais devoir me justifier auprès de Rose. Rose qui ne comprend pas. Elle fronce les sourcils, visiblement très contrariée.

— Quand est-ce que tu arrêteras de vouloir l'épargner, de tout lui pardonner ?

— Je ne l'épargne pas, Rose. Je ferme les yeux sur un instant d'égarement.

— Tu es bien trop indulgent avec elle, Antoine. Tu vas finir par te faire avoir. Et ce jour-là, tu morfleras…

— Je suis prêt à prendre le risque.
— Tu l'aimes donc à ce point ?
— …
— Je ne suis même pas sûre qu'elle connaisse sa chance…
— Peut-être. Qu'importe. Écoute-moi, Rose. Je veux que tu fasses quelque chose pour moi.
Je m'approche d'elle, lui prends les épaules et la regarde franchement dans le fond des yeux.
— Quoi, Antoine ?
— J'ai fait en sorte que Meredith pense que tu n'as pas parlé. Je l'ai fait, parce que je crois qu'il est essentiel que vous restiez amies, toutes les deux.
Rose secoue la tête, encore indignée par le comportement de son amie.
— Je sais à quel point elle t'aime. Tu es la sœur qu'elle aurait aimé avoir. Vous ne pouvez pas gâcher cette belle relation.
Elle me fixe, avec un mélange de sidération et d'admiration.
— Comment fais-tu, Antoine ?
— Pour ?
— Pour ne pas lui en vouloir ? Pour rester aussi calme ? Aussi bon ?
Je marque un temps d'arrêt avant de lui répondre. Et pousse un profond soupir.
— Ne te méprends pas, Rose. Ne crois pas que je ne souffre pas de ce qu'il s'est passé à Londres. Ne crois pas que je ne comprends pas ce que tu ressens aussi. La blessure est là. Je la haïrais si je ne l'aimais pas autant. Mais celui qui penserait qu'une relation d'amour ou d'amitié ne connaîtrait jamais de difficultés se tromperait lourdement. Ce qui est moche, ce ne

sont pas ces erreurs, c'est de se perdre pour des choses qui n'en valent pas la peine. Votre amitié est trop précieuse pour être foutue en l'air à la première connerie venue, tu ne crois pas ?

Elle acquiesce lentement.

— Rose. Je te le demande comme un ultime service, au nom de notre amitié : pardonne à Meredith ! Je t'en supplie ! Fais ça pour moi. Elle a besoin de toi. Et toi aussi tu as besoin d'elle.

Rose s'est remise à pleurer. Je la serre dans mes bras et nous restons ainsi de longues minutes. Quand elle se détache de moi, son regard me rassure.

— D'accord, Antoine. Je le ferai, pour toi. Mais pas tout de suite. Il faut que je digère encore… Antoine ?

— Oui ?

— … Si elle ne veut pas de toi, au bout du compte, moi… je t'épouse !

On éclate de rire ensemble.

— *Deal !*

Scène 60

Meredith

Compte à rebours : J – 19

J'ai passé quelques heures à ranger et puis j'ai rendu les clefs de l'appartement. *Bye bye, London.* Je me retourne une dernière fois sur les lieux avant de partir. Les derniers jours ont été étranges, toute seule ici, sans Rose. Je n'ai pas répondu aux appels insistants de Nick. Pas eu le courage. J'ai envoyé une lettre à son atelier. Lui a saturé mon répondeur de messages. Il s'en veut, se sent coupable, surtout vis-à-vis d'Antoine. Mais il m'explique que son attirance pour moi l'a complètement dépassé et pris de court. Pendant toutes ces longues heures de réflexion, j'ai eu le temps d'analyser. Les différentes natures du désir. Celui qui m'a poussée, pour un soir, dans les bras de Nick. Mais ce désir est comme une couche supérieure d'épiderme : superficiel. Rien à voir avec ce que je ressens pour Antoine. Lui, je l'ai dans la peau.

Je ne rentre pas tout de suite à Paris. Je ne me sens pas encore capable de faire face à Rose, ni à Antoine. Tout est confus dans ma tête. Je me fais héberger par une amie à Lille pour quelques jours. Ma sœur m'invite à dîner, dans leur jolie maison en périphérie. J'en profite pour voir mes neveux. Valentine est adorable du haut de ses six ans, pleins d'innocence. Ce soir, c'est moi qui lui lis une histoire. Une histoire de princesse, bien sûr. Et de prince charmant. Nous nous adossons à deux coussins moelleux, et elle se blottit contre moi.

— Dis, tata ?

— Oui, ma chérie ?

— Alors, ils vont être heureux ensemble pour toute la vie ?

Elle appuie avec emphase sur l'expression « toute la vie ». Je lui souris tendrement et je ne sais trop quoi répondre. Faut-il laisser les petits croire à l'amour éternel, ancrer dès le plus jeune âge dans leur petite tête des utopies qui peut-être, à l'âge adulte, leur apparaîtront comme des illusions et leur causeront d'inévitables souffrances ?

— Je ne sais pas… Peut-être ? Qu'est-ce que tu aimerais, toi ?

— Moi, je voudrais qu'ils s'aiment pour touuuuujourrrrrs !

Son attendrissante euphorie et ses petits yeux qui brillent m'émeuvent.

L'amour qui dure toujours… Un joli conte pour faire briller les yeux des petits enfants ? Nombreux seront ceux qui diront qu'il est doux de les laisser croire le plus longtemps possible, tant que ça marche. Une tendre supercherie, comme le Père Noël. J'embrasse ma nièce affectueusement et j'éteins pour la laisser dormir.

Je redescends voir ma sœur et l'aider à débarrasser. Elle ne veut pas. Je suis son invitée, alors… Je me mets dans un petit coin et sors mon Love Organizer, dans la partie « Entre moi & l'autre », et pose un gros point d'interrogation sur l'amour qui dure toujours. J'ai besoin de faire le point sur cette question fondamentale. Je repense au baiser volé de Laurent, mon Collectionneur de Béguins, puis à mon attirance pour Nick Gentry. Tout ça en moins de trois mois ! Quel capharnaüm dans ma tête ! J'ai été tentée. Et j'ai même croqué un bout de pomme. Pourtant, mon amour pour Antoine ne s'en trouve pas amoindri. Peut-être même renforcé. Comme si ces égarements faisaient partie du processus initiatique et allaient m'aider à prendre le juste chemin vers l'amour véritable. Mais la vraie question est d'ordre moral. N'est-ce pas précisément le fait de s'interdire de ressentir du désir pour d'autres, de condamner ses pulsions, de les réprimer, de les juger, qui cause tant de désastres conjugaux ?

Ne faut-il pas, d'entrée de jeu, reconnaître et accepter qu'il y aura désir et attrait pour d'autres, que c'est inévitable, et peut-être même sain, normal ? Certes, la monogamie est sans doute nécessaire pour éviter les zizanies. Au nom de l'ordre moral, mais aussi de l'ordre social. Mettre du « cadre », poser des règles… Cela fonctionne-t-il pour autant ? La fidélité n'est-elle pas comme un joli vernis de façade ? Où commence l'infidélité ? Avoir des pensées amoureuses, des sentiments réels pour quelqu'un d'autre, n'est-ce pas « plus tromper » que d'avoir une brève liaison physique ?

On peut retourner le problème dans tous les sens, la première hérésie, c'est de croire que l'autre vous appartient…

La seconde, c'est de vouloir l'empêcher de vivre ce qu'il a à vivre.

D'ailleurs, est-ce que ça marche, la monogamie ? Le chiffre des adultères le dément. Le serment de fidélité proclamé dans les mariages devient vite *le Serment d'Hypocrite.*

L'autre jour encore, je lisais dans un magazine que plus d'un homme sur deux et une femme sur trois admettent avoir été infidèles. Et le chiffre ne cesse de progresser. Sans parler des sites de rencontres extra-conjugales qui pullulent… L'amour étouffe dans ses carcans. Tout ça à cause de quoi ? *Du Serment d'Hypocrite, encore une fois.* La fidélité pour la vie, n'est-ce pas une belle promesse héritée d'un temps où la vie ne durait pas cent ans ?

Alors, je ne démords pas de mon envie de dépoussiérer les vieux schémas, de croire que chacun devrait avoir le droit de s'inventer sa propre version du couple sans nécessairement obéir aux diktats du « socialement correct ». Car comment pourrait-il y exister deux fois la même formule du bonheur ? Chacun la sienne. Aussi marginale soit-elle.

Ma sœur vient me déposer une infusion avec un speculoos.

— Je te rejoins dans un instant, me dit-elle en retournant s'affairer dans la cuisine.

Je repose la tasse après une première gorgée trop brûlante et songe, en croquant dans le biscuit, à cette idée d'assouplissement des mœurs. Travailler l'élasticité de sa tolérance et de son ouverture d'esprit ? Je souris en essayant d'imaginer à quoi pourraient ressembler des étirements pour mentalités trop rigides…

Exercice principal : muscler l'acceptation. Accueillir les possibles désirs de l'autre pour « l'ailleurs », cesser d'en faire un sujet tabou, autoriser l'expression et le dialogue. Une mauvaise petite voix se rappelle à moi… *Meredith, sois sincère : si Antoine venait te trouver pour te parler de son attirance pour une autre femme, comment réagirais-tu ?* J'évinçais sans doute trop vite l'ennemie jurée : la jalousie.

La jalousie est affaire d'ego. Elle camoufle mal sa volonté de toute-puissance. *L'autre doit m'appartenir.* Or aimer l'autre n'est pas le posséder. Le vrai amour ne devrait pas mettre en cage, mais laisser toujours la fenêtre ouverte.

Je gribouille dans mon Love Organizer et m'invente un test Vérité.

Si j'apprenais qu'Antoine m'a trompée, à quel point lui en voudrais-je ? (0, je ne lui en veux pas du tout ; 10, je lui en veux à mort.)

Honnêtement, je suis à 7.

Ma petite théorie sur le Serment d'Hypocrite n'est pas gagnée.

Serais-je prête à lui pardonner ? (0, pas du tout ; 10, absolument.)

Je dirais 5.

Mes résultats ne sont pas glorieux. Je m'aperçois qu'il me reste encore beaucoup de travail avant d'en finir avec ce serment. Il ne faudrait pas un serment de fidélité mais un serment de sincérité. Car, le principal, en fait, n'est pas tant la question de *mentir à l'autre*, que de *ne pas se mentir à soi-même.*

En réalité, les incartades ne me semblent pas si graves. Un couple solide peut les traverser comme de légères et inévitables zones de turbulences. Le plus important n'est-il pas d'oser faire le point sur la véritable friabilité de son couple ? Amour roc ou amour irrémédiablement érodé ? Le cœur le sait. Car l'adultère, le vrai, celui de l'usure, de l'aigreur, de la lassitude et de la passivité, n'est que le résultat d'une politique de l'autruche. Le manque de courage de regarder la vérité en face : l'autre ne nous convient plus, ne nous plaît plus. L'histoire nous étiole, nous éteint, nous coupe d'une authentique joie de vivre. On s'oblige à rester ensemble, au nom de quoi ? Des enfants ? Des conventions ? Par peur du changement ? De bousculer une organisation et des habitudes confortables ? Ou, pire, à cause de l'argent ?

Se mentir à soi-même est pourtant une lente asphyxie. Une petite mort. Si l'on est mal dans son couple, il ne faut pas tromper son compagnon. Il faut le quitter.

Mon feutre reste en suspens tandis que ma sœur vient s'asseoir près de moi. On se sourit par-dessus nos tasses. J'ose poser la question qui me taraude.

— Et toi, avec Guillaume, ça va ?

Elle me regarde avec un petit air étonné, comme si je posais une question vraiment bizarre.

— Bien sûr que ça va. Pourquoi ça n'irait pas ?

Je n'insiste pas. J'ai pourtant vu, au dîner, comment il se comportait avec ma sœur. Ce manque d'égards. Cette indifférence qui, moi, me ferait sortir de mes gonds. Et elle, soumise à son sort de femme devenue transparente, résignée à l'insipide. Pourquoi aurait-il peur ? Il sait qu'elle restera là, qu'elle ne partira pas.

Jamais elle n'aura cette audace. Il en est si sûr que c'est confondant.

Que ferait Mamzelle Juju en une telle situation ?

Elle ne chercherait pas à le changer, lui. Elle se mettrait à changer, elle, d'attitude. D'abord, je crois qu'elle s'inventerait un exhausteur de sensualité. Qu'elle rajouterait du sel à ses charmes. Des épices à ses manières. L'attrait vient de la posture. La posture de l'esprit, d'abord. Les mouvements du corps n'en sont que le prolongement.

Ne jamais être une femme qui a renoncé. À sa féminité. À son pouvoir de séduction. À son autonomie.

L'homme garde toujours en lui ses instincts de chasseur. Même s'il aime la quiétude et la sécurité du foyer, il est parfois bon de lui rappeler qu'il ne doit jamais se sentir en territoire conquis. L'homme préhistorique se battait pour le feu. Aujourd'hui, le feu a changé de nature. Personne ne veut voir s'éteindre le feu de son grand amour. Mais beaucoup oublient, avec le temps, combien cette précieuse flamme demande de soins, d'efforts, de prévenance et de créativité…

La grande affaire des gens, c'est « depuis combien de temps vous êtes ensemble ? ». Comme si l'exploit se mesurait au nombre des années. La seule arithmétique valable en sentiments, c'est le nombre d'étoiles que vous accrochez dans les yeux de l'autre.

Quand j'amène la discussion sur ce terrain-là, ma sœur secoue la tête en ayant l'air de me prendre pour une folle.

— Mireille, tu es vraiment une idéaliste !

— Meredith, s'il te plaît, la corrigé-je.

— Je ne m'y ferai jamais.

Tant qu'elle est heureuse, après tout… Je la quitte en la remerciant comme il se doit pour le délicieux dîner et rentre chez l'amie qui m'héberge. Je songe que le temps des grandes décisions a sonné. Le compte à rebours se termine. Où en suis-je de mes sentiments pour Antoine ? Suis-je prête pour le grand saut ? Mon *amourability* est-elle suffisamment remise à niveau ? Je pousse un profond soupir. Je sens que la nuit sera courte…

Paris

Scène 61

Antoine

Jour J : fin du compte à rebours

Nous sommes le 28 juillet. Aujourd'hui est soit le premier jour du reste de ma vie avec Meredith, soit le dernier jour de notre histoire. J'ai décidé d'avoir confiance en son amour. Je n'ai pas de nouvelles depuis cinq jours, depuis cette fameuse lettre d'elle que j'ai reçue, déposée de ses mains dans ma boîte.

Cette lettre, je la connais par cœur à présent. Je connais le contour de chaque mot. Meredith a décidément le sens de la mise en scène. Elle m'y donne rendez-vous, ce jour, à 14 heures précises, au kiosque à musique du parc des Buttes-Chaumont.

Les mots dansent sous mes yeux.

Devant le miroir de la salle de bains, j'essaie d'effacer les outrages d'une nuit agitée. Je me rase avec soin, asperge mon visage de cette lotion dont elle aime le parfum – que plus jamais je ne pourrai sentir sans que me vienne l'image de son visage si proche du mien et de son petit nez collé sur ma joue pour venir me humer, dans un réflexe presque animal.

Je sors de ma penderie la tenue dans laquelle elle me préfère. Du vrai faux habillé. Du chic sans en avoir trop l'air. Je détache le premier bouton de la chemise. Elle aime cette chemise et j'imagine ses mains sur mon torse ; elle y puise sa force comme d'autres auprès des arbres. J'adore ce geste de connexion entre nous. Elle ne sait pas que c'est moi qui en retire, de la force, quand je sens le fluide de ses mains à travers le tissu.

Je me regarde une dernière fois dans le miroir, l'œil critique. Je me trouve acceptable, malgré les yeux cernés. Tel un amoureux ordinaire qui vit forcément son histoire comme extraordinaire, je m'arrête chez un fleuriste. Je ne veux pas arriver les mains vides. Je choisis des fleurs qui lui ressemblent. Pas sophistiquées, et pleines de parfum et de couleurs.

C'est une journée radieuse. J'ai envie d'y voir un signe de bonne fortune. J'ai retroussé les manches de ma chemise et essuie périodiquement mes mains sur mon pantalon. L'amour nous met dans de ces transports, parfois…

Le parc est en vue et, ce coup-ci, le trac ne me fait plus de quartier. Il s'incruste en hôte indésirable et je ne sais pas comment le déloger. J'ai mis la lettre dans ma poche et la caresse du bout des doigts, comme un talisman, pour me donner du courage : il est temps d'en avoir le cœur net et que toute cette comédie cesse. Je crois que je n'aurais pu tenir un jour de plus.

Je traverse le parc, me perds un peu et finis, au détour d'un sentier, par apercevoir, nichée dans son écrin végétal, le kiosque ancien qui se tient bien droit devant moi, complice et témoin muet de mon sort jeté, improbable scène de théâtre de la pièce sur le point de se jouer.

J'ai dix minutes d'avance. Que sont dix minutes quand on attend depuis six mois ? me direz-vous. Et pourtant. Qu'elles vont me sembler longues, ces minutes ! À chaque bruit de pas, à chaque silhouette qui passe, je tressaille. Est-ce elle ? Je me sens un peu ridicule avec mon bouquet à la main. Un jeune trentenaire bobo qui passe par là me jette un coup d'œil amusé. Irritant ! Je cache le bouquet derrière mon dos pour essayer de le rendre plus discret, et tente de me faire oublier derrière un pylône. Les minutes s'égrènent. Il fait chaud.

Voilà qu'un promeneur s'avance dans l'allée centrale. Non, on dirait qu'il a aussi rendez-vous. Il tient une rose à la main. Amusant. Nous nous observons du coin de l'œil et finissons par nous adresser un petit sourire de connivence. Il a l'air nerveux. C'est idiot, mais ça me réconforte un peu. Au moins, je ne suis pas seul dans l'univers. Pour sûr, l'homme n'est pas suédois. Cheveux mi-longs, barbu, un peu hipster.

Je regarde ma montre toutes les minutes. Encore deux minutes avant l'heure pile. Un instant plus tard, un homme s'avance, nous jette un vague regard, consulte sa montre, et comme nous, se met à tourner en rond autour du kiosque. Lui n'a pas de fleurs. Tout le monde se donne rendez-vous à ce kiosque, ma parole ! Je l'observe. Je n'ai que ça à faire. Un peu trop blond, les traits un peu trop fins pour se faire des amis auprès de ses congénères masculins. 14 h 02. Meredith est en retard. Mais seulement de deux minutes, essayé-je de me rassurer. Dans les instants suivants, arrivent encore un, puis deux, puis trois autres messieurs. Nous commençons à tous nous regarder d'un drôle d'air. La situation devient surréaliste. Comment Magritte nous aurait-il peints ? Des silhouettes masculines au corps rempli de nuages comme le ciel de leurs espérances ? Allez savoir…

Parler de nervosité ne serait à présent qu'une pâle litote par rapport à mon état de tension interne.

Soudain, en voici un autre. Il s'approche, les traits m'apparaissent plus clairement. Cet homme, c'est… Nick ! Nick Gentry ! Mes yeux s'écarquillent en signe d'incrédulité. J'ai un coup au cœur. Lui aussi, apparemment.

— *What the hell are you doing here*[1] ? m'écrié-je, plus fort que je ne l'aurais voulu.

Il n'a pas l'air non plus de comprendre ce qu'il se passe. Il me regarde, regarde les autres messieurs, affiche une mine dépitée. Les autres hommes s'approchent. Ils sentent que notre échange les concerne, d'une manière ou d'une autre. Nick Gentry, visiblement extrêmement mal à l'aise, balbutie quelques mots que je l'oblige à répéter, comme si j'avais mal entendu.

— *I've got a date with Meredith*[2].

— *A what*[3] ?

— *A date*[4] !

Je suffoque. Mon sang cogne contre mes tempes.

— C'est impossible ! C'est MON rendez-vous, Nick. À moi et à personne d'autre !

---

1. « Qu'est-ce que tu fous là ? »
2. « J'ai rendez-vous avec Meredith. »
3. « Tu as quoi ? »
4. « Un rencard ! »

J'oublie toutes les bonnes intentions qui m'avaient permis de fermer les yeux sur l'incartade de Londres et perds subitement mon sang-froid. Trop c'est trop.

— Espèce de salaud ! Moi qui te prenais pour un ami ! Qui t'ai demandé de veiller sur elle… Et au lieu de ça, qu'est-ce que tu as fait ? Tu as couché avec elle ! *Bastard*[1] *!*

Je l'empoigne d'une main et lui écrase le bouquet sur l'épaule de l'autre. Je continue à le frapper tandis que les fleurs volent autour de nous ; les messieurs alentour interviennent pour nous séparer. C'est un vrai chaos de mâles en surchauffe. Nick tente de dire quelque chose.

— *I'm so sorry*[2], Antoine !

Soudain, plusieurs coups de sifflet retentissent et le gardien du parc survient. Le silence se fait brutalement, au moment où Nick s'écrie :

— *I'm in love with her*[3] *!*

Un malaise plus lourd qu'une chape de plomb s'abat sur l'assistance. Nick murmure dans sa barbe, en anglais, un *it's beyond my control*[4]… qui me donne à nouveau envie de lui tordre le cou. Quant aux autres hommes présents, je me demande ce qu'ils font là.

Saisi par une terrible intuition, je tremble à l'idée de comprendre.

— Ne… Ne me dites pas que, vous aussi, vous avez rendez-vous avec Meredith ?

Leur silence est une réponse éloquente. Je me tourne vers le garde.

---

1. « Enfoiré ! »
2. « Je suis tellement désolé. »
3. « Je suis amoureux d'elle ! »
4. « C'est plus fort que moi… »

— Pas vous, quand même ?

— Euh… À vrai dire… Si !

J'ai la tête qui tourne. Qu'est-ce que c'est que cet odieux manège ?

Au milieu de tout ça, je vois de loin une jeune femme s'avancer. Elle ressemble à une hôtesse de l'air, avec sa robe orangée près du corps et son mini-foulard coloré noué autour du cou. Elle s'approche de nous, avec des airs de guide qui rejoint son groupe.

— Vous êtes tous là pour le rendez-vous avec Meredith ?

Elle dévide ça d'une voix tranquille et cristalline, comme si elle nous proposait de la suivre pour une visite de divertissement. On acquiesce tous comme des idiots, trop sous le choc pour réagir autrement.

— Veuillez me suivre, dit l'hôtesse.

Nous marchons sur ses talons. Je laisse mes fleurs de retrouvailles gésir sur le sol. D'un geste rageur, je donne un coup de coude à Nick pour le dégager de mon chemin. Il balbutie des *sorry* à n'en plus finir. Je ne l'écoute même plus.

Nous arrivons dans un café. L'hôtesse nous fait monter à l'étage. Une grande télévision a été installée. La salle est agréable. La fenêtre à double battant est grande ouverte et crée un agréable courant d'air rafraîchissant. Le moment aurait presque pu être plaisant en d'autres circonstances. L'hôtesse nous propose des boissons. Au point où nous en sommes tous, nous acceptons l'idée du verre. L'hôtesse délivre alors son message.

— Meredith a quelque chose à vous dire.

D'une main qui ne tremble pas – heureuse main qui n'est pas concernée par le petit drame qui se joue –, elle lance l'enregistrement. Et le visage de Meredith apparaît sur l'écran.

Scène 62

Meredith

Cinq jours plus tôt

Je suis arrivée à Paris hier et j'ai regagné mon appartement du 19e. Les derniers jours ont été l'occasion d'une intense introspection. J'ai passé de longues, très longues heures à faire le point, sur ce que ces quelques mois m'avaient appris sur moi, sur mes projets, mes aspirations, le chemin qui me reste à parcourir et, surtout, quelle suite donner à mon histoire avec Antoine. Ces heures d'errance solitaire, passées à marcher, ou à me plonger dans des abîmes de réflexion à la terrasse de cafés m'ont permis de repenser à mes amours et rencontres passées et ont fait germer dans mon esprit un scénario. Plus j'y ai réfléchi, plus cela m'est apparu comme la seule et unique manière de dire ce que j'ai à dire à Antoine. Une manière qui me ressemble. Farfelue, mais totalement sincère.

J'ai donc mis en œuvre mon plan, contacté toutes les personnes qui ont traversé ma vie et qui, d'une manière ou d'une autre, m'ont aidée à avancer dans mon cheminement personnel sur la question de l'amour véritable. Allaient-elles jouer le jeu ? Allaient-elles répondre présentes ? En quelques heures, j'ai reçu des réponses positives et seulement deux refus. Les dés étaient jetés. J'ai donc commencé à préparer mon enregistrement. Pour cela, j'ai couché beaucoup d'encre sur le papier, choisissant chaque mot avec un soin infini, afin d'être la plus juste possible. Puis, en bonne comédienne, j'ai appris mes lignes par cœur. J'ai revêtu mes plus beaux atours, me suis maquillée et coiffée pour être mise en valeur sans en faire trop. J'ai cadré sur un joli arrière-plan, une composition graphique qui passerait bien à l'image : un bout de plante verte, un pan de tissu coloré qui casse la ligne droite du canapé noir. Un vrai Matisse. Le diable est dans les détails. Voilà. Je suis prête. D'un doigt légèrement tremblant, j'appuie sur le bouton déclencheur de l'enregistrement. Le voyant rouge m'indique que ça tourne. Je me lance.

À vous qui êtes là, merci, merci du fond du cœur d'être venus, d'avoir répondu à mon appel, sûrement un peu déroutant, je l'admets. À tous, d'ores et déjà, pardon pour cette étonnante mise en scène, qui a dû vous surprendre, peut-être même vous fâcher pour certains. Pardon. Tout va s'éclairer, j'espère, d'ici quelques instants.

Antoine, si tu es là, je te supplie d'attendre la fin de mon discours pour comprendre ma démarche. Pourquoi j'ai fait venir ces autres, au milieu de cette journée qui ne devait appartenir qu'à toi, qu'à nous...

Quand vous regarderez cette vidéo, cela fera six mois, six mois et un jour que j'ai proposé à Antoine une étrange expérience : interrompre notre relation, la laisser en pointillé et prendre le large, pour que ce large m'ouvre mieux les yeux sur mes horizons : qui je suis, où je vais, comment faire pour être à la hauteur de cette belle histoire d'amour, en être digne, en quelque sorte, m'y préparer. J'ai fini par trouver une expression pour en parler. J'ai appelé ça l'« amourability ». Je voulais voir s'il était possible d'améliorer ma capacité à aimer...

Dans ce chemin, vous tous qui êtes là aujourd'hui avez compté à votre manière, au moment où vous avez traversé mon existence. Chacun de vous m'a apporté quelque chose d'unique.

Antoine, si aujourd'hui, devant toi, je dis quelques mots à chacun d'eux, c'est pour que tu comprennes d'où je viens et comment ces histoires ont pu façonner la femme que je suis devenue. Et aussi partager avec toi ce que j'ai compris de l'amour à travers ces expériences.

[Je laisse un blanc et j'en profite pour reprendre une profonde inspiration histoire de me donner le courage d'aller au bout de ma démarche. Puis j'enchaîne.]

Julien, à toi qui as été l'amour de mes vingt ans, merci. De toi, j'ai été éperdument amoureuse. À l'époque, je voulais t'appartenir totalement, tout te donner. Trop. J'étais dans le tourbillon trompeur de l'amour fusion, tourbillon qui finit toujours par vous emporter. Tu m'as appris la première règle en amour : l'harmonie se trouve dans le subtil équilibre entre l'Art de donner et l'Art de recevoir.

Zach et Nicolas. Les jumeaux de mon cœur ! Quels ardents souvenirs, trois étés de suite... Je ne saurai jamais lequel des deux a été mon préféré. Vous m'avez appris la deuxième règle en amour : pour faire vivre la flamme, n'oublions jamais de mettre légèreté, fraîcheur, jeu, gaieté dans la relation. Vous aviez cela. La spontanéité, la créativité, l'énergie des explorateurs qui défrichent tous les recoins de plaisir, qui goûtent la vie comme on cueille un fruit juteux à même l'arbre un jour d'été...

Cyril. Toi, tu avais tout. La beauté, l'intelligence, la stature. Tu avais tout, mais, finalement, la jalousie a tout pris. Tu m'étouffais à force de vouloir me garder pour toi seul. Nous aurions pu couler des jours heureux si tu avais osé guérir cette plaie-là. Tu m'as appris la troisième règle en amour : personne ne possède personne. Quand l'amour devient une cage, même dorée, l'oiseau meurt, lentement asphyxié. La liberté est dans la confiance. Chacun doit travailler à son autonomie affective. Elle seule donne les bonnes ailes aux sentiments.

Laurent. Toi et moi n'avons pas eu à proprement parler d'aventure. Toi, le Collectionneur de Béguins, celui que tu as eu pour moi a été réciproque, à sa manière. Le vrai béguin, je l'ai eu pour la philosophie que tu as inventée et qui m'a complètement séduite. C'est sans doute toi, de nous tous, qui tient le plus sûrement les clefs de l'amour heureux. Parce que tu ne réduis pas ton champ à un seul et unique objet de désir. Tu étends la notion d'Amour à quelque chose de tellement plus large ! Plus j'avance, plus je comprends que la souffrance vient de l'obsession, du fait de trop se focaliser sur une seule et même personne. Quand quelqu'un occupe toutes tes pensées, à chaque minute, à chaque seconde, que tu souffres quand elle n'est pas là, tu souffres quand elle prend du plaisir avec d'autres, amis, activités... C'est toi, Laurent, qui me dictes la quatrième règle en amour : diversifier ses sources d'amour, d'intérêt et de satisfaction. L'amour peut prendre bien des formes. Multiplier les béguins pour tout ce qui peut être Beau, Intéressant, Nourrissant, se mettre à l'extérieur de l'amour qui enferme lorsqu'il monopolise, et peut alors tristement devenir toxique.

Nick. Je suis heureuse de t'avoir rencontré. Tu es une belle personne. Même si je ne te cache pas que tu as mis un sacré trouble dans mon Love Tour. Sans le vouloir, tu m'as mise face à une réalité que tout couple rencontrera, un jour ou l'autre : peut-on désirer plusieurs personnes à la fois ? La réponse est oui, c'est certain. Peut-on aimer plusieurs personnes à la fois ? C'est déjà plus complexe, mais oui, sans doute, dès lors que l'amour peut prendre bien des formes, et la nature même de l'amour aussi. L'amour-passion, l'amour-raison, l'amour-copain, l'amour-cheminée, l'amour-brasier, l'amour-pilier... Une seule chose à savoir : les rencontres ne se produisent jamais par hasard. Si tu es dans une relation et que des tentations arrivent sur ta route, essaie de regarder de plus près le message que cela t'envoie. Cette rencontre est forcément une invitation au voyage intérieur. Qu'est-ce que cela m'apprend sur moi ? Qu'est-ce qui, chez cette personne, fait écho en moi ? Cher Nick, c'est ainsi que tu m'as inspiré une cinquième règle en amour : chaque nouvelle personne qui m'attire me tend un miroir pour m'interroger sur mes désirs, mes besoins, mes manques.

Jean-Claude, toi qui es le Gardien des Espérances, merci à toi. Pour ta bonté, ta générosité. Toi qui donnes de ta personne aux amoureux éconduits et désespérés qui croisent ton chemin, qui leur offres un message d'espoir, une main tendue... L'amour n'est pas une sinécure et nous fait vivre bien des montagnes russes. Des hauts, des bas. L'amour secoue, bouscule, chavire, transporte ou parfois même disloque... Mais le pire reste quand même quand il meurt à petit feu. Jean-Claude, tu m'as soufflé la sixième règle en amour : l'amour de l'autre ne doit jamais nous faire perdre de vue l'amour de soi. Personne ne devrait avoir le droit de nous faire sentir bien ou mal. Ce serait donner trop de pouvoir à l'autre. Nous avons donc un devoir envers nous-même : nous donner de la douceur, de la tendresse et de la bienveillance, veiller sur nous-même comme sur la prunelle de nos yeux ! L'amour commence à dysfonctionner au moment précis où l'on fait peser cette responsabilité sur l'autre.

Antoine. Il est temps de me tourner vers toi.

[Je dois avoir les joues rouges. J'ai la gorge sèche et me demande si les mots vont réussir à sortir. J'essaie de m'humecter les lèvres avant de poursuivre.]

Mon amour. Je n'ose imaginer dans quel tourment te met sans doute cette mise en scène. Elle n'a pourtant pas d'autre visée que de te faire une déclaration. Ma déclaration, comme dit la chanson. Tu es l'homme le plus merveilleux que j'aie jamais rencontré. Ce que je ressens pour toi est sans commune mesure avec tout ce que j'ai pu ressentir auparavant. Après ces six mois, longs, éprouvants, bousculants, j'ai au moins une certitude : je t'aime, comme je n'ai jamais aimé personne.

Mais...

[Je baisse les yeux et ma voix reste en suspens. J'imagine Antoine, à l'étage de ce café que j'ai déjà choisi, assis au milieu de ces autres hommes, des rivaux pour la plupart, tous ces regards braqués sur lui, toutes ces émotions contradictoires à l'intérieur de lui, et je sens mon cœur et ma respiration s'accélérer.]

... Pardon, mon amour, pardon. Pardon de n'être pas encore prête. Je ne peux encore te revenir.

[Le couperet est tombé. J'ai mal. Pour moi. Pour lui.]

... Et je ne me sens pas le droit non plus de te faire attendre plus longtemps. Je me retrouve face à un dilemme insoluble. Je suis donc obligée de prendre un ultime risque ; jouer un cruel pile ou face : te perdre irrévocablement ou te retrouver pour la vie. Car, pour l'heure, je dois achever ma quête, seule, aller au bout de ce que j'ai commencé. Je ne peux savoir pour combien de temps j'en ai. Comment pourrais-je te demander de m'attendre encore ? Ce serait trop égoïste... Là où je vais, loin, très loin, sache que je t'emmène avec moi, serré là, très fort sur mon cœur. Mais je ne reviendrai que lorsque j'aurai réussi. J'ai besoin d'« être quelqu'un ». Quelqu'un à part entière. Pas la femme de. À ta manière, tu m'as enseigné la septième règle en amour : chacun a le devoir de se réaliser. Le meilleur gage de longévité du couple, c'est que chacun œuvre pour se donner des raisons d'être fier de lui et de rendre l'autre fier aussi. Aussi humble soit l'œuvre, qu'elle puisse donner motif à admiration. L'aigreur qui pointe le bout de son nez

dans un couple, n'est-ce pas quand on finit par ne plus aimer qui l'on est ni ce qu'on est devenu ? Je crois que c'est la responsabilité de chacun de savoir ce qui l'épanouit, de faire en sorte de concrétiser le projet de vie qui mettra le mieux en valeur ses talents. Car qu'est-ce qui lui donne du sens, sinon tenter de montrer le meilleur de nous-même ?

[À ce stade de mon allocution, je sens les larmes me monter aux yeux. Je regarde la caméra bien en face. Les larmes roulent le long de mes joues et de mon nez. Je n'esquisse aucun geste pour les essuyer. Je tends le bras et pointe le doigt pour arrêter l'enregistrement, suspends mon geste pour murmurer une dernière parole pour Antoine.]

Je t'aime, Antoine.

[*Off.*]

Scène 63

Antoine

Je laisse imaginer le tsunami émotionnel ressenti à l'écoute de l'enregistrement de Meredith. Bizarrement, quand elle a eu prononcé les derniers mots, un silence de plomb s'est d'abord abattu sur l'assistance. Un silence dont je me souviendrai toute ma vie. Et puis, tout de suite après, un brouhaha d'enfer. Tout le monde s'est mis à parler en même temps. On aurait dit un bistrot italien après un grand match. Moi, à ce moment-là, j'ai l'impression d'avoir perdu celui de ma vie. Hagard, c'est sans doute le mot qui décrit le mieux mon état. C'est le crash de mon crush. J'attendais ce jour comme une délivrance. Je suis abattu par une nouvelle sentence. Condamné à attendre. Me voilà comme un prévenu de l'amour. Mon seul délit : être tombé amoureux d'une personne pas ordinaire. Et voilà qu'elle me met dans une drôle de cellule. À l'isolement. Le pire dans l'histoire, c'est que mon cœur est un détenu volontaire. Il ne cherche même pas à s'évader.

Il pourrait compter les jours si au moins il savait combien. Mais non. Même ça, il ne saura pas.

Nick s'approche de moi. Il a l'air totalement abattu lui aussi. Meredith se rend-elle compte de ce qu'elle laisse dans son sillage ?

— *I'm so sorry ! All that is crazy*[1], murmure-t-il.

Il a l'air sincère. J'hésite encore entre lui mettre mon poing dans la figure ou passer l'éponge. De toute façon, à quoi bon me battre avec lui, maintenant ? Ma guerre est ailleurs, désormais. Mes choix ne sont pas glorieux : je peux soit apprendre à vivre sans Meredith, ce qui me paraît pour l'heure pire qu'une errance à perpétuité, soit continuer à l'attendre, à l'aveugle, dans le noir d'un temps indéterminé.

Je regarde Nick s'en aller, le dos légèrement voûté, comme écrasé par la nouvelle de la disparition de Meredith. Je me commande une autre bière, sans cesser une seconde de penser à elle. La plus présente des absentes. Au fur et à mesure, les autres hommes sont partis. C'est drôle : chacun d'eux est venu me serrer la main, comme on rend hommage, lors d'une cérémonie d'enterrement, au mari de la défunte. La défunte, j'avais la désagréable impression que c'était mon histoire d'amour…

Après un choc émotionnel comme celui-là, je crois que le cerveau se protège, en quelque sorte. C'est ce que le mien a fait, en tout cas les premiers jours. Mon esprit s'est muré dans une sorte de déni, a mis autour de ma souffrance une ouate d'incrédulité. Presque, je m'imagine que tout cela n'est qu'une mauvaise

1. « Je suis tellement désolé ! Tout cela est fou. »

blague, que Meredith va d'un instant à l'autre surgir et me sauter au cou en riant à gorge déployée, comme j'aime tant la voir faire. Pour la forme, je lui ferais un peu la tête, je lui dirais qu'elle n'était pas très drôle, sa blague, et puis, ce serait tout. Je la serrerais dans mes bras à n'en plus finir, jusqu'à tout oublier. Oublier ce cauchemar. Malheureusement, quand j'ouvre les yeux, le matin, l'affreux nœud qui me tord le plexus me rappelle que tout cela n'est pas une blague. Que la disparition de Meredith est bien réelle. Elle s'est, pour ainsi dire, volatilisée dans la nature.

Ce coup-ci, même pas de fil d'Ariane pour garder le lien. Pas de messages. Pas de textos. Rien. Juste l'hypothétique promesse qu'elle reviendra, et qu'elle m'aime. C'est mince, comme fil, pour se raccrocher.

Au fil des jours, l'effet « déni » s'est estompé et, un peu comme lorsque l'anesthésie cesse, j'ai commencé à avoir vraiment mal. Au fur et à mesure, je suis devenu une pâle copie de moi-même. Au bureau, ils se sont inquiétés. Ils m'ont proposé de prendre des vacances. Comme si on pouvait prendre des vacances d'un grand amour !

Avec ce genre de grands sentiments, c'est congé sans solde. Et ce qui part en premier, ce sont les illusions. Vous vous retrouvez vite fait sur une île déserte de désolation. Seul avec vous-même, avec vos regrets, avec votre amertume.

Le chagrin m'a totalement vidé, a aspiré toute mon énergie vitale. Je suis si fatigué que même les gestes les plus banals de la vie courante me paraissent un effort insurmontable. Je ne vis plus. Je survis. J'ai l'impression qu'un obus m'est tombé au milieu du ventre et y a fait un gros trou. C'est comme si j'avais les viscères à l'air, que ce trou allait tout aspirer. Bien sûr, dans mes moments de lucidité, je sais qu'il me faut tenter de mettre une sorte de couvercle symbolique sur cette brèche émotionnelle. Et que ce couvercle, je dois le fabriquer avec tout ce que je peux trouver à ma portée pour me faire du bien. Petits plaisirs, moments de répit, instants de paix volés, douceur de quelques amitiés… Mais le couvercle reste encore trop poreux et la souffrance trouve toujours par où s'engouffrer.

Je dois dire que Rose m'a été d'un grand soutien. Une véritable amie. Nous nous sommes beaucoup vus. Elle a beau en vouloir à Meredith après l'épisode de Londres, son amitié lui manque, j'en ai la certitude.

Même avec Nick, nous avons fini par enterrer la hache de guerre. N'étions-nous pas dorénavant dans le même bateau ? Deux amoureux, tristes et esseulés. Il est venu passer quelque temps à Paris pour son exposition. Nous avons dîné et bu quelques coups. Nous avions beau essayer de ne pas parler d'elle, elle s'infiltrait partout. Nous avions l'air bien couillons, feignant d'avoir tourné la page, jouant à un *même pas mal* un peu grotesque. Personne n'était dupe.

Mon espoir de la revoir s'est amenuisé au fil des semaines. Jusqu'à rétrécir comme peau de chagrin. Sous la pression de mon entourage, j'ai tenté de sortir de ma torpeur. Pour leur faire plaisir, je me suis forcé à ressortir. Mon ex, Angélique, ne s'est pas fait prier pour prendre la place encore chaude de Meredith. Alors, moi aussi, j'ai essayé de devenir bon comédien. Je souriais quand elle souriait, riais quand elle riait, l'embrassais quand elle m'embrassait. Mais, au fond de moi, j'avais l'impression de jouer une sinistre comédie. Je me sentais comme une coquille vide.

Au fond de moi, je pleurais des rivières, et ma tristesse était une pierre lourde qui m'entraînait lentement vers le fond…

Scène 64

Rose

Je vous le dis : se faire planter comme ça par sa meilleure amie, *i pwak*, comme on dit en créole : ça fait mal. *Tanzantan*, j'aimerais qu'elle soit là pour lui dire ma façon de penser ! Et puis, à d'autres moments, j'arrive à avoir plus de recul et je comprends, je crois, ce qu'elle a voulu faire. Le jour même où elle projetait sa vidéo « grand show » à ces messieurs, j'ai reçu, moi, une lettre. Je la connais par cœur maintenant. Je crois que je l'ai relue cent dix-sept fois.

> « Ma Rose,
>
> « À l'heure où tu liras ces quelques lignes, je serai déjà loin. Je pars, ma Rose, je pars pour achever ce que j'ai commencé. Et je sais que ce dernier bout du chemin, je dois le faire seule. Je ne crois pas que tu mesures à quel point tu vas me manquer. Ben oui, ma doudou foldingue adorée, cruellement. Et ce n'est pas parce qu'on s'est embrouillées pour un mec à Londres que ça va

changer. Pour Nick, je te demande pardon sincèrement. Tu n'as rien dit à Antoine, et ça, c'est ton plus beau geste d'amitié. Merci.

« Tu sais à quel point je souhaite te voir heureuse. Juré, je vais me bricoler un petit autel dédié à Cupidon, et tous les jours, je te le promets, je lui demanderai, pour toi, qu'il t'envoie la belle personne que tu mérites. Ça va marcher… Et s'il le faut, je suis même prête à aller voir quelques sorciers pour faire fabriquer une poudre d'Amour. Infaillible, ça.

« Je ne sais pas combien de temps je vais être partie, mais je te demande trois choses :

« La première, c'est de garder une petite place au chaud pour moi dans ton p'tit cœur créole. Tu n'as quand même pas cru que tu allais te débarrasser de moi comme ça, définitivement ?

« La deuxième, c'est de veiller à ce que mon Antoine ne soit pas trop malheureux. Si tu peux, sois un peu pour lui l'amie que tu as été pour moi. Je te revaudrai ça.

« La troisième, c'est de t'occuper bien de tes petites fesses et de celles de la Timoun. Tu n'oublies pas ce que je t'ai dit : des légumes au moins deux fois par jour, les orgies de chips et de Schoko-Bons pas plus d'une fois par semaine, tu sors couverte avec les mecs, et tu vires tous ceux qui croiraient qu'ils peuvent te traiter autrement que comme une princesse. Parce que tu en es une.

« Compris ?

« Allez salut, biboune.

« Où que tu sois, regarde toujours derrière toi, parce que, un jour, j'y serai.
« Mi aime a ou. »

Et c'est ainsi que Meredith s'est évanouie dans la nature. Disparue, même sur les réseaux sociaux, elle avait fermé tous ses comptes.

Bon gré mal gré, la vie a repris ses droits. Nous avons tous continué à vivre sans elle. Je me suis fait embaucher par une petite troupe pour des représentations dans un café-théâtre parisien. Et surtout, grâce à ses relations, Antoine m'a de nouveau trouvé un job régulier, qui consiste à enregistrer des pièces à diffuser sur les ondes. Pour une intermittente, une aubaine. Grâce à cela, j'ai pu retrouver une certaine stabilité pour moi et Késia. Finis les déplacements, les tournées loin de ma fille ! La petite a fait son entrée en grande section de maternelle. Elle a perdu ses premières dents de lait. Ça fait un petit trou devant. Et ce petit trou est bien intéressant : il permet de faire venir la petite souris ! Nous avons cérémonieusement placé la dent de lait dans une jolie boîte, puis mis la boîte sous l'oreiller. Au matin, il y avait une belle pièce de deux euros et aussi un paquet d'images, à coller dans un album. Les yeux brillants de ma Timoun, ça vaut tout l'or du monde.

Nous avons dû nous accoutumer à vivre sans Roméo. Suite à l'épisode de Londres, et sur l'insistance quasi suppliante du professeur Boileau, j'ai dû me résoudre à lui confier mon cacatoès pour une étude à durée indéterminée. En effet, le professeur Boileau et son équipe de chercheurs semblent le considérer comme un spécimen rarissime d'intelligence animale dont ils doivent essayer de percer le mystère « au nom des progrès de la science ». Que répondre à cela ? Je n'ai pu que m'incliner… Ma peine s'est tout de même trouvée allégée en découvrant dans quelles conditions Roméo était accueilli : comme un prince, faisant l'objet de toutes les attentions. À sa disposition, immense espace intérieur, écrin de verdure exotique et charmantes congénères comme compagnie… Je ne l'avais jamais vu aussi heureux. Alors je me suis fait une raison. Nous avions d'ailleurs carte blanche pour lui rendre visite aussi souvent que nous le voulions.

Côté amour, lassée de mes rencontres sur les sites, j'ai décidé de supprimer tous mes profils et de laisser venir ce que la vie voudrait bien m'envoyer. Faire confiance, pour une fois. Cela m'a fait un bien fou de lâcher « cette quête de l'amour », devenue obnubilante. *Réussir à faire LA rencontre.* Quel casse-tête ! Et cette pression sociale ? Infernale. La question tant redoutée des célibataires : « Alors, tu as retrouvé quelqu'un ? » Comme si ne pas avoir trouvé l'amour était une tare un peu honteuse.

Meredith a dû, de là où elle est, penser à moi et faire ce qu'il faut auprès de Cupidon. Car l'amour a fini par pointer le bout de son nez, là où je ne l'attendais pas.

J'ai beaucoup revu Croquou. Oui, le Croquou, qui s'est accroché. Croquou, je l'avais appelé comme ça en pensant au casse-croûte. Je n'avais jamais pensé à lui autrement que comme un sex-friend à se mettre sous la dent en période de disette sentimentale. Ce n'est pas très glorieux, mais c'est la dure loi de la vie de célibataire.

Définitivement, il faut que j'arrête de l'appeler comme ça. En réalité, il s'appelle Henock. Depuis la journée au parc Disney, Késia n'arrête pas de me rebattre les oreilles de lui. Il a réussi à se faire adopter. Et ça, dans le cœur d'une mère, ça ne compte déjà pas pour des prunes. À mon retour à Paris, je l'avais pourtant recadré : nous ne serions qu'amis. Il a joué le jeu. Et moi, j'ai baissé ma garde. Je ne me suis pas rendu compte tout de suite qu'il rentrait un peu plus dans ma vie, jour après jour. Quand j'étais triste, il était là. Quand j'étais soucieuse, pour une petite maladie de Késia ou pour une représentation difficile, il était là. Chaque fois que je l'ai regardé, je me suis dit : *Il n'est pas si beau que ça.* Il n'est pas aussi grand et musclé que je l'aurais souhaité. Mais Henock possède quelque chose de rare : il sait donner. Et cette générosité naturelle n'a rien à voir avec de la gonflette.

Le déclic, je l'ai eu quand il a commencé à sortir avec cette fille. Cette Béatrice. Tout naturellement, il a eu moins de temps pour moi. Il a pris de l'assurance aussi. Il s'est donné la liberté de me taquiner. Parfois même de me renvoyer dans mes vingt-deux. Il s'est mis à aciduler son caractère. J'ai assisté à cette transformation troublante, et j'ai vite constaté, non sans une pointe d'autodérision, que mon regard sur lui était, lui aussi, en train de se transformer.

Jusqu'à cette fameuse Saint-Valentin. Je me souviens encore du cadeau qu'il avait choisi pour elle et qu'il avait absolument tenu à me montrer. Un ravissant bracelet en perles de cristal, qui m'avait arraché des manifestations extasiées pour camoufler, par le bruit, une sourde jalousie.

Quelques heures plus tard, il avait sonné à ma porte – c'est une manie chez mes amis de venir me trouver quand ils ont une déconvenue. Décomposé, il était.

La fille avait flippé. Ses sentiments n'étaient pas à la hauteur des siens. Elle avait eu peur que leur histoire ne devienne trop sérieuse et avait préféré rompre.

Henock, je l'ai recueilli, cette nuit-là. Nous n'avons pas fait l'amour. Allongés l'un contre l'autre, chuchotant pour ne pas réveiller Késia, nous avons parlé. Je l'ai écouté. Beaucoup. Puis le silence s'est installé. Pas creux. Plein. Riche de sens. Nous nous sommes regardés. Beaucoup. Touchés du bout des doigts, enfin. Et c'est la magie de cette connexion qui a fait pencher la balance. Cette nuit-là, je suis tombée amoureuse de lui.

Une ère favorable s'est enfin ouverte dans ma vie. Les difficultés qui s'estompent, l'équilibre qui se crée. Je suis presque tout à fait heureuse. Si ce n'est que je continue à penser à Meredith. Mine de rien, je m'inquiète pour elle. Qu'est-elle devenue ? Est-elle en sécurité ? Arrive-t-elle à mener à bien ses projets fous ? Ne va-t-elle pas se perdre, toute seule, on ne sait où, à poursuivre des chimères ?

Pendant plus de deux ans, ces questions n'ont cessé de me hanter. Jusqu'à ce jour. Où un rendez-vous casting m'a conduite dans le 9e arrondissement. Je marchais d'un bon pas quand mon regard s'est posé sur une affiche. J'ai failli me décrocher la mâchoire. C'était une très grande affiche, très originale, placardée sur toutes les portes du Casino de Paris, mythique salle de spectacle.

J'ai dégainé mon portable et j'ai pris une photo, puis, avec des mains tremblantes, dans un texto, j'ai demandé à Antoine de me rappeler au plus vite.

Scène 65

Antoine

Je suis en plein enregistrement d'une émission avec une personnalité importante quand le MMS de Rose me parvient. Je regarde les deux images jointes et ne réalise pas tout de suite. Trop petites. Ça a l'air urgent. Je clique sur la première et le Casino de Paris apparaît. Est-ce que Rose cherche à me dire qu'elle a réussi à décrocher un rôle pour jouer là-bas ? Voilà une nouvelle qui serait extraordinaire. Je souris et me hâte d'ouvrir la seconde image. C'est une affiche, mais je n'arrive pas à voir le détail. Je zoome pour l'agrandir et, là, triple salto arrière du cœur. Mon cerveau bloque au moment où il décode l'information. J'ai du brouillard devant les yeux. Les lettres du titre du spectacle dansent. Ça doit être une polka, car la tête me tourne beaucoup.

CUPIDON A DES AILES EN CARTON

Un spectacle écrit et joué par Meredith Rose

Je dois m'asseoir. Elle est revenue. Meredith est revenue. La chanson de Jacques Brel bat dans mes tempes.

Mon cœur, mon cœur ne t'emballe pas
Fais comme si tu ne savais pas
Que la Mathilde est revenue
Mon cœur, arrête de répéter
Qu'elle est plus belle qu'avant l'été
La Mathilde qui est revenue
Mon cœur, arrête de bringuebaler
Souviens-toi qu'elle t'a déchiré
La Mathilde qui est revenue

Le choc est si grand que je n'arrive pas à savoir ce que je ressens. Ce que je sais, c'est qu'en un instant, tout remonte à la surface. La souffrance, l'attente sans fin, la solitude, la cruauté de l'absence, le chagrin, l'espoir qui meurt chaque jour un peu plus…

Je suis saisi par un chaud-froid étrange : à la fois glacé jusqu'aux os par le réveil de ces émotions douloureuses et avec une chaleur, incontrôlable, inopportune, diffuse, à l'intérieur. Meredith est vivante. Apparemment, elle a réussi à aller au bout de son chemin, à percer dans l'univers du spectacle.

Quelqu'un frappe à la vitre. C'est mon animateur phare. Il demande si tout a été OK pour l'enregistrement de l'émission et si l'interview a été bonne. Merde. Je n'ai rien géré. Rien écouté. Deux minutes plus tard, la personnalité vient me serrer la main et me demande ce que j'ai pensé de ses réponses. Grand moment de solitude. Mon assistante a dû flairer quelque chose car elle vole à mon secours. On rattrape le coup à grand renfort d'amabilité et de compliments. Ça passe.

— Ça va, Antoine ? s'enquiert-elle, visiblement inquiète de mon état bizarre.

Je tente de la rassurer comme je peux mais n'ai qu'une idée en tête : appeler Rose. Je m'isole pour le faire.

Elle est aussi hystérique que moi. Elle me demande ce que je compte faire.

— … Rien.

— Comment ça, rien ?

— Rien…, réitéré-je. Rose, enfin, tu réalises ? Plus de deux ans qu'elle est partie ! Et puis… J'ai tourné la page.

— Antoine !

— Quoi ?

— À d'autres…

Je lui assure que si. Je me justifie. J'ai trop souffert. Je suis content pour elle si elle a réussi. Mais hors de question de la revoir. Ma porte pour Meredith est définitivement fermée.

— Et si jamais elle te contacte ?

— …

Que fait-on si le diable sonne à la porte ?

Scène 66

Meredith

Je suis de retour à Paris depuis quelques semaines et, pourtant, je n'ai encore fait signe à personne. J'attends le moment. Que tout soit prêt. La grande première de *Cupidon a des ailes en carton* est programmée dans trois jours, pour sept dates. Un record pour une si belle salle comme le Casino de Paris. Le show a déjà connu un joli succès aux États-Unis et au Canada. Tout est parti de New York, où j'ai rejoint ma tante Lily. Elle a accepté de m'aider tout en restant dans le secret vis-à-vis de ma famille. Avec le chagrin, j'étais tout éparpillée, incapable de dire si j'avais fait le bon choix. Elle m'a donné la confiance et la force d'aller au bout de ma quête. J'ai travaillé sans relâche pour peaufiner mon spectacle et pouvoir enfin le présenter à des producteurs. J'ai bien sûr essuyé plusieurs refus. Et un jour, le miracle. Je suis tombée sur deux d'entre eux, ils ont cru en moi et eu envie de me donner ma chance. Un vrai coup de cœur humain. Nous avions en commun ce goût de faire briller les yeux des gens et de les faire rire à travers de beaux spectacles populaires. Ce merveilleux coup de chance a transformé ma vie. Au fil des mois, j'ai achevé ma mue. Le temps de la chrysalide a pris fin. Le succès vous change de peau et enlève la rugosité et l'inconfort du doute artistique. La reconnaissance fait des miracles sur l'estime de soi.

Et me voilà. Toute neuve, avec un spectacle bien rodé, prêt à conquérir la France. L'ultime étape de mon voyage. Ces longs mois, je les ai largement mis à profit pour continuer à faire le clair sur ce que j'attends de la vie… et de l'amour en particulier. Aujourd'hui, je sais que c'est lui, Antoine, et que je suis prête. Car au fond, un homme qui est votre ami le plus cher, avec qui vous aimez partager vos passions, vos pensées, vos joies, vos peines, cet ami qu'en plus vous désirez très fort, n'est-ce pas cela, tout simplement, la définition du Grand Amour ?

Je devrais être en liesse à l'idée d'être si proche de mon but ultime. Mais en réalité, je tremble de peur. J'ai fait le pari fou de partir sans donner aucune nouvelle. A-t-il seulement compris que c'était pour ne pas l'empêcher d'avancer, de vivre ? Que je ne me suis pas senti le droit de lui demander de m'attendre pour un temps indéterminé ? J'ai pris le risque insensé de perdre mon grand amour. J'en ai cruellement conscience aujourd'hui, à l'heure de vérité… Ce sera le destin, me dis-je, fataliste.

J'ai préparé un joli carton d'invitation pour la première de Cupidon.

« Antoine,

« Le temps a semblé si long… J'ai pourtant l'utopie de croire que Cupidon ne nous a pas oubliés. Qu'il a toujours gardé un œil ouvert sur notre histoire, malgré les pointillés bien trop espacés. Je n'ai cessé de penser à toi. Pas un instant. Si tu crois que notre Cupidon peut recommencer à battre des ailes, fussent-elles en carton, alors je t'en prie, viens !

« Meredith. »

J'ai tenu à déposer l'enveloppe moi-même dans sa boîte aux lettres. Au moment de la glisser dans la fente, j'ai confié une prière à l'Univers. C'est idiot cette impression de jouer sa vie sur un bout de carton !

Le soir de la première est arrivé. Et avec lui, le cortège des petits maux de l'artiste hypocondriaque. Le petit mal de gorge devient un râle d'agonie, la boule au ventre un ulcère imaginaire, les légers tremblements des mains un Parkinson précoce.

Tandis que je me prépare dans la somptueuse loge, on frappe à la porte. Mon imprésario accompagne quelqu'un. Mon cœur s'arrête. C'est Rose ! Nous tombons dans les bras l'une de l'autre. Je pleure, tant pis, le maquillage sera à refaire. On parle toutes les deux en même temps.

— Tu es venue ?

— Hey, tu ne crois pas que j'allais rater ça, cocotte !

— Tu m'as tellement manqué !

— Moi, pas du tout !

Je m'écarte pour la regarder droit dans les yeux. Derrière son regard noir, je décèle une pointe d'ironie.

— Tu en as mis du temps ! J'avais presque décidé de t'oublier.

— *Bitch !*

— Toi-même !

Son sourire me rassure, l'amitié est toujours là.

On discute fébrilement quelques instants jusqu'à ce que j'ose lui poser la question.

— Et Antoine ?… Tu crois qu'il va venir ?

— … Je ne sais pas. Il n'a rien voulu me dire…

— Rose, je t'en prie, dis-moi la vérité.

— … Je ne sais pas, vraiment. Je le souhaite de tout cœur pour toi.

Elle me laisse me préparer en m'envoyant des ondes positives, mais sitôt partie, je sens une chape d'angoisse s'abattre à nouveau sur mes épaules. C'est bientôt le grand moment. Depuis les coulisses, je scrute les quatre rangées de la salle réservées aux invités privilégiés et aux familles. J'aperçois Rose. Et à quelques sièges de là, mon père et ma mère. Qu'ils aient fait le déplacement pour l'occasion semblerait *simplement normal* à n'importe qui d'autre. Mais pour moi, ce soir, cela veut dire beaucoup. Touchée plus que je ne veux bien l'admettre, je savoure la portée symbolique de ce geste. Mes yeux finissent de balayer le carré des sièges réservés et je dois ravaler ma déception : pas d'Antoine, pour l'instant…

Je sens une main chaude sur mon épaule. C'est la régisseuse, Fanny. Elle me parle gentiment tout en vérifiant l'installation de mon micro.

— Ça va, Meredith ? Prête ? J'ai mis ta bouteille d'eau au pied du tabouret sur scène, comme d'habitude.

Je la remercie et elle s'éloigne en m'adressant un clin d'œil.

Cinq, quatre, trois, deux, un… C'est à moi.

J'entre en scène, flageolante. Heureusement, les applaudissements m'accrochent des ailes dans le dos. Le trac se transcende en énergie, une énergie incroyable pour donner du plaisir aux gens et les faire rire. Je suis galvanisée. Au bout d'une heure et demie, le rideau tombe et j'emporte avec moi cette joie, ce partage. Le pied ! J'aime l'histoire de cette expression. Autrefois, les pirates partageaient leur butin en parts qu'ils mesuraient à l'aide du pied et les distribuaient ensuite à leurs complices, d'où la notion de plaisir partagé, de satisfaction. Ce soir, ce sont les visages ravis du public qui m'offrent ce trésor.

De retour dans ma loge néanmoins, le nœud au ventre réapparaît et celui-là n'a rien à voir avec le trac de l'artiste. *Sera-t-il venu ?* Vite, je me change et me démaquille. Par ailleurs, je sais que je suis attendue. Mon imprésario a bien fait les choses : il a prévu, dans un petit salon privé du théâtre, un cocktail pour les proches et quelques spectateurs privilégiés. Quand j'arrive, je prends un bain de louanges, de félicitations, de compliments en tout genre. Mais c'est l'émotion muette dans l'œil brillant de fierté de mes parents qui me touche le plus. Ils me serrent dans leurs bras, et cette étreinte, soudain, met un baume merveilleux sur ma vieille blessure d'amour-propre et mon besoin sourd de reconnaissance. À eux seuls j'ai donné quelques nouvelles pendant mes deux années d'exil, pour les rassurer, et je crois que le courage et la détermination que j'ai montrés pour faire aboutir mon projet artistique a fini par forcer leur respect. Nous avons passé un cap et j'ai senti, de part et d'autre, l'envie de recommencer à tisser du lien. Retrouver une place au chaud dans le cœur de ses parents, cela répare beaucoup de choses… Je passe ensuite d'un groupe à l'autre pour saluer les gens, qui m'accaparent gentiment et babillent d'enthousiasme sur le spectacle. Je placarde un grand sourire qui donne le change et tente désespérément de ressentir la joie qui devrait m'envahir avec un tel succès. Pourtant, non. Parce qu'« Il » n'est pas là.

Rose m'observe. À elle, on ne la lui fait pas. Elle scanne d'un regard mes états d'âme et sait tout de suite ce dont j'ai besoin : partir de là. Elle m'entraîne, en trouvant les mots d'excuse nécessaires pour qu'on puisse s'échapper, et nous voilà enfin seules, bras dessus, bras dessous dans les rues de Paris. Nous allons boire un verre, dans une ambiance aigre-douce. Le bonheur de la retrouver ne réussit pas totalement à me faire oublier l'absence de mon Attendu. Quand elle me quitte, elle me jette ce petit regard désolé et j'ai l'impression qu'elle sait quelque chose et ne veut pas me dire. Antoine lui a-t-elle parlé ? On se promet de se revoir bien vite. Je rentre chez moi, le cœur passé au broyeur.

Le lendemain, je dépose un nouveau carton d'invitation dans la boîte aux lettres d'Antoine. Le soir, je mets mes tripes sur la scène, je donne tout, pour le public, secrètement et doublement pour lui. Mais, à la sortie, personne n'est là pour m'attendre.

Je recommence, jour après jour, soir après soir, le même manège.

Mais rien. Antoine n'est pas venu.

Me voici à la veille de la dernière. Ne me reste qu'une ultime tentative. Je comprends alors que le carton n'y suffira pas. Il faut taper plus fort. Je réfléchis et songe alors à abattre ma dernière carte. Chez moi, je monte sur un escabeau pour aller chercher une caisse de rangement nichée tout en haut d'une étagère. Rapidement, je trouve ce que je cherche. Je l'emballe avec un soin infini et vais le déposer, en personne, dans la boîte aux lettres d'Antoine. Machinalement, avant de le plonger à travers la fente, j'y dépose un baiser qui laisse une légère trace de rouge à lèvres.

Scène 67

Antoine

J'ai, étalés sous mes yeux, les six cartons d'invitation de Meredith. Ils forment comme un étrange jeu de cartes. Est-ce une main heureuse ? aurais-je pu me demander. Autrefois, j'aurais dit oui sans hésiter. Avec un serrement de cœur, j'observe l'écriture fine à l'encre noire, les jolies lettres cursives et enlevées, caractéristiques de la personnalité de Meredith. Je l'imagine, le visage grave penché pour écrire ces mots. Je lis l'espoir entre ses lignes. Et moi, mon espoir est mort il y a bien trop longtemps.

Un instant, je lui en veux. Pourquoi vient-elle encore me torturer ? Ne m'a-t-elle pas fait assez de mal ? Pense-t-elle que je vais tout lui pardonner et rappliquer sur un claquement de doigts, juste parce qu'elle se décide enfin à réapparaître ? Meredith a toujours eu un sacré grain de folie, mais là, ce n'est plus un grain, c'est carrément un bac à sable !

D'un mouvement rageur, j'attrape les cartons et les déchire. Je fais voltiger dans les airs les petits bouts de papier qui retombent comme de tristes confettis dans la pièce. Je sens une colère sourde monter en moi, une rage qui me donne envie de taper dans n'importe quoi. Je donne un coup dans ma chaise, qui tombe à la renverse.

Il faut que je sorte. J'ai besoin d'air. J'étouffe. J'attrape mes clefs et mon portefeuille que je glisse dans la poche intérieure de ma veste, sors et dévale les escaliers en hâte. Dans ma boîte aux lettres, j'aperçois un paquet coincé qui dépasse. Je grogne contre le facteur qui s'acharne à essayer de faire rentrer dans la boîte des paquets trop gros. Je sors la clef pour retirer le colis de là.

Au moment où je lis mon nom sur l'enveloppe, mes mains se figent. Je reconnais l'écriture de Meredith. Que m'a-t-elle encore envoyé ? Ma tête est en colère mais mon cœur est touché. Lentement, très lentement, je fais demi-tour et décide de remonter dans l'appartement. Marche après marche, je ne quitte pas des yeux le paquet. Je le serre entre mes doigts. Arrivé chez moi, je m'assois à ma table et caresse le kraft à l'endroit où Meredith, j'en jurerais, a déposé un baiser.

Alors je l'ouvre.

Scène 68

Meredith

C'est le grand soir, c'est la dernière. Honnêtement, je ne sais pas comment j'ai survécu à cette journée. Sûrement dans un état second. J'ai dû dormir moins de quatre heures, d'un sommeil haché. Mon esprit n'en a fait qu'à sa tête. J'ai eu beau lui dire de cesser de penser à Antoine, d'abord gentiment, puis de plus en plus vertement, rien n'y a fait. Antoine s'est incrusté dans chaque recoin de ma nuit. Mon esprit, esprit malin devrais-je dire, a joué les projectionnistes fous et m'a repassé le film de nos plus belles heures. Impuissante dans mon sommeil, ligotée par l'envie irrépressible de sa présence, j'ai regardé défiler les séquences de nos moments heureux, dans une qualité cinématographique stupéfiante de détails. Cela ne s'est pas arrangé au cours de la nuit. Le film tout public a lentement dérivé vers un « réservé à un public averti ». J'ai rêvé de sa bouche, de son torse, de ses mains sur ma peau… Un supplice.

Antoine, que fais-tu de moi ?

Cupidon doit bien rigoler là-haut. Pour retrouver visage humain, j'ai appliqué un masque gourmand aux trois sucres fins et à base de pépins de kiwi. Ayant déjà l'impression de passer une journée dans la quatrième dimension, ressembler à un petit homme vert ne semblait pas plus incongru que cela.

J'ai tenté d'avaler quelque chose avant de partir au théâtre, mais mon estomac aussi a décidé de se rebiffer. J'ai péniblement dégluti un fromage blanc à la confiture de fraise pour ne pas partir le ventre vide. Il ne manquerait plus que je tombe dans les vapes en public ! Je fourre quelques gourdes de compotes pour enfants dans mon sac – mon astuce « food-qui-glisse » pour jour de grand trac. Je vais tenir.

La tête dans les nuages, je finis de me préparer, constate que l'heure tourne et qu'il faut vite que je parte. Mon imprésario m'appelle à ce moment-là pour prendre la température de mes humeurs. Je lui parle en mettant mes écouteurs pour avoir les mains libres, enfile une veste, claque la porte et file en direction du métro. Au bout de cent mètres, je m'aperçois alors de l'impensable : je viens de sortir sans mon sac ! Non, impossible… Aux quatre cents coups, je rebrousse chemin. Mon seul espoir : les clefs de secours chez le gardien. Il est 17 heures. J'arrive devant sa loge. Les planches de bois sur la vitre indiquent qu'elle est encore fermée. Le gardien ne revient qu'à partir de 17 h 30. Je n'ai plus qu'à poireauter une demi-heure.

Je pourrais m'asseoir sur les marches de l'escalier mais je vais devenir folle. Je sors faire les cent pas dans la rue. Je croise une jeune fille qui fume et, un instant, je meurs d'envie de lui taxer une cigarette.

Le stress a bon dos. Plus de deux ans que j'ai réussi à arrêter. Je craque. J'en quémande une en m'excusant de demander pardon. Je n'ai pas de feu non plus. Que la bouche pour fumer. Elle sort son briquet et m'aide à l'allumer. Je tire dessus comme si la cigarette allait me donner de l'oxygène. En vrai, je m'étouffe. Mes poumons avaient oublié l'effet. Je poursuis la clope en crapotant, espérant de chaque bouffée qu'elle calme mes nerfs malmenés. Une cigarette, c'est vite passé. Elle me laisse juste le goût du trop peu et cette saleté d'aigreur dans la bouche. Je n'ai plus qu'à patienter là, assoiffée, avec un cendrier dans le gosier.

Enfin, le gardien arrive. Il est gentil, Abdellah. Toujours prêt à rendre service. Il se marre quand je lui explique ma petite histoire et je ris jaune avec lui, pour faire bonne figure. Je saisis les clefs de secours avec une douceur d'alligator et fonce récupérer mon sac dans mon appartement. Je n'ai que trop tardé.

Je débarque au théâtre en trombe. Mon imprésario m'accueille chaleureusement et s'aperçoit vite de mon état. Il commence à me connaître.

— Toi, tu as besoin d'un remontant ! Tu es pâle comme un linge.

Puis il me fixe avec un air bizarre, avant d'essayer de dissimuler un sourire hilare.

— Meredith, je crois que tu devrais te regarder dans une glace.

Qu'est-ce qu'il y a encore ? Je me penche vers le miroir de la loge et m'esclaffe à mon tour. J'avais tellement la tête à l'envers en me préparant tout à l'heure que j'ai mis deux boucles d'oreilles différentes, et pas des plus discrètes : une grande pendante rouge et or à breloques à l'oreille gauche et une autre en forme de fleur en or blanc et or jaune.

— Très original ! se gausse mon imprésario.

Je fais une grimace consternée mais souris quand même. Mon sens de l'autodérision ne m'a pas encore totalement lâchée. Mon imprésario m'avertit que la télé sera là et filmera le spectacle.

— On ne sait ça que maintenant ? m'écrié-je.

C'est mon trac qui est furax.

Je tente de rentrer dans la peau de Mamzelle Juju. Qui sait ? Peut-être qu'elle arrivera à relever le défi ?

Oui, elle a su faire fi de la caméra et s'est donnée comme jamais. À la fin, le public, en liesse, lui fait une *standing ovation*. Toute cette pression qui lâche d'un coup et qui laisse la place à un immense bonheur. J'ai les larmes aux yeux.

— Paris, je vous aime !

Je hurle dans le micro ce qui n'est qu'un au revoir et disparais en coulisses. Voilà. C'est fini.

Je sais que le plus dur de la soirée m'attend maintenant. L'heure de vérité. Sera-t-il là ?

Je me change, me démaquille, le cœur battant. Je rejoins le carré VIP où mon imprésario a fait venir quelques invités, amis, journalistes aussi. J'ai un sourire pour tous, jouant le jeu comme il se doit, tout en me sentant légèrement absente. Mon imprésario me glisse qu'on ne reste que cinq minutes. Il a réservé une table dans un bel endroit, pour fêter dignement la dernière avec toute l'équipe. En effet, il m'excuse auprès des gens – je suis attendue ailleurs – et m'entraîne dans le couloir VIP qui mène à la sortie. Un journaliste me suit jusque sur le trottoir, perche à selfie à la main, pour une ultime interview. Je tente de faire bonne figure, mais mes yeux fuient aux alentours pour guetter la présence tant désirée. Je réalise alors en une fraction de seconde que nous sortons par la sortie des artistes. Ne suis-je pas en train de le rater s'il attend devant la sortie principale ? J'ai le cœur qui bat la chamade. Mon imprésario m'invite d'un signe de tête à lui répondre. Une voiture vient s'arrêter devant nous. On m'ouvre la porte. J'ai déjà un pied dedans mais je m'immobilise.

— Attendez !

Il me regarde sans comprendre.

— Qu'est-ce qui se passe, Meredith ?

— Attends-moi un instant, tu veux bien ? Je crois que j'ai oublié quelque chose… J'arrive, d'accord ? J'arrive !

Je bondis comme une folle hors du véhicule. La sortie des artistes est bien sûr verrouillée de l'intérieur. Je cours pour faire le tour. Dans ma hâte, je trébuche et me tords une cheville. Je ressens une douleur lancinante mais qu'importe. Il faut que je sache. Je continue de courir coûte que coûte. Je suis totalement essoufflée quand j'arrive devant le théâtre.

Quelques personnes discutent sur le trottoir. Certains fument, certains rient. Une ambiance bon enfant d'après spectacle. Je m'avance vers le petit attroupement pour mieux voir. Non. Pas de visage connu. Personne. J'ai le souffle coupé, je boite, et le pompon : je commence à pleurer. Trop, c'est trop. Toutes les émotions de la journée remontent et me submergent. C'est fini. J'ai perdu la partie. J'ai foutu ma vie en l'air…

À présent, je suis secouée par de gros sanglots. Les spectateurs qui discutaient sur le trottoir me jettent des regards désolés et l'un d'eux s'approche de moi.

— Ça va, ça va… je mens pour me débarrasser de lui.

Je l'écarte d'une main et lui adresse un pâle sourire pour qu'il me fiche la paix. La paix, c'est tout ce que je veux à présent. M'allonger et sombrer dans un très, très long sommeil… Oui, c'est ce que je vais faire : m'enfoncer dans la nuit…

Agitée par de sombres pensées, je lève les yeux en direction du trottoir d'en face. Arrêt sur image. Je me fige. Je crois que mon esprit me joue des tours. Il faut que je me pince. Les chocs émotionnels donnent, paraît-il, de puissantes visions. Est-ce réel ? Je n'y crois pas. Oui ? Non ? Il faudrait que je m'approche.

Je traverse sans le quitter des yeux. À mesure que j'avance, les doutes s'estompent. Oui. C'est réel. Il est là. Un peu à l'écart. Dans la pénombre du coin de rue. Ses yeux ne se détachent pas des miens. Dans les mains, il tient mon carnet que je lui ai adressé. C'est le journal de bord que j'ai tenu durant toute notre séparation. Chaque jour, j'en ai noirci les pages pour lui écrire une lettre, lui parler de mon amour pour lui, lui raconter tout de ma vie pendant cette douloureuse parenthèse, des détails les plus insignifiants aux faits les plus marquants. Oui, chaque jour, j'ai fait comme s'il était là, auprès de moi. Il n'a jamais cessé de l'être. Tout ce que j'ai entrepris, ce Love Tour insensé, cette longue quête du Moi, pour me trouver et devenir quelqu'un, je l'ai fait pour lui, par amour.

Les genoux tremblants, je m'approche encore, lentement, sans le quitter des yeux. Son regard est aussi brouillé que le mien. Enfin, je suis à sa hauteur. Il m'enlace. On se serre très fort dans les bras. Quand je relève la tête vers lui, il me caresse doucement les cheveux et me regarde avec une infinie tendresse.

— Ça a été une longue journée, n'est-ce pas ?

— Oui, murmuré-je, une très longue journée.

Une journée de deux ans, quatre mois et six jours.

Le Love Organizer
mode d'emploi

“*Mes chers lecteurs,*

Je vous propose de revivre l'expérience de Meredith et de créer votre propre **Love Organizer** *! Il s'agit d'un cahier d'organisation à cinq onglets qui va vous permettre de cheminer méthodiquement sur votre Amourability*.* ***L'Amourability*****, c'est le terme que j'ai imaginé pour parler de votre* **Capacité à aimer**. *Car oui, on peut l'améliorer ! Vivre l'Amour avec un grand A, lui donner toutes les chances de vous apporter le bonheur et l'épanouissement auquel vous aspirez légitimement.*

Or, pour pouvoir vraiment « rencontrer l'autre », au sens propre comme au sens littéral, il semble important en tout premier lieu de partir à la rencontre de soi-même. Se connaître, s'aimer mieux, être en paix avec soi-même et son passé. Cette exploration, vous la mènerez dans ***l'Onglet 1 : « Entre moi & moi »****.*

Après vous être tourné(e) vers « l'intérieur de vous », vous vous intéresserez à la deuxième grande facette de l'Amourability : la relation à l'autre. Ce sera ***l'Onglet 2 : « Entre moi & l'autre »****. Point d'amour heureux sans s'interroger réellement sur ce qu'est l'altérité. Considérer et* accueillir les différences. De personnalités. De besoins. De façons de fonctionner. S'intéresser à la manière de communiquer, de faire passer ses messages pour être entendu(e). Gérer les tensions et les crises. Tout ce qui permet de créer un lien authentique et durable.

Le troisième grand axe de votre réflexion se fera dans **l'Onglet 3** : **« Entre moi & le monde ».** Difficile d'être heureux dans son couple tant qu'on ne se sent pas pleinement à sa place et qu'on n'a pas trouvé la voie de son accomplissement. En d'autres termes, sa mission de vie. Sans perdre de vue que la notion de réussite est tout à fait relative et n'a rien à voir avec un niveau de richesses accumulées ou un statut social. Il s'agit d'être « là où l'on doit être », là où vos qualités et talents pourront le mieux se révéler, trouver l'activité et l'environnement qui sauront vous mettre en valeur et vous permettront de donner au monde le meilleur de vous-même.

Ainsi, les trois premiers onglets de votre Love Organizer concernent votre phase d'exploration.

Les onglets 4 et 5 concernent votre phase d'application.

L'Onglet 4 : « Mes prises de décision »

L'Onglet 5 : « Mes résultats et célébrations »

Dans ces deux onglets, vous entrez dans la partie « action » de votre chemin. Il est donc essentiel de dresser des listes auxquelles vous vous tiendrez. Et à chaque étape franchie, chaque résultat obtenu, n'oubliez pas de les noter. C'est grâce à ces accomplissements écrits noir sur blanc que vous trouverez la force et l'énergie pour avancer sur votre chemin de transformation.

Faites-vous plaisir avec votre Love Organizer : il deviendra vite pour vous un « objet-ancrage » fort, c'est-à-dire un objet qui matérialise votre envie, votre détermination, votre résolution de vivre un lien d'amour beau et authentique. LE *lien d'amour capable de changer les ailes en carton de Cupidon en ailes d'or.*

Belle route et beaucoup de bonheur à vous.

Bien chaleureusement,

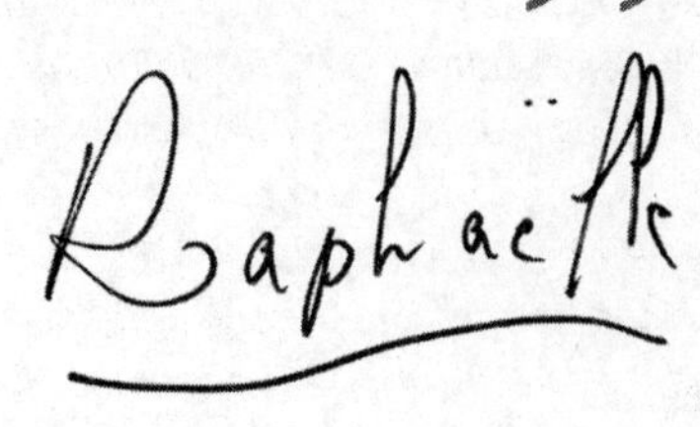

Le Love Organizer
en pratique

Acheter
un cahier
d'organisation
ou organizer A5
à cinq onglets

Onglet 1
« Entre moi & moi »

La capacité au bonheur

Elle se muscle ! Souvenez-vous des paroles de Mamie Didine :
« On est heureux à la hauteur de ce qu'on veut bien. »
Le bonheur est aussi affaire de volonté. *Êtes-vous prêt à faire l'effort d'être heureux ?*

TO-DO

✦ **Entraînez-vous**
Chaque jour, trouvez-vous au moins trois occasions de vivre des petits bonheurs, profitez de l'expérience en prenant pleinement conscience de vos sensations de plaisir et infusez. Prolongez les effets en ancrant dans votre esprit ces expériences positives de l'instant. Ces micro-actions répétées jour après jour sauront redonner toute son élasticité à votre capacité au bonheur.

✦ **Méditez sur la notion de bonheur véritable**
Collez quelque part sur un papier cette formule :

Votre capacité au bonheur =

Capacité à faire son miel des jolies choses de l'existence ÷ Capacité de résistance aux aléas et aux frustrations de cette même existence

L'amour de soi

Bien souvent, on se surprend à manquer cruellement d'indulgence envers soi-même. On se critique beaucoup. On se focalise sur ses défauts et ce que l'on fait mal et l'on oublie de se féliciter pour ses qualités et tout ce que l'on fait de bien. Or il est indispensable de s'aimer vraiment pour être capable d'aimer l'autre.

TO-DO

✦ **Aimez-vous mieux**
Vous avez un devoir envers vous-même. Vous donner douceur, bienveillance, tendresse au quotidien. Veillez sur vous comme sur la prunelle de vos yeux. Votre belle condition physique et psychique fera alors le bonheur de votre relation amoureuse, une relation harmonieuse, juste et équilibrée.

La jauge des besoins

Vous devez veiller à ce que votre jauge des besoins soit dans le vert : des besoins satisfaits, c'est ce qui vous permet d'être dans une bonne énergie positive. Environnement, activités, entourage : il vous faut identifier ce qui vous ressource, ce qui vous fait du bien. Prendre soin de votre physique, de votre mental, en priorité. Ce n'est pas de l'égoïsme, bien au contraire. Mieux vous vous porterez, mieux vous pourrez redonner au monde.

TO-DO

✦ **Dressez la liste de vos besoins**
Les identifier, c'est bien. Les combler, c'est mieux. Faites en sorte de rendre possible ces temps pour vous.

La faim affective

Pour atteindre l'autonomie affective, il est bon de faire un petit check-up sur votre faim affective : arrivez-vous facilement à vous nourrir de ce que l'autre vous apporte ou avez-vous l'impression d'être comme un puits sans fond, de n'en avoir jamais assez ? Si tel est le cas, un petit retour à la source – dans l'enfance – peut aider à comprendre les éventuels dysfonctionnements, si possible avec l'aide d'un professionnel. Une situation familiale compliquée, des parents trop absents ou trop durs... Beaucoup de raisons peuvent déséquilibrer les besoins affectifs. Le résultat à l'âge adulte : vous pensez avoir désespérément besoin de l'autre et dépendre de lui, vous attendez qu'il vous « nourrisse », jusqu'à avoir des attentes disproportionnées qui peuvent devenir asphyxiantes.

TO-DO

✦ **Faites la liste de vos « creux affectifs »**
De quoi avez-vous possiblement manqué quand vous étiez jeune ? D'affection ? D'attention ? D'égards ? De confiance ? De valorisation ? D'estime ?

✦ **Décrivez l'impact de ces « creux affectifs » sur vos comportements dans votre vie actuelle**
Attentes disproportionnées ? Colère refoulée ? Auto-sabotage ou autodénigrement ? Autre ?

✦ ***Imaginez toutes les solutions créatives qui pourraient venir apaiser et combler cette partie de vous en demande***

Le traité de paix avec soi-même

On est souvent son pire ennemi. Il est temps de devenir votre meilleur allié ! Il va de soi qu'être en paix avec soi-même ouvre le cœur et rend possible l'harmonie avec l'autre.

TO-DO

✦ ***Écrivez votre lettre de traité de paix***
« Chère moi, [votre nom]
En ce jour de l'an [date], je m'engage solennellement à :
— Mieux me pardonner mes imperfections physiques et psychologiques.
— Aimer mes failles et fêlures nées de mon passé.
— Accueillir ma vulnérabilité et mes instants de fragilité.
Je m'engage sur l'honneur à respecter mes engagements et par là même à me respecter en toutes circonstances, à me ménager, à faire cesser les réflexes d'autoharcèlement et à rechercher systématiquement ce qui est le plus juste pour ma personne. »
[signez]

✦ ***Créez le drapeau de votre liberté intérieure***
Dessinez un rectangle horizontal. Dans le premier tiers à gauche, inventez-vous un petit personnage totémique stylisé à la façon de l'artiste Keith Haring, pour incarner votre « nouveau vous », en paix avec lui-même. Dans les deux autres tiers, dessinez trois bandes horizontales et attribuez à chacune une couleur symbolique qui reflète vos besoins profonds. Référez-vous à un tableau de symbolique des couleurs pour vous inspirer.

Exemple :
Une bande bleue si vous avez besoin de calme et de sérénité, d'introspection.
Une bande jaune, si vous avez besoin d'énergie, d'optimisme, de rencontres solaires, de stimulations créatives...
Une bande noire, si vous avez besoin d'affirmer vos ambitions, besoin de puissance, de réussite...
Une bande rouge, si vous avez besoin d'excitation, de défis, d'audace...

Le cimetière des souvenirs douloureux

C'est un lieu imaginaire à créer dans votre esprit où enterrer symboliquement vos blessures du passé. C'est aussi un lieu de recueillement entre vous et vous, pour réparer ces parties de vous blessées et vous donner le réconfort bienveillant dont vous avez manqué.

TO-DO

✦ **Visitez vos souvenirs douloureux**
Pour qu'ils ne reviennent pas hanter votre présent anarchiquement, mieux vaut leur consacrer un petit temps dédié occasionnellement, pour venir les apaiser.
Concrètement, ces « visites » reviennent à vous offrir un temps personnel au calme, seul(e), comme une méditation réparatrice.

✦ **Apportez du réconfort**
Lors de ces « temps d'introspection », pensez à la personne blessée que vous étiez alors et apportez-lui une *sincère et authentique considération.* Trouvez les mots qui ont manqué pour consoler et rassurer.

Les trois fausses grâces

Vous connaissez la représentation des Trois Grâces, trois belles femmes iconiques souvent représentées en histoire de l'Art. J'ai imaginé trois autres « dames » beaucoup moins gracieuses, pour incarner symboliquement vos peurs, vos croyances limitantes et vos complexes : les trois fausses grâces !

Madame Peur

Pour régler vos comptes avec Madame Peur, vous allez avec beaucoup de douceur et d'indulgence les regarder courageusement dans un miroir.
Exemples de peurs courantes :
Peur de ne pas être à la hauteur, peur de décevoir, peur d'échouer ou peur de réussir (pressions du succès), peur de l'abandon, peur de la solitude, peur de l'engagement…

TO-DO

- ✦ **Dressez votre flip-list** : la liste de toutes vos plus grandes peurs, celles qui vous empêchent d'avancer.
- ✦ ***Adoptez la stratégie « ni œillère ni autruche »***
  Regardez vos peurs en face, frottez-vous à elles, exposez-vous graduellement. Prenez conscience de vos freins sans jugement. Accueillez-vous pleinement avec vos fragilités et votre vulnérabilité. Bonne nouvelle : vous n'êtes pas seul(e) dans l'univers car absolument tout le monde a sa liste de peurs. Juste pas la même que la vôtre.

✦ ***Progressez à petits pas***

Fixez-vous des objectifs atteignables pour, petit à petit, élargir votre zone de confort et gagner du terrain sur vos peurs. N'attendez pas de ne plus avoir peur pour avancer car la peur sera là tout le long de votre processus de transformation. Souvenez-vous qu'il est en réalité plus facile d'affronter ses peurs que de vivre avec la peur d'avoir peur.

Madame Croyance

Madame Croyance, c'est elle qui grave dans le marbre de votre cerveau des idées reçues, des « mauvais films » qui renforcent vos certitudes erronées : par exemple, que vous n'êtes pas totalement digne d'être aimé(e), que personne ne vous acceptera avec vos défauts inavoués, que vous n'êtes pas assez doué(e), qu'avec vous le bonheur ne dure jamais…

TO-DO

✦ **Tordez le cou à vos croyances limitantes**

Renvoyez Madame Croyance dans ses vingt-deux et remplacez ces mauvais discours intérieurs par des pensées positives et valorisantes pour vous. Focalisez sur ce que vous réussissez/savez bien faire, visualisez ces bonnes choses le plus souvent possible et félicitez-vous.

Madame Complexe

Madame Complexe a une loupe grossissante. À cause d'elle, vous avez tendance à accorder trop d'importance à vos défauts, physiques ou intellectuels. Or ce qui compte démesurément pour vous compte beaucoup moins que ce que vous croyez aux yeux des autres (qui eux-mêmes sont souvent trop focalisés sur leurs propres complexes pour vraiment prendre garde aux vôtres).

TO-DO

- **Créez votre « focus-charme »**
  Zoom avant sur vos atouts et sur vos plus beaux traits de personnalité ! Décrivez ce qui vous plaît le plus chez vous et mettez tout en œuvre pour mettre à l'honneur ces parties de vous que vous aimez.
- **Bannissez le « calimérisme »**
  Jouer les Caliméro, ancien héros de dessin animé toujours présenté en victime malheureuse, sabote la réussite de vos projets. C'est une posture dévalorisante et contre-productive qui vous dessert. Vous trouverez une bien plus grande satisfaction à vous affirmer et à prendre la responsabilité de votre bien-être et de votre bonheur.

Le « home sweet home » intérieur

TO-DO

- **Créez-vous un « home sweet home » intérieur**
  Votre havre, c'est à l'intérieur de vous que vous devez l'aménager. Quelles que soient les turbulences traversées dans le monde extérieur, vous pouvez vous créer un espace intérieur, dans lequel vous réfugier pour retrouver calme et sérénité.

Ce lieu, vous pouvez à tout moment en retrouver le chemin, par une sorte de méditation : yeux fermés, concentré(e) sur votre respiration (inspiration par le nez / longue expiration très douce par la bouche), vous ralentissez ainsi les battements de votre cœur et vous vous reconnectez à vous-même. Ensuite, vous pouvez visualiser votre havre de paix intérieur comme une maison fabuleuse ou un lieu enchanteur et bienfaisant. Ajoutez des éléments visuels, sonores, olfactifs à votre visualisation. Jour après jour, apprivoisez ce lieu pour pouvoir facilement y revenir dès que vous en ressentez le besoin.

Le carnet Win-Book

Et si vous commenciez une collection d'images d'un genre nouveau : celles de vos petites victoires comme de vos grands succès ? Pour renforcer jour après jour votre confiance en soi.

TO-DO

✦ **Micro-défis-maxi-effets**
Challengez-vous le plus souvent possible par des petits défis à relever. Notez vos succès dans votre carnet ***Win-Book.*** Relisez-le souvent pour les ancrer et transformer positivement l'image de vous-même.

Onglet 2
« Entre moi & l'autre »

Le double-Je

L'autre est un autre. Dans la relation amoureuse, la clef, c'est de mieux comprendre l'altérité. Car chacun a un type de personnalité bien spécifique, avec un mode de fonctionnement, de perception, de communication qui lui est propre. Les disputes et dysfonctionnements dans la relation viennent souvent de ces décalages. Mieux comprendre l'autre dans ses différences et ses besoins spécifiques améliore grandement les choses.

TO-DO

- **Faites un *contouring* de personnalité !**
  Sauriez-vous avec justesse dessiner les contours de votre personnalité et celles de votre autre ? En vous intéressant à des outils comme la Process Com ou le MBTI (Myers Briggs Type Indicator), vous avez la possibilité de mieux vous connaître mais aussi de cerner plus précisément la personnalité de votre compagne/compagnon. C'est extrêmement précieux pour accueillir les différences sans juger – mode de réaction, de perception, de fonctionnement, mais aussi besoins et leviers de motivation spécifiques. La Process Com permet également de connaître et anticiper les réactions en cas de stress afin de mieux gérer les tensions et crises relationnelles.

✦ **Parlez-lui dans le bon canal**
La manière dont vous lui dites les choses compte autant que ce que vous lui dites. Pour être « entendu(e) », que vos messages soient bien reçus, vous devez adopter la forme (intonation de voix) et la formulation (mots choisis) propices. Or chaque type de personnalité a un canal de communication préféré. Qu'est-ce qui marche ? Quand vous êtes direct(e), clair(e) et concis(e) ? Quand vous êtes enjoué(e) et affectueux(se) ? Quand vous êtes pétillant(e) ou au contraire calme et en retenue, sans trop de démonstration ?
Un outil comme la Process Com vous guidera dans l'art de créer des relations harmonieuses.

Le sas émotionnel

Nous avons tous notre lot quotidien de tracas, de contrariétés. Dans un couple, il faut savoir trouver la frontière juste entre « partager » et « contaminer » l'autre avec ses humeurs. D'où la notion de sas émotionnel.

TO-DO

✦ **Trouvez-vous un espace de décompression** (un lieu de paroles extérieur, une activité physique pour décharger le trop-plein émotionnel) pour ne pas polluer la relation inutilement.

✦ **Partager n'est pas s'épancher**
Pouvoir se confier à son autre est essentiel. Mais dans une juste mesure. Essayez donc de sentir le moment où vous penchez du côté « déversoir émotionnel », qui risque de contaminer l'autre, dont ce n'est ni le rôle ni le métier de gérer cela (des professionnels de l'accompagnement sont là pour ça).

✦ **Soyez proactif**
Malgré les difficultés, il est bon de montrer une attitude ouverte et positive face aux propositions de solutions qui émergent. L'autre appréciera grandement votre détermination à ne pas rester enlisé(e) dans vos problèmes et votre envie que les choses aillent mieux.

L'Independance Love

Le Graal : trouver la voie de son autonomie affective. Au royaume du Grand Amour, bannissez les mots « posséder », « appartenir ». L'autre ne doit jamais être considéré comme une propriété. De même, il n'est pas là pour combler vos manques. À défaut, cela peut engendrer de grosses pressions et un type de relation très dysfonctionnel. Que de souffrance quand on rend l'autre responsable de son bonheur ! La charge est trop lourde. Pour mener à bien votre chemin d'individuation, visitez tous les points de l'Onglet 1.

TO-DO

- **Aimez à la bonne distance**
  Évaluez votre autonomie par rapport à votre partenaire. Listez tout ce que vous faites de manière indépendante et identifiez les choses que vous ne sauriez faire sans l'autre.
- **Commencez un training Independance Love**
  Fixez-vous des petits objectifs pour poursuivre votre chemin d'individuation. Sentez-vous fier(e) de réussir à prendre les choses en main, en totale autonomie.
- **Laissez de l'air**
  Laissez à votre autre suffisamment d'espace de liberté, de temps personnel, en jouant la carte de la confiance.

Le gap des besoins

Un *gap*, c'est un fossé. Dans un couple, des besoins trop différents creusent ce fossé. À moins d'accepter de ne pas tout faire ensemble, ni de vouloir à tout prix se ressembler en tous points.

TO-DO

✦ **Confrontez vos besoins**
Dessinez un tableau à deux colonnes. À gauche, faites la liste des choses (activités, petits plaisirs, centres d'intérêt) qui vous ressourcent, vous mettent en énergie positive, vous procurent de la joie.
À droite, faites la liste des besoins de votre conjoint.
Voyez les points communs : là où vos besoins se rejoignent. Là où ils diffèrent.
Dialoguez sur ces divergences et trouvez des compromis pour voir comment chacun peut satisfaire ses besoins spécifiques de son côté.

✦ **Cultivez le Open Mind**
Accueil, ouverture d'esprit, non-jugement. Point n'est forcé d'être pareil en tout pour s'aimer. Bien au contraire. Ces différences apportent richesse et complémentarité dans votre couple. Renoncez à vouloir « convertir » l'autre à tout prix à vos goûts et terrains de prédilection.

Le poison des attentes

Tant que l'on ne prend pas la pleine responsabilité de la satisfaction de ses besoins, on a tendance à attendre que l'autre les prenne en charge à notre place. Ce que souvent il ne peut faire – ce qui paraît logique puisque ce n'est pas son rôle. Cette posture « attentiste » pour combler vos attentes conduit inexorablement à la frustration et à l'accumulation de reproches envers votre compagnon de route, que vous rendez responsable de ne savoir « vous combler ».

TO-DO

- **Démêlez les fils entre attentes légitimes et attentes abusives**
  Écrivez-les noir sur blanc.
- **Communiquez intelligemment**
  Fini la mitraillette à reproches. Pour ce qui est des attentes légitimes, faites des demandes directes à votre conjoint(e), en formulant clairement ce qui serait bon pour vous (cela lui rend service et lui évite de jouer à Mme Irma). Exemple : « Cela me ferait plaisir qu'on passe un vrai moment en tête à tête sans les enfants ce week-end. Pourquoi pas un restaurant samedi soir ? » (légitime, précis, bienveillant). « Tu ne fais jamais rien pour me faire plaisir ! » (négatif, flou, improductif).

La tension du désir

Le désir, c'est comme une corde : trop relâchée quand le laisser-aller a pris le dessus, trop tendue quand on n'aime pas « à la bonne distance » (dépendance affective, amour obsessionnel, aigreur, frustration...). Pour obtenir une bonne tension du désir, déjà, il faut être deux pour tenir la corde. Et que les deux partenaires exercent la tension juste pour créer un équilibre harmonieux. Si l'un tire trop, l'autre lâche. Si l'un ne tire pas assez, l'autre souffre ou s'ennuie.

TO-DO

✦ **Faites le point**
Commencez par évaluer sur une échelle de 1 à 10 à combien vous estimez-vous désirable par votre autre ? Notez ensuite toutes les raisons pour lesquelles vous pensez que le désir a pu baisser entre vous.

✦ **Recréez du désir**
– Redonnez tout leur attrait à vos charmes en cultivant une part de mystère, une certaine inaccessibilité, un jardin secret. Par votre posture, faites subtilement ressentir qu'il ne faut pas vous tenir pour acquis(e).
– Rayonnez, en prenant soin de vous, et en prenant en main votre accomplissement personnel en toute autonomie.
– Cultivez des passions annexes pour vous défocaliser d'un unique « objet du désir » – l'homme ou la femme de vos pensées – et ne pas projeter toutes vos attentes sur une seule et même personne.

L'écoute vraie-de-vraie

C'est le plus précieux cadeau à offrir à votre amoureux(euse). Rares sont ceux qui écoutent vraiment l'autre, qui lui prêtent une attention et une qualité de présence totales.

TO-DO

✦ **Entraînez-vous à la pleine présence**
Écouter l'autre sans lui couper la parole. Sans donner immédiatement votre point de vue ou vos conseils intempestifs. Se mettre en empathie avec ses émotions et ressentis. Lui accorder une attention spéciale pour qu'il/elle se sente compris(e)… et unique !

Les moments suspendus

Pour faire vivre la flamme, l'important n'est pas la quantité de temps passé ensemble mais la qualité de ces moments.

TO-DO

✦ **Identifiez ce que pourraient être « vos moments suspendus »**
Faites la liste des moments partagés avec votre amoureux(euse), où vous vous êtes sentis « hors du temps », dans un moment d'éternité. Dialoguez avec votre autre pour voir comment créer une vraie place dans votre vie pour faire exister ces « moments à part ». Rendez-les possibles.

Le Cupidon noir

Votre ou vos Cupidons noirs, ce sont les poisons du couple, ce qui met en péril son équilibre, jusqu'à même un possible point de rupture.
Jalousie, possessivité, pro-de-la-prise-de-chou…

Chaque Cupidon noir cache en fait une partie de vous blessée, qui a besoin d'être considérée, respectée, réconfortée.

TO-DO

- ✦ **Décrivez vos Cupidons noirs**
  Avec indulgence et autodérision, essayez de les débusquer. Seul(e) ou accompagné(e), mettez des mots sur ce qui fait mal.
- ✦ **Inventez vos parades-pommades**
  Exprimez ce dont vous auriez besoin pour panser ces blessures. Dialoguez un maximum avec votre partenaire et impliquez-le/la dans votre résolution d'éloigner votre Cupidon noir. Donnez-vous mutuellement de l'attention positive, de la bienveillance et la réassurance d'une affection pleine et indéfectible.

Le serment d'Hypocrite

Le serment de fidélité est un magnifique vœu pieux. Dans la réalité, une belle promesse souvent difficile à tenir ! (Les chiffres parlent.) L'hypocrisie, c'est de prétendre qu'on n'aura jamais d'attirance, de désir, de pulsion, pour une personne extérieure à son couple. On sait bien que sur la distance, c'est une aberration. Qui n'a pas besoin de réassurance par rapport à sa capacité de séduction, qui n'a pas besoin de la fraîcheur de la nouveauté, de vivre de nouvelles expériences ? De plus, c'est principalement l'interdit qui appelle le plus à la transgression. L'idée n'est pas du tout de « pousser à », mais, entre soi et soi, d'accepter ce postulat comme faisant partie des règles du jeu de l'amour. Et peut-être d'oser laisser un champ d'expression possible sur le sujet au sein du couple ? Rester à l'écoute de l'autre, entendre les évolutions de son désir, dialoguer sur les éventuelles frustrations. Ouverture d'esprit et créativité peuvent permettre de déjouer les pièges du serment d'Hypocrite…

TO-DO

✦ **Auscultez votre libido !**
Comment se porte-t-elle au sein de votre couple ? Si baisse il y a, à quoi vous semble-t-elle liée ?

✦ **Partez à la chasse au trésor de vos stimuli érogènes**
Vous croyez avoir perdu le chemin du désir ? Ce n'est qu'une impression ! Investiguez, ouvrez de nouvelles portes, explorez d'autres sources d'excitation, identifiez vos sens les plus réactifs – l'ouïe ? Le toucher ? Le goût ? L'odorat ? La vue ? Qu'est-ce qui vous stimule ?

✦ **Osez le dialogue**
Peut-être n'osez-vous pas parler à votre partenaire de vos désirs les plus profonds. Pudeur. Peur du jugement. Or, probablement, votre autre pense aux mêmes choses et souffre peut-être de cette opacité érotique. Créer un espace de dialogue intime autour de ces questions, dans la confiance et l'ouverture, peut apporter un grand soulagement et la possibilité d'un regain de motivation amoureuse. De quoi éviter la tentation de l'adultère ? La voie de la sincérité et de l'authenticité témoigne en tout cas de plus de considération et de respect pour la relation que la dissimulation…

L'amour polyesthète

Ce qui crée souvent la souffrance en amour, c'est l'attachement à une seule forme d'amour – l'amour amoureux. Or il semble risqué de se focaliser sur un seul être, focalisation qui peut avoir des incidences néfastes (peur de perdre l'autre, attachement excessif, dépendance, jalousie, frustrations). L'idée *d'amour polyesthète* propose d'explorer et de faire l'expérience de l'amour sous toutes ses formes, c'est-à-dire *aimer au sens très large du terme*. Aimer la vie, les êtres, le Beau, le Bien, le Bon, être amour…

TO-DO

✦ **Identifiez toutes les autres sources d'émotions dans votre vie, en dehors de l'Amour-sentiment amoureux**

Personnes ? Art ? Activités ? Circonstances ?
Qu'est-ce qui déclenche votre émerveillement, nourrit votre sensibilité, vous procure des sensations vibrantes ?

La balance du sentiment amoureux

L'harmonie dans la relation se trouve dans le subtil équilibre entre l'art de donner et l'art de recevoir.

TO-DO

✦ **Dessinez dans votre carnet une balance simplifiée**
(croquis)
Dans votre relation, de quel côté penche le plus la balance ? Avez-vous l'impression de plus donner ou de plus recevoir ?

✦ **Interrogez-vous**
Où en êtes-vous sur votre capacité à recevoir ?
Où en êtes-vous sur votre capacité à donner ?

La jeunesse du couple

Qui n'a pas envie que sa relation garde la gaieté et la fraîcheur des débuts ? Maintenir ce climat sentimental pimpant est possible. Il suffit d'y mettre l'énergie nécessaire. Tout comme l'eau fait tourner le moulin, vos petites actions nourriront votre motivation amoureuse et garderont la flamme vivante et vigoureuse. Moins vous en faites, moins vous aurez envie d'en faire. À l'inverse, plus vous vous impliquez, plus vous renforcez les sentiments forts. Les vôtres et ceux de votre compagnon/compagne.

TO-DO

✦ **Vérifiez si la pomme d'amour est bien sucrée**
Observez dans votre relation actuelle si vous amenez des moments de fun, de légèreté, de spontanéité et de créativité.

✦ **Lâchez la bride de votre créativité amoureuse**
Brainstorming de mise ! Listez sans censurer toutes les idées qui vous viennent, soyez force de proposition avec votre autre, prenez plaisir à passer à l'action.

Le miroir des relations

Aucune rencontre n'arrive par hasard. Chaque nouvelle personne que vous rencontrez vous tend, sans le savoir, un miroir symbolique qui, l'air de rien, vous amène à vous questionner sur vos désirs, vos besoins, vos manques. L'autre agit tantôt comme un révélateur, tantôt comme un déclencheur pour vous faire prendre conscience de ce qui se passe en vous. Si vous y prêtez attention, bien sûr…

TO-DO

✦ **Suivez l'invitation au voyage intérieur**
En quoi ce qui vous touche chez l'autre fait en réalité résonance avec une partie de vous en demande (désirs ? Manques ? Blessures ?).

Le confit de conflits

Non-dits, frustrations, griefs, confits dans une gelée de morosité conjugale… Les conflits couvent sous une couche de mauvais gras relationnel. Embonpoint de déceptions et de ruminations. La crise n'est pas loin. Mais évitable, si l'on accepte de changer quelques habitudes et façons d'être. Cultiver l'art des compromis, faire la part belle à plus de flexibilité, de tolérance et d'écoute. Prendre soin de la relation au fur et à mesure et non pas « cacher sous le tapis la poussière des griefs ».

TO-DO

✦ **Évacuez au fur et à mesure**

Exprimez avec tact et douceur les petites choses qui vous dérangent sans attendre, et évitez à tout prix d'en arriver au point d'explosion et autres crises de nerfs !

✦ **Respectez le territoire de chacun**

Vivre ensemble en harmonie, c'est être respectueux de l'espace intime de chacun. Veillez à ce que votre partenaire ait son coin rien qu'à lui, pour ses affaires, pour se replier…

✦ **Disputez-vous dans les règles de l'art**

Les règles de l'art, c'est : sans violence, en respectant le temps de parole de chacun (à tour de rôle), en étant dans une écoute empathique sincère, réceptif(ve) pour étudier et comprendre les arguments et le point de vue de l'autre (impression d'être réellement « entendu » désamorce vite la colère).

Onglet 3
« Entre moi & le monde »

La mission de vie

L'idée de la « mission de vie », c'est de vous inventer le parcours de vie qui vous ressemble, au plus proche de votre vérité, être là où vous devez être, là où vos talents et qualités pourront s'exprimer au mieux. Quand vos choix de vie sont cohérents avec votre être profond, vous pouvez alors donner le meilleur de vous-même au monde. Là réside la notion d'accomplissement personnel.[1]

TO-DO

✦ **Dressez vos « Vous-listes »**
La liste de vos talents intrinsèques.
De vos plus belles réussites.
Des environnements qui vous conviennent le mieux. (Les décrire précisément.)
De vos personnes-ressources et de vos pollueurs. (Faites le tri dans vos relations.)

✦ **Faites la carte de vos passions**
Dessinez la mind map[1]/la carte mentale des activités et centres d'intérêt qui vous enchantent le plus dans l'existence.

1. Tutoriel mind map disponible sur le Web.

✦ **Balayez vos freins**
Faites la liste de vos freins, résistances, blocages. Réfléchissez sur chacun d'eux, ou faites-vous aider par un professionnel pour les lever un à un. La prise de conscience permet déjà de prendre de la hauteur. Progressez en appliquant la théorie des petits pas, en vous fixant des objectifs atteignables et valorisants. Mettez en place une stratégie de moyens et un plan d'action précis pour concrétiser vos projets.

L'anti-prophétie de l'échec

Quel qu'ait été votre parcours, il n'y a aucune fatalité et, à tout moment, vous pouvez décider qu'aujourd'hui est le premier jour de votre nouvelle vie. Il n'est jamais trop tard. N'écoutez personne qui essaierait de vous expliquer le contraire. Bannissez les *jamais* et les *toujours* de votre vocabulaire : ils renforcent des croyances fausses, vous persuadent que des schémas négatifs vont se répéter à l'infini. Mais qui a le pouvoir d'infléchir le cours de votre vie ? Vous et vous seul(e) ! Ayez foi en vous, fournissez les efforts nécessaires et persévérez.

TO-DO

✦ **Changez de posture !**
Instruisez-vous sur les techniques de reprogrammation du mental, les neurosciences (exemple : *Le Cerveau du bonheur* de Rick Hanson), la PNL, les gestalt-thérapies ou les thérapies comportementales et cognitives. Elles peuvent être d'une grande utilité, surtout si vous décidez d'être pleinement acteur de votre réussite ! Courage, volonté, persévérance et bientôt vos efforts porteront leurs fruits !

Les raisons d'être fier(e)

Pour accomplir votre chemin de réussite, il est primordial d'agir sur votre mental. En neurosciences, on connaît aujourd'hui l'impact de la valorisation positive sur le cerveau. Il est très motivant de se trouver des raisons d'être fier(e). Mais souvent, on ne prend pas le temps de s'en souvenir ou de mettre à l'honneur ses motifs de satisfaction. Les écrire et les avoir sous les yeux permet de les ancrer en profondeur et ainsi d'en tirer un maximum d'impact positif. Trouvez aussi de nouvelles idées à mettre en œuvre qui vous apporteront de nouveaux motifs de fierté !

TO-DO

✦ **Créez le cygne de vos succès insignes**

Loisir créatif : trouvez sur Internet un dessin de cygne dessiné au contour noir. Décalquez-le sur un carton entoilé. Peignez le fond pour que la forme du cygne ressorte bien. À l'intérieur du cygne, créez des « zones », des « territoires aléatoires » délimités par une ligne noire.

Dans certaines zones, écrivez noir sur blanc vos motifs de fierté de manière artistique et calligraphiée.

Dans d'autres zones, dessinez des motifs graphiques simples (rayures, points, lignes courbes, spirales, épis, motifs végétaux, etc.).

La roue du changement

Faites confiance au processus du changement : dès que vous aurez amorcé le mouvement par une première action à forte valeur ajoutée, tout le reste va s'enclencher au fur et à mesure. Un changement en appelle un autre ! C'est juste le premier pas qui coûte.

TO-DO

✦ **Visualisez votre processus de changement**
Dessinez ou imprimez une image de rouages avec plusieurs petites roues. Inscrivez, sous chaque roue, une décision que vous voulez prendre, et, sous la roue suivante, les réactions positives que cela engendrera. Et ainsi de suite pour les autres roues du rouage. Vous aurez ainsi sous les yeux votre série de décisions à prendre et les réactions positives en chaîne qui en découlent.

L'équilibre « Stabile »

Stabilité/mobilité forment un stabile. À l'instar des sculptures de l'artiste Calder et ses fameux stabiles, il est intéressant de réfléchir à un point d'équilibre dans votre vie entre stabilité (socle de Calder, partie fixe ancrée dans le sol) et mobilité (partie légère, libre et en mouvement). Une stabilité/sécurité excessive peut conduire à l'ennui, la frustration, la sclérose de l'âme. Une mobilité excessive peut signifier fuite en avant, déracinement perpétuel, dispersion, incapacité à s'engager. L'harmonie est dans le subtil dosage des deux.

TO-DO

✦ **Dessinez votre stabile personnel dans votre Love Organizer en vous inspirant de l'art de Calder**

✦ **Réfléchissez :**

1/ Votre socle de stabilité. Que vous faut-il mettre en place pour renforcer votre stabilité matérielle, affective et émotionnelle ? Quels sont les piliers importants de votre vie, sur lesquels vous reposer ? Quels sont les rituels quotidiens qui vous ancrent dans une réalité positive ?

2/ Votre partie mobilité. Quelles activités, projets, ambitions, mettez-vous en œuvre qui apportent du renouveau dans votre existence, de la fraîcheur, de l'enthousiasme, de la créativité ? Quels petits défis pouvez-vous vous lancer pour sortir de votre zone de confort ? Quelle satisfaction ressentez-vous quand vous laissez votre audace s'exprimer ?

✦ **Notez les mots-clefs essentiels en légende autour de votre dessin de stabile**

Onglet 4
« Mes prises de décision »

Vous y inscrirez vos engagements et tiendrez une liste des « Pour action » (to-do list). N'oubliez pas de vous donner un timing, une date butoir. Qui ? Quand ? Quoi ? Pour quoi ? Pour quand ? Cerner précisément ses objectifs multiplie ses chances de les atteindre.

Onglet 5
« Mes résultats et célébrations »

Il est très important de noter au fur et à mesure vos avancées, progrès, réussites et de vous en féliciter. Pourquoi ne pas trouver un autocollant de célébration à mettre à côté de chaque objectif rempli ? Ou un tampon de victoire ? Noter noir sur blanc vos accomplissements – petits comme grands – vous apportera une véritable satisfaction. Ils sont votre carburant pour poursuivre sur votre belle lancée votre chemin de transformation !

Remerciements

Merci tout d'abord à mes deux maisons d'édition, Plon et Eyrolles, d'avoir collaboré pour accompagner la vie de ce troisième roman.

À Pierre, plus qu'une rencontre, une chance. Merci d'avoir su donner des ailes à mon Cupidon, et de m'avoir offert une belle *place à bord* d'Editis, entourée de son bel équipage. Je ne ferai ici que citer leurs prénoms, mais ils savent toute la gratitude et l'affection que je leur porte… Caroline et Thierry, Carine et Marie-Christine, Fabrice, Sofia… et tant d'autres ! Merci à May pour son travail formidable sur les droits étrangers.

Merci à vous d'être ma famille de cœur.

Un merci tout aussi grand pour ma famille de sang, le soutien indéfectible de mes proches qui, chaque fois, portent mon inspiration et m'aident à aller au bout de l'incroyable défi que représente l'écriture d'un nouveau roman.

À ma sœur jumelle, tendre version fraternelle du grand amour.

À ma mère, Claudine – oui, Claude le routinologue et Mamie Didine sont autant de clins d'œil complices et d'hommages pour elle –, une connexion unique, un lien sacré.

Aux hommes de la famille, à Régis, et à notre belle relation. À mon père François et mon frère Christophe, à mon beau-frère Philippe. Les sentir fiers de moi me touche et m'encourage à poursuivre.

À Paule et à Didier, pour leur indéfectible affection.

Aux enfants de la famille, qui font ma joie, mon fils Vadim, Joë et Nina, Émile, que je suis heureuse de faire apparaître sur cette page, car ils écrivent de si belles pages dans ma vie à moi…

À Nick Gentry d'avoir accepté que le réel rentre dans la fiction, en prêtant et son nom et sa démarche artistique au roman.

Mais le plus grand merci vous revient à vous, amis lecteurs, qui me faites l'honneur de me suivre et me donnez tant, avec vos magnifiques messages, qui portent chaque jour ma plume d'écrivaine…

Imprimé en Espagne par
Liberdúplex
à Sant Llorenç d'Hortons (Barcelone)
en mai 2020

La photocomposition de cet ouvrage
a été réalisée par
Graphic Hainaut
30, rue Pierre Mathieu
59410 Anzin

S30628/01